安徽散文：

2023春之卷

主编 ◎ 潘小平　许泽夫

Anhui Sanwen

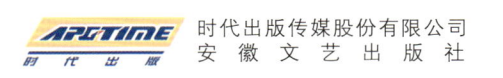

时代出版传媒股份有限公司
安徽文艺出版社

图书在版编目（CIP）数据

安徽散文.2023.春之卷/潘小平,许泽夫主编.—合肥：安徽文艺出版社,2023.1
ISBN 978-7-5396-7651-7

Ⅰ.①安… Ⅱ.①潘… ②许… Ⅲ.①散文集－中国－当代 Ⅳ.①I267

中国版本图书馆CIP数据核字(2022)第241584号

ANHUI SANWEN:2023 CHUN ZHI JUAN

出 版 人：姚 巍
责任编辑：周 康　宋潇婧　装帧设计：许含章　徐 睿

出版发行：安徽文艺出版社　www.awpub.com
地　　址：合肥市翡翠路1118号　邮政编码：230071
营 销 部：(0551)63533889
印　　制：安徽牧人文化传媒有限公司 (0551)63624881

开本：787×1092　1/16　印张：12.5　字数：230千字
版次：2023年1月第1版
印次：2023年1月第1次印刷
定价：68.00元

(如发现印装质量问题，影响阅读，请与出版社联系调换)
版权所有，侵权必究

编 委 会

编委会主任：章玉政

编委会副主任：程　浩　马婵娟

顾　　问：沈天鸿　赵　昂

主　　编：潘小平　许泽夫

副 主 编：马丽春　钱红丽

编委会成员：赵　凯　徐　迅　钞金萍　苏　北

刘政屏　程保平　徐艾平　贾鸿彬

张建春　罗广成　赵　阳　宋同文

宇　轩　蔡兴乐

写在前面

没有自我的写作是漂浮的

安徽是散文大省,有着源远流长的散文传统。老子哲思深邃,气象浩大;庄子汪洋恣睢,意象缤纷;曹操清俊通脱,古直悲凉;嵇康峻切幽愤,任情而奔。安徽现代散文的文本实验丰富多样,新人新作层出不穷。

"安徽散文",首秀于大疫三年后的第一个春天,古语云"大疫止于野",疫情正在离去,大地已经复苏。开卷之作《榆树脾气》,是获得第八届鲁迅文学奖的江苏作家庞余亮的新作,文字坚实饱满,于童年往事和隐秘伤痛处,散发出泥土一般的温热。以改革开放为起点,新时期散文经历了一个轮回,从之前杨朔散文的大歌浅唱,到20世纪90年代中期散文回到母语气场,特别是文化散文使经典传统意味得到生发。但某种"大词写作"的摧古拉朽,又演变为散文的一个病灶,天下趋之若鹜,对文学意义的散文写作造成很大的损伤。而世俗社会的崛起,以及随之而来的市场化、欲望化书写,使个性叙事普遍被大众话语、娱乐话语所覆盖,叙事个性逐渐消失,风格越来越趋于同质化。散文变得没有个性,没有自我,没有感知和体验,二手写作、资料写作盛行,甚至受到推崇。从艺术和审美上说,无论是小说还是散文,其意义和价值都在于叙事所构成的个性,这意味着作为写作个体,你需要从大众写作和众声喧哗中抽身而出,偏离普遍性的话语规范,以个人的体验、个人的认知、个人的方式和文字历险,承担人类的命运和文学自身的追求。在这里,我郑重使用"叙事"的概念:"叙事"不是叙述,不是语言,"叙事"是生活、情感、语言、思想、艺术的总和,而对于小说来说,它还是人物、故事、情节、细节、结构、意义的总和。《榆树脾气》是多么鲜活,多么生活,多么日常和琐屑啊,和作者以往的文字一样,有着一种无限接近的辽阔。更重要的是,它一望而知是庞氏语体、庞氏风格。洪放的《想把人间唱遍(之二)》以浩荡的襟抱和文气,横扫江淮大地,将平原、丘陵、河流、村庄、树木,以及和火亮虫一样,像金子一般奔跑的"疯子"玉友,都一一呈现出来,裹挟着人间的气息、人间的苦难、人间的美好。一切轻叙事和软叙事,一切资料控和语词控,一切言不及意和言不由衷,都退避三舍。另外,散文中的人物和小说中的人物,有什么不同?也可以看一看洪放文章中的玉友。散文中当然也有人物,也有故事,但散文中的人物和故事,都不是主体,散文的主体在任何时候、任何情况下,都是作者自身。散文的人物和故事,如同一颗颗星星,而作者自身的情感和情绪、思想和感受,才是浩瀚的夜空。

那么回到本文的主题:"没有自我的写作是漂浮的",这句话摘自宋烈毅的《江北书简》,代表和指向了本书中几乎所有安庆地区散文作者对于散文的理解,以及所能达到的高度。因此我要郑重推出安庆地区的散文。石砚《黄山的青苔花》和张建新《盛夏的道路》,都属于"先锋写作"的范畴。先锋散文由外部世界转向内心世界,从而抛弃了传统散文的线性记述,体现为对叙述策略的重构、世俗价值的消解、对传统文本的反叛,以及唯美主义的艺术自律和诗性追求。本书特别推出安庆作家的先锋散文,代表了我们在艺术和审美上的期望,以鼓励文本实验和文本创新,使古老的散文文体具有现代性。

当然,我们同样重视散文的中国精神和中国气派、地域文化和地域色彩。《若有所思》的作者文河,近年来在全国散文平台上十分活跃,一定程度地体现了皖北散文之长。李丹崖和大头马,作为更年轻一代的写作者,奉献了完全不同的感知方式和书写方式,值得关注。"八斗岭"中收录了肥东作者的新作,他们以各自的文字,显示了肥东作为"中国散文之乡"的创作实力。最后需要特别强调的是,《平原组歌》《苦楝在人间》和《一个人的村落史》是我们从自然来稿中淘出的,代表了我们希望发现更多基层作者的诉求。

2022 年 12 月

目　录

写在前面：没有自我的写作是漂浮的 …………… 潘小平 / 001

开卷

　　榆树脾气（外三篇）………………………… 庞余亮 / 002

不染尘

　　想把人间唱遍（之二）……………………… 洪　放 / 009
　　江北书简 …………………………………… 宋烈毅 / 015
　　四重秋 ……………………………………… 才　苟 / 020
　　诗和远方 …………………………………… 金国泉 / 025
　　荷花居手札 ………………………………… 项丽敏 / 029
　　苦楝在人间 ………………………………… 鲁求平 / 035
　　平原组歌 …………………………………… 李星涛 / 039

人间世

北关街人物志 …………………………… 李丹崖 / 045

武奶奶和她的小徒弟 …………………… 胡　迟 / 052

查济村表情 ……………………………… 书　同 / 059

密西西比或者苦难（外一篇）…………… 徐文海 / 064

土豆乖乖(外一篇) ……………………… 胡传永 / 068

三宝 ……………………………………… 吴　玲 / 073

巴黎来信 ………………………………… 石　兰 / 076

一个人的村落史 ………………………… 王全安 / 080

最先锋

黄山的青苔花（外一篇）………………… 石　砚 / 085

盛夏的道路(外二篇) …………………… 张建新 / 092

我的叔叔柯勒律治 ……………………… 大头马 / 096

嵇康与阮籍——竹林七贤的流量担当 … 林天湖 / 101

皖地风

古皖册页 ………………………………… 黄亚明 / 105

传说中的上格城(外一篇) ……………… 张明润 / 111

千古知音——钱谦益与徐霞客 ………… 李平易 / 116

那些年,驶往滁州的夜航船 …………… 郑心一 / 122

关外一眼 ………………………………… 张道德 / 126

属于芜湖的乡愁 ………………………… 陶妍妍 / 130

金蔷薇

若有所思 …………………………………… 文　河 / 136

才情第一——从潘军的画说到文人画 ………… 唐　跃 / 144

一切都是奇迹 …………………………………… 程耀恺 / 148

散文是一种"挂霜"的文体 …………………… 潘小平 / 153

日常生活(组章节选) …………………………… 崔国发 / 155

室生幽兰(外一章) ……………………………… 陈　俊 / 158

生锈的钉子(外一章) …………………………… 胡世远 / 160

安排一场大雨为我接风洗尘(外一章) ………… 潘志远 / 162

庐州·古城谣(组章节选) …………………… 丛林嘟嘟 / 164

八斗岭

一个父亲的抉择 ………………………………… 张子影 / 166

出门在外念肥东 ………………………………… 黄永健 / 173

后院那棵老槐树 ………………………………… 秦从严 / 177

花间辞 …………………………………………… 丁腾渊 / 182

心之向往即吾乡 ………………………………… 吴长颖 / 186

远行的渔鼓曲 …………………………………… 张守福 / 190

一副对联写春秋 ………………………………… 王亚芬 / 193

庞余亮

作者简介

男,1967年3月生,江苏兴化人。1985年毕业于扬州师范学院,做过乡村教师和记者。著有长篇小说《薄荷》《丑孩》《有的人》《小不点的大象课》《神童左右左》《看我七十三变》《我们都爱丁大圣》,散文集《半个父亲在疼》《小先生》《顽童驯师记》《纸上的忧伤》,诗集《比目鱼》《报母亲大人书》,童话集《银镯子的秘密》《躲过九十九次暗杀的蚂蚁小朵》等。有部分作品被译介到海外。获得过鲁迅文学奖、柔刚诗歌奖、汉语诗歌双年奖、紫金山文学奖、孙犁散文双年奖、扬子江诗学奖等。系中国作家协会会员,江苏省首届紫金文化英才,扬州大学文学院客座教授。现居江苏靖江。

开卷

榆树脾气（外三篇）

庞余亮

我一直没有说——不是我不敢说，而是我说了怕你们耻笑，我是榆树村的孩子。

这是我虚伪的开始，当我醒悟，我心中好像落了遍地的榆叶。这是春天啊，落了叶的榆树像是患了一场大病，头发都掉了。

还记得榆钱儿吗？一枚一枚榆钱儿像榆树的一片片羽毛似的，一棵想飞的榆树就长在我家的天井里，我的小名就叫榆钱儿，我是榆树最小的孩子，总喜欢和榆树说悄悄话，或者爬上榆树的脖子，看远方那看不尽的平原、看不尽的苦难与幸福……

但是谁，谁砍走了那棵榆树？

那是一个饥饿的年代，我吮吸着母亲干瘪的乳房，仍然大哭不止。父亲已经捋了榆钱儿、榆叶，还剥下榆皮煮熟了，白生生的榆身就露了出来，像是你身上的骨头——我渐渐地不哭了，抽泣着，吮吸着你身上渗出的榆树汁。清凉的芳香的榆树汁，我的生命之乳啊。直至多少年后，我流的汗都有榆树的清香，榆树型的生命是与大地有关、永不能背弃的。

但多么令人羞愧，不知从什么时候起，我的汗水就失去了榆树汁的香味，慢慢地有了烟味、酒味、金钱的臭味……常常想回首看一看村中长得最高的榆树，那榆树之顶的一只喜鹊窝，但我看不见，戴上八百度厚如瓶底的镜片也看不见。

是谁，伐走了我的榆树？

我一直在怀念着冬天,冬天的榆树笨拙而勇敢地在天空中抓着什么——我常想,赤裸的榆树影多像是一副灵魂不屈的骨骼。

正是在这个冬天里,父亲花了一天的工夫搭成了一座榆木桥,母亲花了一夜工夫用榆树皮做成了榆木香,哥哥用力劈着老榆根,我把榆树根掺在灶火中烧,火苗噼啪作响——锅中的水已经沸了……

怀念啊,多榆树的老家啊,老母亲总是听见喜鹊的叫声,想儿女们快要回来了吧。而从榆树村出发的孩子,走过了榆树桥,沿着母亲点燃的榆木香和祝福走着,再也不回来了。

是谁,砍掉了那棵榆树?

那些失去了家的喜鹊还在一阵又一阵地盘旋、鸣叫,直叫得我心痛。那系在榆树上的老牛呢,它如今已被卖给了那个胖胖的屠夫了。还有榆树村,这丑陋的朴素的榆树村,如今也变了,变得让人不敢认了。榆树村,居然没有一棵榆树了?

这不是虚构,这是的的确确的,我们已经把榆树忘了,就像忘记了在乡下固执己见的老父亲,他教会了我们真诚、朴素、自足、勤劳,而我们却都鄙视他的沉默。

"……出门在外,榆树村的孩子,你的榆树脾气改了没有?"

这一问,我一下子明白了,我只是一枚被风和命运吹落在大地上的榆钱儿。

舌头上的火焰

很多时候,我对于回忆童年那个四面环水的老家是有抵触情绪的。

贫穷、饥饿、争吵,甚至打架,几乎贯穿了平凡的每一天。除了正月初一的白天(也是为了图整个一年的吉利和顺遂),很多人家的争吵和打架是等不到正月初二的,有的是鸡毛蒜皮,更多的则是因为过年了,辛苦了一年的男人们有了某种特许和纵容,就贪喝了几杯酒,翘了尾巴,露了马脚。于是,男人闹醉,女人怒骂,成了随时随地上演的"小戏"。

过年时穷人家的酒还是有点下酒菜的,但是平时的时候,下酒菜是没有多少的。夏天的下酒菜多是加了蒜瓣的炒蚕豆,如果有小鱼,当然更好。到了冬天,下酒菜仅仅剩下了萝卜干,也有人用黄豆换了豆腐百叶下酒,更窘迫的人家,下酒菜就是老咸菜了。

好在真正的酒徒不在意下酒菜,而在意酒。老家不产山芋酒,大多是大麦酒、稗子酒,口感最好的是大麦和碎米共同酿造的酒,40多度,可能是酿造技术的问题,这些酒都有点"上头"。

酒一"上头",就有故事了。像我父亲喝醉了酒,他闷头睡觉。我二哥喝醉了酒,只是嘿嘿地笑,仿佛吃了笑笑果。但我的庞家伯伯叔叔哥哥们则是另外的表情了。

比如年龄比我大很多、辈分比我小一辈的连保,他喝醉了酒就会脱光衣服,在村庄奔跑(我的小说《追逐》里写过这个场景)。下雨的时候,他也是这样光着身子奔跑,还指着天上的雨骂道:

"血条子!又下血条子了哇!"

但一旦到了酒醒的时候,连保却是一个特别好的牛把式。还特别讲礼,见到幼小的我,依旧恭敬地叫我"三叔"。说到他醉酒的事,他会脸红。连保之所以如此脱衣奔跑,其实是他在大麦酒中泡了"醉仙桃"果,"醉仙桃"的学名叫曼陀罗,又名颠茄,是有毒性的。连保之所以喝,是他有关节病。而关节疼,还是因为我们的村庄水汽太重了,醉酒男人的"戏"里有穷人家的苦涩。

如果说连保的醉酒是独角戏,那么余富的醉酒就是"二人转"了。余富和我平辈,我叫他哥哥。他比连保多一个本领,那就是识字。他曾在我的作业本封面上看到了我的名字,立即指责我写错了祖宗给的姓氏。

"不是广龙,而是厂龙!"

其实余富是对的。但是因为他太多醉酒的失态,我已失去了对他的话的信任。他只要喝酒,必定喝醉。喝醉了之后,一定追打他的老婆,也就是我的堂嫂爱娣子。余富的拳头是货真价实的,所以,酒喝多了的余富捋起袖子,嘴巴里开始骂骂咧咧的时候,就有人去通知爱娣子,余富又喝多了,她必须立即藏起来。如果不藏的话,或者藏了被找到的话,那么爱娣子必然会被他揍得鼻青脸肿的。

醉酒的余富在一家一家寻找爱娣子的时候,就是一场大戏的开始。余富的身边跟着一群看热闹的小孩,每家门口守着一个不让余富进门寻找爱娣子的女人。余富骂骂咧咧,但寻找几家后,余富就失去了寻找的毅力,开始诬蔑爱娣子"偷男人"了。大声说,说得非常粗俗,非常难听,往往在这个时候,爱娣子就出现了,和醉酒的余富对骂。

于是,一场公开的家暴开始了。当然,也仅仅是开始,那些护着爱娣子的女人会用各种手段中止这样的家暴。有人说余富醉酒是假,想打老婆是真。因为他从未打过那些劝架的女人。

余富和爱娣子一共生了六个子女,其中两个腿部有残疾。我们村庄的赤脚医生张先生说:"看看,这就是喝酒的坏处!喝酒伤害精子!"

张先生的科学并不能警醒喜欢醉酒的人,因为村里的人不知道什么是"精子",其实就是她们嘴里常说的"骚屃"。村里的女人们最讨厌男人们喝酒了,她们对于酒从来没有尊敬的意思,无论心情好与不好,都统统把男人喝的酒称为"骚屃"。

余富的故事就是这样了。但我一直记得他纠正我的话。写这篇文字的时候,我在输入法中寻找了一下姓氏的"庞",果然是有的。印刷体中的"庞"字,是词组中的"庞"。而我们姓氏的"庞",是酒徒余富说的"庞"。完全不同的字,但这么多年错下来了,也无法纠正了。

还有一件可以补充的酒事,就是我为了考证当年穷人家的酒是什么类型,特地打电话给还在老家的二哥。结婚很早的二哥今年71岁了,已有了7岁大的重孙,依旧整天笑呵呵的。他说余富早去世了。去年,他的弟弟余如的儿子,也就是余富的侄子,又出了一件令庞氏家族丢脸的事。

我没见过庞余如,当然也没见过余如的儿子。二哥告诉我,当年因为穷,他们一家后来去了安徽安庆农场谋生。再后来在21世纪初迁回了老家,没有发财,借了人家的空房住着。他很勤劳,也很老实,就是喝起酒来不是个人,去年秋天,这个余如的儿子,也就是我的侄儿辈的人,50多岁的男人,硬是把跟着他吃了一辈子苦的老婆打跑了。

"他天天跑到村委会要老婆。"二哥说,"谁知道他老婆跑到哪里去了呢?不是绝望到底,是不可能一年都没信息的。"

我可以想象得到余如的儿子在村委会要老婆的样子,因为扶贫的故事中是会见到这样的人的。到了几十年后,在那个四面环水的村庄里,酒还在喝着,依旧在醉,依旧上演着多年前的故事,也正是这样,我写下了这首《就像你不认识的王二……》:

>就像你不认识的王二,三杯山芋酒就酩酊大醉,
>呕吐,并且摔破了嘴唇。
>
>就像你所认识的王二,三杯山芋酒就酩酊大醉,
>躺在墙角呼呼大睡。
>
>就像你的父亲王二,三杯山芋酒就酩酊大醉,
>一边咒骂儿女,一边咒骂自己。
>
>就像你的儿子王二,三杯山芋酒就酩酊大醉,

你给了他一个嘴巴,他仍嘿嘿地傻笑。

就像你自己,三杯山芋酒,一边喝着一边哭泣着,
生活啊,我并不想哭,是那个王二喝醉了酒。

这首诗写了快25年了,一直想把"山芋酒"改过来。现在再读,觉得"山芋酒"还是不要改,大麦酒冲,山芋酒酸,进入喉咙之后,全是舌头上的火焰。

泥水中移栽,泥水中复活

我的老家是座芦苇荡环绕的村庄。春天会被油菜花照亮,夏季有荷花的清香,而到了小雪季,必然有"小雪"飞舞。

——那是随着西北风飞舞的雪白芦絮。

这么多年过去了,芦苇荡一片一片地消失了,有的长满了水杉,有的变成了鱼塘。这几年鱼塘又慢慢变成了蟹塘,很多张牙舞爪的螃蟹在里面爬来爬去,生气地吐着泡泡,像是在对着我们人类吐口水。它们肯定是在生气:过去每只螃蟹都是有洞穴为家的,现在谁也没地方做蟹洞了。

作为越冬植物的油菜花又是和小雪季节有关的。

因为小雪到了,在寒风中栽菜的日子又到了。必须要在收获过的稻田中挖出墒沟(油菜地的墒沟并不像麦地的墒沟那样深,能满足油菜地的灌溉之需就可以了)。接着就是"打"出移栽油菜的小泥塘。而油菜苗早在20天前就育好了,一棵一棵地用小铲锹移栽到小泥塘中。

西北风越刮越大,每个人的脸都是黑的。但必须坚持栽完——要抢在初霜之天让移栽的油菜们"醒棵"。这也是秋收之后最重的一项农活了,移栽完油菜,大家就可以直起腰杆喘口气了。

对于栽菜这项苦活计,我内心是有疑问的,为什么不直接把菜籽种到泥塘中呢?这样就不用移栽了。

父亲说,直接种的菜不发棵!

父亲又说,牛扣在桩上也是老!做农民还偷懒?

父亲对我的话很是不满意。为了不让他继续发火,我加快了栽菜的速度。但我的

速度还是赶不上沉默不语的母亲。

栽下去的油菜苗到了下午就蔫了下去,整个菜地几乎没一棵直立的。但父亲一点也不担心,到了晚上,一块油菜地栽完了,抽水机开始作业,将河里的水引到油菜地里,那些移栽过来的油菜慢慢喝足了水。

到了第二天,每棵移栽过来的油菜都有一片或两片叶子竖了起来。到了第三天,所有的油菜都活了。

再后来,油菜们就拼命地长。一片两片叶,经历霜冻,经历真正的雪的覆盖,到了春天,越过冬天的它们都记得开花,就是大家都看到的金灿灿的油菜花。

　　……
　　可要移栽到多少田亩才能停下来
　　把眼中的泪水拭净
　　或者把天边的积雨云推得更远——
　　已深陷在水洼里的
　　那不可一世的红色拖拉机
　　正在绝望地轰鸣着
　　扬起的泥点多像是我们浪费过的时光

这是我为那些年的油菜写的《移栽》。

这么多年过去了,只要我身边的朋友赞叹我老家的油菜多么美,我总是想起那些移栽后又复活的油菜,它们多像经历了一场苦难又终于站起来的乡亲。

四十年前的盛宴

俗话说:"小寒大寒,冻成一团。"

但最冷,还数把人彻底冻成狗的小寒节气。小寒几乎与"三九"重叠了。

我懂得"三九"这个概念,并不是因为语文老师。那时有线广播里反复播放一首高亢的歌:"红岩上红梅开,千里冰霜脚下踩,三九严寒何所惧,一片丹心向阳开……"《红梅赞》是阎肃老先生写的。后来我和老先生见了一次面,也是唯一一次见面,竟就在一个三九严寒天!

"三九严寒何所惧"——可我们单薄的身体渴望暖和。暖和需要吃饱饭(肚子里是咣当咣当的稀饭)、晒太阳(在西北风乱窜的室外晒太阳也没用),装满粗糠和草木灰的铜脚炉还能给点力(但时间不会太长)。

最佳御寒的办法是给身体加油——多弄点吃的东西塞到胃里。

但哪里有吃的呢?树上没吃的。野外没吃的。河里没吃的(封冻了)。有一年,因为歉收,父亲规定,一天只吃两顿。

吃了两顿,就没力气出来和小伙伴们捉迷藏了,总是早早上了床。父亲还教育我们:"没钱打肉吃,睡觉养精神。"

睡觉是能养精神的,但饿着肚子的我,越睡越精神,一点也没睡意,耳朵竖得老长,像是一根天线,接收着屋外各种各样的声音,并从接收的声音中分辨出声音源头。许多奇怪的故事被我想象出来了,后来又消失了。我躺在向日葵秆搭成的床上,稻草在我的身上发出幸灾乐祸的声音,我从肚皮这边摸到了后背。

但有一年,也是"多收了三五斗"的一年,稻子丰收,整个冬天我们家都是一天三顿。小时候的冬天雪天多。丰收那年的三九严寒天也在下雪。父亲喜欢下雪,冬雪可利第二年的丰收。因为高兴,喜爱黏食的父亲建议煮一顿糯米菜饭!

虽然母亲对父亲这种败家子的决定有点微词,但她还是采纳了父亲的建议,洗菜、淘米、刮生姜皮(父亲坚持要加生姜丁)。

这顿糯米菜饭是在父亲的指导下完成的,先炒青菜,再放糯米,慢火烧沸,焖一小会,再加一个稻草团,待这个稻草团烧完了,糯米饭的香味就把我紧紧地捆住了!真的是捆住了!

我忘记了很多挨冻的日子,也忘记了很多挨饿的日子,但永远记得那年小寒节气里的这顿盛宴——糯米菜饭。

在这顿盛宴的尾声,母亲把糯米菜饭的锅巴全部赏给了我。

后来上了大学,我去外语系的同学那里玩,看到他们的课表。他们有泛读课,还有精读课。我不知道他们怎么讲这些课,但对于我,那顿贫寒人家的盛宴上,糯米饭是泛读课;糯米饭的锅巴,则是精读课,我是一颗一颗地嚼完的。嚼完之后,我有很长时间没有说话。我生怕那些被我嚼下去的锅巴再次跑出来。

还有,我全身暖和和的。

现在想起这场四十年前的盛宴啊,我全身还是暖和和的。

不染尘

想把人间唱遍(之二)

洪 放

没有源头的河流

  有一些土地,它无法被称作广阔,而只能被称作广大。江淮之间大片的丘陵岗地,就是广大的土地。广阔的土地上,天空因此高远,一只鸟的翅膀痕迹,会被它吸收和消解。而广大的土地,尤其是这丘陵,因为起伏、明晦、收放和透隐,它迫使天空时高时低、时阔时狭,因此,天空中鸟儿翅膀的痕迹,便随之起伏、明晦、收放和透隐。站在这大地上,一个人或许是一片影子,或许是一粒尘土;或许是一棵站立的树,或许是一片倒伏的草;或许是隐于地下的流水,或许是一个爬上山岗的水滴;或许是尘土中的星辰,或许是坟茔上的花朵;或许是那些被风吹走的名字,或许是被深埋在土地中的断碑。

  或许像长江、淮河一样奔涌,或许像栀子沟一样没有源头。

  的确,这是一条江淮之间没有源头的河流。广大的土地上,这样的河流也许会很多。但我只记得它——栀子沟。我曾沿着流水追寻,我希望能在丘陵的乱石与杂草之间,发现它细若游丝的源头。哪怕像一只蚯蚓一样细小,或者像一片草叶一样狭窄。但那是源头!源头在广大的天空之下,再细小,再狭窄,它都蕴藏着生命原初的蓬勃与力量。

  然而,一直没有。我一直没有能寻到栀子沟的源头。童年和少年时代,我从我家的屋后出发,脚上沾着露水,跑过那些稻田、棉田和有稻桩的闲田,然后,我就听见栀子沟的流水声。声音有时明亮,是贴着草叶流淌的,犹如孩童的欢乐;有时低沉,是被过小的河道挤压所造成的困苦。有时,河水的声音仿佛跳出了河道,飘在空中,我就知道:河水带来了上游美好的消息。而更多的时候,河水紧贴着泥土,甚至被泥土拉拽着。河水行走在江淮之间的大地上,河水只是以水的形态,塑造着泥土、村庄和人的另一种形象。

我问过亚先生:栀子沟的源头在哪?

我问了90年了。亚先生捻着白须。早年,他80岁的时候,我看见他站在栀子沟边上,看流水,看流水中被风带走的青草。他嘴里唠叨着,但没人能听清楚他唠叨什么。他看了很多年,至于看出了什么,包括他说了什么,没人知道。村庄里一代代的人如同云烟,站在栀子沟边的人,也如同云烟。甚至,包括沿流水寻找源头的我。我总在流水里,看见亚先生的影子。

我所见到的栀子沟,长不过10里。在我们村庄边上这一段,最宽的地方是大塌。塌兼具蓄水和防洪功能。有一年大旱,江淮之间烈日高悬,大地上,土地焦裂。村庄上,所有人连同孩子的嘴唇都焦裂着。人们在栀子沟里乞水。浩浩荡荡的人群,日夜挖沟。河道里因此排列出无数的深井。焦裂的泥土在深夜慢慢变冷,头发丝般的清水,悄然渗出。第二天,那些水便滋润了村庄。人们说这是一条古老的河道,一条狭窄的古老的河道。有人在深井中挖出了碎了的陶片,那上面有古朴的花纹,有人,有兽,有文字。人们把它再次埋进土里,没有人带它们回家。那些被流水覆盖了千百年的碎片,亦是江淮之间祖先的一部分。

没有源头的河流,甚至是没有故事的河流,却是这广大的土地上最真实的河流。它是姓氏、图腾,是人的眼睛、手,它是植物的叶片、颜色,它是鸟儿的鸣叫、羽毛,它是野兽们的利齿、毛发……它更是大地上最微小却最丰富的血脉。

每个人都有一棵树

每个人都有一棵树,榆树、槭树、乌桕树、苦楝树、枣树、桃树、梨树、柳树、黄杨树、刺槐树、青桐树、香樟树、喜树、苦柳树、桐树、野刺树、石榴树、桂花树、梧桐树、皂角树、梓树……这些树盘根错节,生长在江淮之间广大的土地之上。这都是些普通得不能再普通的树,金贵的树原就不属于这片大地。而且,没有人愿意去要一棵金贵的树。人们需要的,是最普通最平常的树。这些树从一个人出生就开始跟随着他,看着他从一尺高,长成七尺高;看到他头顶日头,脚踩泥土,一步步地生儿育女,生老病死。树虽然从不言语,但它以另外的方式将这个人的魂灵收留,然后在月光下将之送还泥土。

然后,树,也消失了。

一棵树的消失,是再平常不过的事。连同一个人的消失。六七岁时,在村庄的中间有一条宽不过一丈的百米巷子。巷子里仅仅在中间部位开了一扇小门,很低,比一个十来岁的孩子的身高还低。一年四季,门内都是黑漆漆的,飘出来最多的是炊烟、咳嗽,与越来越浊重的老年气息。孩子们都怕走过这巷子,然而,还必须得走。这巷子就在村子的中间,是孩子们躲猫猫的必经之地。每回走,都是越快越好。有时,冷不丁后面会有人声,似乎在轻声地喊着一个人的名字。那名字像是元,又像是水,还像是宝……反正听不清。也没有人愿意听清。那声音浑浊,久病一般,从小门里冲出来,却在巷子里得不到一点点的回音。

终于有一天,孩子们问:那是谁?

是苦柳。人们说的是一棵长在村子东边岗上的苦柳树,很老的树,虬曲着。上面只零星地长几片叶子,这表明它还活着。它是巷子里那人的树。

但孩子们还是得问:那是谁?

没人回答。其实是有答案的,只是所有人都不说出来。大人们偶尔会送些粮食到那小门前,有话没话地跟屋里的人说上几句。有一年春天,人们发现高岗上的苦柳树没有发芽。再然后,有一天,一群孩子发现一个男人向那小门内半伸着头。孩子们想听清他们说的话,但一句话也没有。孩子们就跑到山岗上看那树。树更虬曲了,果真没有一粒芽子。孩子用手在树身上使劲地抠,居然抠不出一丁点的树液。而在它旁边,刺槐新叶密集,青桐的最高处,大片的新叶如同一只巨大的绿色的鸟巢。远处,栀子沟正在金黄的夕阳下,像丝带一样逶迤而去。

每个人都有一棵树。江淮之间,很多人就用了树做自己的名字。很多年后,村庄迁移,葬于村庄周边的老坟也被迁往山里。那些被从土里取出来的棺木,很多都腐烂了。它们曾经是村庄上的一棵棵树。这些树生着时,跟着一个人;死了时,成了一个人的棺木。在众多腐烂的棺木中,人们指着一具完好的棺木,说那就是巷子里的大妈的。那是苦柳,生的时候最苦,做了棺木却最久长。

——这个有一棵苦柳树的人,按辈分算,是我的三服之内的大妈。她年轻时嫁过来,不育,便在那巷子里独居至死。而她的男人,后来人丁兴旺,枝繁叶茂。

那金子般的火亮虫

玉友一直在田地里。他一直在奔跑,沿着田埂,在稻子、油菜、小麦和冬天光秃秃的田埂上奔跑。他步伐有力,有时是小跑,慢悠悠的,如同栀子沟黄昏的流水。有时是猛跑,如同夏日午后的暴雨。更多的时候,他不紧不慢地跑。他抬着头,太阳在他的头顶,近似垂直。一开始,他长着细长而漆黑的头发,在阳光下闪着黑亮的光泽。后来,他的头发变得粗长,上面布满了无数的小疙瘩。光泽也随之消失,颜色越来越接近泥土。再后来,小疙瘩消失了。他的清瘦的光头,如同一只秋后的老丝瓜,在田埂上一耸一耸地跑动。

他到底在跑什么呢?

没有人知道,也没有人问过。玉友据说来自离栀子沟七里地的蔡店。他已经在栀子沟边上奔跑了很多年。甚至,没人能确切地说出玉友到底是哪一年来的,也没人能说清他如此奔跑,到底什么时候歇息。他口中反复念叨的那些话语,居然有人能懂。那是从上海来的女下放学生。她和玉友在田野里狭路相逢,玉友居然望着她笑,并且侧过身子,给她让出了道儿。她因此就听见玉友说的话,那是高中课本上的一段文言文,玉友说出那些文字时,用的是普通话,字正腔圆,声音中还含着一种隐约的磁性。

女下放学生是第一次见到玉友。她记住了他的声音和他侧过身子的微笑。那时候,田野里正开着油菜花,金黄金黄的。油菜花丛间飞着蜜蜂,更远的高岗上,放蜂人正蒙着灰色的纱篷,眯着眼望着田野。女下放学生差一点就停下来,这时,不远处传来呼喊声:"别停,他是疯子呢!"

玉友是疯子,他是这一大片土地上跑得最远的人。春天还没结束,他从田野里跑向了远处。他也许是沿着栀子沟跑的,也许是沿着丘陵岗脊跑的,反正他跑成了一个小小的黑点子,像一只蜜蜂一样,追随着他的花蜜而跑。他跑着,自然也并没有人惦记他。反正他本来就是个一直奔跑的疯子。他到底跑到了哪里?许多年后,一个淮河边上的人来村里,说当年有一个栀子沟的玉友,曾到过他们那里。玉友给他们带去了一种好东西。至今,那东西还在淮河边的田野上奔跑。

所有人都惊奇。玉友已经死去多年了。他竟然给遥远的淮河边上带去了一种好东西。那是什么东西?所有的人都追着问。这个淮河边上的人却卖起了关子,问玉友到底是个什么人,他肚子里有货,字也写得好。玉友在淮河边上那座破庙里写的毛笔字,至今还被人们记起。

所有的人更惊讶了。一直在田野里奔跑的玉友,栀子沟边关于他的来历也只有简单的几句:他高中毕业考上了大学,娘老子不同意他去读书。他为了说动娘老子,便跪在地上。结果,他老子用鞋底打了他的头一下,他便疯了。他奔跑到了田野里,从此再没有回过家。他后来有一次差一点进了我们村子。他跟在女下放学生后面,到了村口。他手上拿着一只小瓶子,他摇动着小瓶子,往村里走。眼尖的人发现了他,一声断喝:"疯子,你想干吗?"

玉友转身跑了。

第二年,女下放学生回城了。玉友死在栀子沟边的那棵大槐树下。他自己挖了个坑,斜躺在坑里。挖坑的泥土就堆在四周。村里人将土盖下去。然后在上面栽上了一棵小槐树。

淮河边上来的人摇着头,叹着气。所有人都追问:玉友到底给你们带去了什么?

火亮虫。淮河边上来的人说。玉友将火亮虫从田野里带进了村子,结果,每到夏天,庄台上都是火亮虫了。小小的,像金子一样,奔跑的火亮虫,就是奔跑的金子啊。

人们这才想起玉友跟在女下放学生后面的那个下午,他手上拿着一只小瓶子。在他转身奔跑的时候,瓶子被他打开了。也就是从那以后,往年在田野里飞翔的火亮虫,开始在村庄里飞跑。金子一般,金黄金黄地飞跑。

桐花和最后的种田人

广大的土地,总要回到它原初的样子。或许现在的栀子沟便是。沿着流水,那些星罗棋布的村庄都迁移了。往昔的炊烟,沉在流水里。没人打捞,也没人照影。但是,土地上奔跑的小动物多了,鸟儿多了,虫子多了……唯一少的,是人声。被拆了一半的屋子,耷拉着。墙根下长出的蒿草,青翠的,是今年的;枯黄的,是去年的;倒伏的,是前年的。再往前,村庄刚迁移时,墙根活跃着鸡、鸭和猪,还有狗、猫、黄鼠狼,以及胆大的蛇、蜈蚣、蚯蚓、蚂蚁和在墙根下歇息的蜜蜂、火亮虫,还有羽翼未丰却逞能跑出来的小麻雀……这些跟人声息息相关的家伙,现在都不再挤在墙根了。空旷的大地给了它们无限的空间。它们各自安家,平静生活。它们仿佛回到了远古,活成了它们祖先的样子。

迁移后离开村庄的人,梦里也许有它们。但梦毕竟是短暂的。栀子沟如同尘烟,正在慢慢地散去。

但有一个人例外。那是我的堂兄,我大伯家的大哥。

大哥依然走在栀子沟边的土地上。他春天种菜,夏天种瓜,秋天种芋头,冬天种油菜。他每天早晨从城里的家出发,走五里地,来到从前自家的责任田里。他不种别人家的地。这个种了一辈子田的庄稼人,坚信土地是有脾气的。每个人侍弄惯了的地,就和这个人"对光"。如果从来没有侍弄过,那就是生地。生地欺人,长不出自己想要的东西。大哥自然懂得这些,他只种自己从前的地。旁边的地上,长满一人高的蒿草。而他的地,平平整整,干干净净,横平竖直,看着让人舒服。有时,他会坐在田埂上,看着自己的地,看着地里的正在成长的苗子,他攥着厚实的长满老茧的手,又哈口气。他将刚才哈进嘴里的气吐出来,他看见那些气正游动到苗子上面,一层一层的,一缕一缕的,缠绕着,就如同他这一辈子与这地的缠绕。

大哥是这片大地上最后一个耕种的人。早年,大哥是远近闻名的犁田把式。栀子沟边上的人最喜欢的是大哥犁田时所唱的山歌。声音苍凉、悠远,低声处,如同河水的呜咽;高声处,好像老树突然折断。有时,又忽然停了。那种停,是忽然的停,让人揪心的停。人们等着,忽然歌声就来了。从低音开始,一下子鸟儿一般飞上了天空。大哥的山歌只能听音,很少有人听懂歌词。很多年后,我从一本民间文学的书里,读到一段山歌的歌词:

> 谁人见过土生金?
> 谁人见过水生银?
> 一块大地年年种啊,
> 风调雨顺才能养活个人……

我想,大哥当年唱的就是这词吧?如今,大哥是这片土地上最后一个耕种的人。没有人能再听见他在土地上所唱的山歌。只有那些已经迁移走了棺木而依然隆起的坟茔上,桐树年年都还开着浅黄淡绿的花朵。那些花朵是能听见大哥的山歌的。它们静默时,是在同大哥一道回忆栀子沟的过往;而它们颤动时,就是在与大哥一起感受着这片土地亘古不息的脉动。

(洪放,中国作协会员,安徽省作协副主席、合肥市作协主席,曾出版和发表作品若干,并曾多次获奖和被收入各种文集。)

江北书简

宋烈毅

【壹】在湖边，我是慢的

岳新：

　　这个夏天的傍晚我几乎都是在一个湖的湖畔度过的，绕着这个湖走一圈，是5公里，和你下班回家（准确地说是回到你的租住之地）的路程相同。这个湖的名字很普通，容易记住也容易被人遗忘，它叫东湖。估计在全国各地叫"东湖"的湖泊应该不少吧。其实在古时候，它叫段塘湖。我不清楚人们为何舍弃了它的原名而给它冠以这样一个几近于没有命名的名字。对它重新命名的艰难，在于人们尚不能归纳它现在的气质（或许，它的气质还在形成之中）。湖中没有岛屿，水是从长江里引进的（因为污染严重，据说这个湖里的水需要隔段时间换一次）。湖面辽阔，湖边少有水生植物，它是一个被人们"清理"过的湖。它由一个"野湖"被驯服为城市风景区里的人工湖了。湖边建有几处广场，也有球场和其他一些可以供市民们锻炼休息的场所。绕着这个湖的是一条环形的平整道路，间或有几座石桥连接其中。

　　对于这个湖，说实话我谈不上喜欢，如果说将来我对它产生了依恋的话，那是围绕着它诞生的一些事物让我牵挂。如果不能在湖边发现事物，那么我在湖边的逗留又有什么意思！锻炼身体的人在环湖公路上大踏步地行走（当然也有一路疾奔的），有时也有一些人被组织成了整齐的队伍，手中举着荧光棒，在湖边蜿蜒前进。他们大都是为了将自己的身体弄累了，淌一身汗之后好回家沉沉睡去。我到湖边的目的是什么呢？看上去，我似乎加入这赶集似的人流中了，但我是有自己的心思的。在这个湖边，我是慢的,我竭力用耳朵去听,用眼睛去看。

　　我在湖边发现的事物虽寻常却有独到之处。它们看起来都是人们司空见惯的,却因为我的仔细观察和执拗的思考而显露出它们的个性来。比如在一个晚风习习的黄昏,我在湖边看到的一群蝙蝠,它们作为一种夜间出来飞翔觅食的哺乳类动物已经被人们熟视无睹,我却仰望了它们许久许久。岳新,这真的是一群和别处生存的蝙蝠有所不同的生灵,我在傍晚昏暗的光线中看到它们在阵阵晚风中努力地盘旋飞舞着,并且朝着湖水一次次地俯冲。风很大,它们的身体战战兢兢的,翅膀也在风中不停抖动。它们真像极了一群黑色的蝴蝶,在风中狂舞。每一次,几乎在它们就要控制不住自己身体的时候,它们在风中仿佛重拾了信心,继续向着风刮过来的方向挺进。

　　我尚不能明确,湖畔的晚风会对这些蝙蝠的身体结构或者它们的习性带来哪些改变,我也不知道有没有"风蝠"这个种类,但我认定它们要比别处的蝙蝠们具备更强的抗风能力。在湖边生存,因为有浩大的晚风,这些蝙蝠逐渐形成了迎风飞舞的习性。除了觅食和寻偶,我认为它们生活的乐趣也应该包括在风中冲浪,在风中一次次失去重心,又一次次找回平衡。正是它们在湖边夜色中任由身体被风刮得东倒西歪的时刻,使得它们看上去像一群黑蝴蝶。它们给我的印象并非无力,而是坚韧。

　　在湖边,我很容易成为一个发呆的人,我走走停停,或者抚摸一棵树粗糙的树皮,或者打开手机里的手电筒,循着虫鸣发出来的方向去照亮一片茂密的灌木丛。这个夏天,我在湖边用手机拍了很多螽斯(蝈蝈)的图片,各种角度的都有。我随手拍下的这些相片虽没有艺术性可言,但我喜欢在繁忙的工作和生活间隙抽空看一看它们。这些生命的个体活得逍遥自在、健康强壮,在我灰心失望的时候常给我带来精神上的激昂振奋。每个人都会有生命中萎靡和灰暗的时刻,需要一些事物来照亮。因为心有惊喜,这个夏天,我由一个湖给我带来的这些细微的事物而感到精神上的富足。

【贰】未经包装的"朗读"

岳新:

　　写了这么多年的诗,我却几乎没有朗诵过自己的作品,即便有这样的机会当着众人的面朗读自己写下的文字,我总感到难以让它们从自己的发音器官中变成语音、气流和气息在空气中传播。但这并非表明,我不在"读"自己写下的作品,我倾心于默读,在心里面读,无声无息地读。有朋友对我说过,我的诗歌是不适合朗读的,不适合读出声音来,是给读者"看"的。我赞同他的观点。

　　进入微信时代(如果从微信这种功能强大的社交软件给现代人的生活带来的巨大影响来看,这个时代似乎可以称为"微信时代")以来,朗读诗歌作品、聆听文艺音频似乎成为一种流行的文艺生活,人们相信朗读能够让诗歌——尤其是小众的严肃文学和被尘封的作家作品——走近大众,丰富人们的精神生活。而作为一个文学作品的"生产者",我并不期待和向往参加这样的文学朗诵活动。但我在内心里有一种预想,那就是总有一天我会以我的嗓音来朗读自己的诗作的,只读一次也就足够。

　　前些日子,我意外发现了在网络流传的保罗·策兰朗诵《死亡赋格》的音频资料,仅仅是音频,没有影像。我当然是十分珍惜的,在手机里悄悄收藏了起来。我已经聆听了很多遍,说来可笑,我都是躲在被窝里听的,在夜深人静之时。保罗·策兰是德语诗人,他当然是在用德语朗读,而我也肯定是无法听懂的(虽然我已读过很多遍他这首诗的汉译版本),我仅能模糊地将他的朗读和汉译诗句对应起来。我"听"的是什么呢?从音色上来讲,这个略微有些羞涩却清朗的嗓音是和保罗·策兰这个人的相貌和气质相吻合的,短短三分钟的朗读,没有任何背景音乐(我也想不出有何种音乐能够和这首黑白交缠、痛苦异常的诗歌匹配),似乎是缺少了朗读的形式美感的。

　　这是未经任何包装的朗读,只有一个人压抑而痛苦的声音在黑暗中震颤。我在黑暗中面对的这个朗读者是缺乏朗诵的技巧的,他只是试图通过一种平静的语气来重现他的诗歌文本,但在一种情感的竭力平抑中,我还是能够感受到他激烈抗争、难以平息的内心世界。这不是表演性的朗读,如果一个诗人通过一些夸张的朗读技巧将自己的作品以朗读的形式表演出来,我认为那是极其可笑的。点击聆听这首《死亡赋格》音频资料的人是很少的,比那些朗诵家甚至业余朗诵者朗读的作品收听率要低多了,人们毕竟是喜欢美的外在形式的。

　　我也观看过已故诗人顾城朗诵自己诗歌作品的影像,在那段朗诵影像中,这个旁若无人的朗读者站在一个舞台上,看不到周围的观众,他的朗诵似乎也并不在乎观众的存在,他时而抬头仰望,时而闭上眼睛——这些应该是他的习惯动作,他只是在朗诵中再一次当着众人的面抱紧了自己(他写诗也是在抱紧自己)。

　　岳新,我羞赧于当着众人的面朗读自己的作品,这和卡夫卡的态度完全不同,他经常在文学沙龙或者当着挚友的面朗读自己的小说,他乐意将自己的作品读给大家听,甚至连他的《在流放地》这样的颇有些血腥气息的小说也在沙龙上朗读过。据我读到的有关资料记载,当时甚至有女观众当场被他朗读的小说吓晕过去。——小说家的生活也充满了故事性。或许,小说家需要借此来证明生活的无穷戏剧性。

【叁】去做一个"苦吟诗人"

岳新:

我的诗越写越短了,散文也是这样,都是"决绝的独段"(一位诗人对我作品的评价,见王彦明《内心的再造——〈散文诗〉2020 年第 2 期阅读印象》)。自新冠肺炎疫情开始以来,我写了二三十首短诗,都是七、八、九行的短制,最长的不超过十行,而且都不分段。越写越短,却并不意味着非常容易,相反更加考验我的耐心和耐力。因为要想在这样短的诗作里既有跌宕起伏的场景和缜密的思绪,同时保持语言的节奏,是极为困难的,正如在一个逼仄的空间里舒展我生命的全部。但在被这种短小的形式包裹着的写作过程里,我找到了一种安全感,也感到非常舒适。它也许是我今后很长时间里需要延续和保持下去的写作方式。

我喜欢那种能够深切地体验到自我的写作,没有自我的写作是漂浮的。岳新,写作的障碍对于我来说太多太多了。写了这么多年,我从何敲碎写作状态中的"旧我",从何找到自己最舒适也最能考验写作恒心的方式?我从来没有像现在这样能够为一首小诗而在书桌前坐上整整几个小时,有时简直要耗费掉所有的心力!写了之后又重写的事,经常发生,而经历了精神的煎熬和苦等之后写出来的作品却时常在"教育"我,总能给我新的写作启示和人生的启迪。加入"苦吟诗人"的行列中,意味着要经受写作的苦苦煎熬和它对生命的无情压缩。我天真的愿望也许是:仅仅就那么几行的文字,却能够像一个自在的生命体那样自由地呼吸,它不是我写出来的,它是一次"诞生"!

我对海子(不仅是他的诗歌,也应该包括他急剧燃烧的年轻生命)的真正理解是在整本地阅读了《凡·高书信》之后,也深刻领会了海子对于荷尔德林晚期诗歌的评价(他认为荷尔德林晚期的短诗是"大沙漠中废墟和断头台的火砖",一个多么惊人的比喻,包含着惊人的直觉)。现在看来,我在 40 岁之前的写作大多是轻狂和躁动的。

这次,我没有写"抗疫诗歌"。但在这非常的时期、非常的时刻,我不可能无动于衷,对无辜生命消失的痛心,对人类未来命运的忧虑,都在潜意识里影响了我的写作风格和写作主题。岳新,在这段时间里的写作中,我第一次接受了"泪滴"这个词,在我以往任何的诗歌中都是没有它——"泪滴"这个词存在的位置的。而"泪滴"忽然到来了,它在我的一首短诗里找到了一个贴切的表达方式。我不知道在以后的日子里,还有哪些曾经被我排斥的词语会被重新召唤到我的写作中来。

你应该知道的,卡夫卡有一则非常著名的日记,那是1914年8月2日,他在日记中这样写道:"德国对俄国宣战。——下午游泳。"有人将它作为解读卡夫卡作品的一把钥匙。这则日记似乎让它的主人给我们留下了"冷冰冰"(甚至有些"无情")的印象,让人觉得这个日记的主人极其"自私",对人类漠不关心,和动荡的世界保持着"自私"的距离。但现实的情形就是这样,无论这个世界变得多糟糕或者正在急剧地变"坏",作为个体的人、活生生的生命依旧要想方设法安顿好自己——这符合人的本性。

我没有记日记的习惯,这个不寻常的庚子年,从春节至今,除了在家做好网上办公工作和进社区防疫卡点当疫情防控宣传志愿者,在居家隔离的日子里,每天睡前除了在手机上读完所有有关疫情的最新消息,我还会听自己最喜欢的音乐家的乐曲。保罗·莫里哀是其中的一个,我几乎是单曲循环了他的那首非常有名的 *Love Is Blue*(译作"爱是忧郁的"或"蓝色的爱")。我一遍遍地听,同时细心观察着这个两鬓斑白的法国音乐家优雅的指挥和演奏,让这首由一支老歌改编而成的轻音乐缓解我的焦虑。我由此想到我的诗歌,是否也应该有一种抚慰人心的力量。

岳新,每个人的生活都是由点滴的细节构成的,这个特殊的春天也是如此,我在它的"不变"中觉察出一些"变化"来。比如,在本省疫情防控级别降低之后,每天晚上走到街头散步的人较以往多了起来,不是节日,人们走到街上就像过节一样。但我看到人们似乎只是走着,戴着口罩,彼此保持着距离,没有喧闹声,街上出奇安静,这种安静对应着人们在无明中期待迎来光明和光亮的内心。

(宋烈毅,安徽安庆人。作品散见于《散文》《红岩》《山花》《文学报》等文学报刊。曾获《安徽文学》第二届年度期刊文学奖,第三十、三十八届香港青年文学奖。著有散文集《与火车有关的事》等。)

四 重 秋

才 苟

壹

老家前后有两棵果树。它们现实地活在乡下,和记忆伴随、站立。

一棵是小叔叔家的石榴,另一棵是自家院子里的柿树。那个有点保守的院子极大地隔离了更多邻里信息的传播,父母至老,性温而喜闹,出于安全的考量,院子在我们远离家园的心里筑起了防线,却加剧了老人的冷落感。鳞次栉比的小洋楼,重复的花样,犹如各自的家庭故事,被院子远远地逐散,未引起兴趣也无从听取。只有小叔叔家的石榴,挨着我家的房顶开花、结果,一部分叶子落在瓦楞间,又被风掀起的树枝扫落,纷纷掉在阴沟里。一些些动静,开花结果的细节,很难不被我家觉察。妈说,石榴可以吃了。妈一说出来,我的胃里就有更多液体激荡、奔涌。不宜忘记,掰开的石榴晶莹剔透,如玫瑰色钻石。钻石非小,而且弥足珍贵,更有它迷人的排列,抵过世间最完美的秩序。所以我一直保持贪婪地吃石榴的习惯,不忍心一颗颗咬碎,而是积攒得手心满满的,倒入口中,除了核,下咽的汁水也够呛,有如喝饮料,很过瘾。

每年我都能看到,朝阳的果皮红得像脸上害羞的红晕,绝大部分还是生锈似的泛黄的绿(黄色和绿色搅拌在一起会变成蓝色,这是颜色的调和艺术。植物的绿,只要被风吹日晒就能变成黄色,成熟的果实黄,衰老的树叶亦黄。这都是发生在秋天的事情,发生在瓦蓝的天空之下。如今我在秋天里突然联想起黄、绿、蓝三种色的有趣组合以及互相转变,这是个既复杂又不惜伤脑筋的螺旋问题,同时类比出烂漫而直接的童年:果黄了吃,叶黄了忽视——人的成熟在一定程度上表现为越发贪婪:既吃熟黄之果,又叹薄黄落叶），好在尝起来酸甜中带着淡淡苦涩；好在乡下对苦的味道有着教徒般的信任，苦能清热祛火、化解积滞、降糖宣肺。小叔叔全家务工外出，那棵石榴最热烈的开花和最沉实的结果，都是托母亲照看的。石榴不可能在树上待到冬天的尽头，等叔叔全家；母亲也看不住孩子们的嘴巴，她喜欢小孩子，喜欢新一茬的孩子叫她奶奶，真正该在她手里牵着的小丫头被我带去城里，她把属于小丫头的仁慈都分配给嘴馋的孩子们。我回乡，石榴的美好口味于是也有了合理延伸。吃到那棵树上的石榴时，石榴青黄夹杂的树叶即将落尽，叶纤维中含有极少的叶绿素，它们竟出乎意料地隐藏在树枝最密集的缝隙里，原因不难推断，梢尖的叶儿也许能在秋天有限的日照里获取热量与温暖，同样最容易在夜色中遭逢冷遇。倒是暮色中偶尔还能发觉残留的几朵鲜红的石榴花，转瞬即会暗淡的红，就像冬天里的口唇由红变青——是的，我在暮色里和母亲一起尽可能地摘掉了树上可以食用的石榴。和母亲一起干活，石榴的红色很暖，恰如心情。

然后回家，院子里的柿子垂满树梢。暮色加剧了果实不断下沉的趋势，天光很短，灯火与之胶着，已经听不见柿叶的旋转和织布娘像风一样细长的唱和，那些柿子点着深秋的灯笼，一言不发。柿子在树上时远未果熟蒂落，在我有限的乡村生活经验里，总相信能食的柿都是在沙里煨出来的，红透只是标志之一，更要软，从里向外，盘于手中像只水袋。软柿子的任人拿捏，在这里变成一种好品质。我也信任那些山坡、河谷中群生又未追施肥料以及化学药剂的果子。它们像我原生童年一般烂漫，呼吸阳光、空气和水，像一群厮混在一起的孩童，质朴而性野；它们之间是要说话的、撒欢的，甚至忘记回家，穿戴很少但是不怕冷，个个身强力壮。太孩子气了，又是野生，我妈照顾不到它们的。她照顾到的柿子就在院子里，叶已掉光，落叶已被扫尽，院子干净是她干净生活的一部分。

霜冻还遥遥无期，可我现在就必须将柿子全部从树上摘下来，我得主持这场劳动——乡下的老人仍然寄希望于此，让家庭最重要的成员主持播种、收割、采摘、奠基等重大事宜，这更像是某种仪式。院子里的两个老人还会忙上一阵，从外面弄一堆干净又干燥的沙子，一层层将柿子煨在沙里，他们用更长的时间守护，像伺候孵蛋的母鸡。快了，快了，秋天里最后一阵暖和的阳光慢慢上升到院墙上、空空的树枝上，清冷散落一地，红又软的柿子一一被派送出去。这个秋天所有的寂寞与荒芜都没能在老人的心里留存。

贰

车从乡下驶回,秋高气爽,温度适合,来去轻松。我见到父母都安好,心情也跟着愉快。这些美好的词汇,和某个契合的事件联系上了,有枚形态完好的树叶悄悄掉在车厢后座,等我发现,就像一切美好的事实依据。捻着叶柄,旋转,有点花的模样,也有点回馈的意思。我顿时对落叶除了形式和寄予等感性命题之外产生兴致,有了这点念头,该替它琢磨琢磨:给点阳光就灿烂,为啥?资料中这么解释说:植物叶肉细胞中主要含有三种色素:叶绿素、叶黄素和胡萝卜素。这三种色素的合成与温度有关。秋天温度下降时胡萝卜素的分泌增多,而胡萝卜素是橙色的,所以树叶会变黄或者变红。叶的颜色是由于这些色素的含量和比例的不同而造成的,水分逐渐减少然后落叶如葬。这样的研究或多或少缺点对生命的认知,缺点对牵挂这类感情的认识。叶子都是树上长出来的,就像人身上长的肉,和树枝有着紧密的联系(牵挂),冷终究是外部因素,只要你仍然扎根泥土,水分和营养来源就没有中断,怎么说分手就分手呢!而且,更严重的是任其枯萎、凋亡,化作尘土去。也难怪,木头就是木头,人再笨也不宜跟木头一样。

我决定将它留下,作为无情的证词、冷艳的附加价值、乡土的来历以及对秋天的收拾。

秋天最有理由的荒诞莫过于色彩的戏法。让一部分绿叶在天底下变成黄叶,与绿叶混合在一起,瓦蓝的天穹是一面镜子,对绿、黄两色可能的调和已经没有过分浓厚的兴趣,就像不幸从枝头掉落的树叶一样,秋天气候寒凉,水分减少,没有水分参与的调和,再怎样的巧夺天工,也只能让斑驳成为唯一的构图。

叁

植被在秋声里呈现出式微之态。曾经茂盛得不可一世的草丛,不再彼此遮蔽,即使继续勾连,也在萧疏中支离,茎叶的水分都掉在地上,透过地表下沉。大地也懂得储备,那些维系生命的东西藏得越深越显得保守。草丛枯瘦,石头和沙砾再次显现,一年前它们新鲜的光泽已被薄薄的干燥的泥浆包裹,一年中所有关于雨季的信息都通过一层细腻的积淀暗示出来。单位新建后搬迁到这里,岁月的厚度有了一年的记载。这一块面积辽阔的空地,在医院规划中是一片绿化林,它们在图纸上枝叶繁茂、绿树成荫。但不知是何原因,就一直空着,和时间一起挣扎。草的种子改变了一切挣扎的形态,同时为虫子(蛐蛐、蟋蟀等)编制了草笼。我就在月夜的岑寂中路过,那些安家落户的虫子的叫声在空旷的夜色中起伏,幸好有月色,草丛的黑影抱作一团,没能上升,像幻觉一样显现森林般的压迫感。虫声微弱,萤火般在风中荡漾、消散。

　　这一切都和落叶无关。我在月色中游荡,身后——你若突然因为什么回头留意身后的时候,月色中有淡淡的雾气,面贴石头一样惊心的冰凉。我一直在说,不愿意走出这个圈子,是因为这个圈子已经够大,它超越了我的脚力。沿着围墙的墙根游走,那儿有一条两米多宽的水泥路,是我现在游走的线路,在图纸上没有那么白,即使没有朦胧月光的照映。它更像一条纤细的河流,穿过设计中的花园、竹林和假山。河流有了源头和流向,给人的暗示就有可能无限长远。人的耐性无法与之相比,当热情支撑不下去时,你总会在某个地方选择上岸。墙外的树木疏影婆娑,如果你还记得它们繁茂时的样子,就能明白,此时的月光穿过的正是它们的骨缝,柔软丢掉了,茂盛变得十分虚妄,只留下了树的关节结构。别怪我因为虚妄而生妄想,医生在阅读无数人体摄片后(当然医生也只有穿着整齐地坐在观片灯下,细看骨骼在一片致密的暗影中显形,甚至将眼镜推离眼眶时才更有学术派头),射线透过现象让人看清本质,这是人在现象面前受到挫折从而引发的发明创造。终于把本质看透时,对世界的判断也形成了固有的习惯,比如现在我抬头望去,那些支棱的树干在巨大的夜幕中,呈现出秩序迥然的骨相。

　　落叶亦为了呈现?落叶是在满足人的情感需求。

　　有些人会赋予落叶以无情、焦黄的特征,和与母体分崩离析构成的浓厚感情色彩的成因——这是情感丰富又无处寄托的人找到的载体。秋天有诸多象征,落叶能不能成全更广泛意义上的收成,或者成为收获的负面教材,这可能是某些知识分子思量的问题。从入秋之前的夏天一直到如今的落叶缤纷——没承想落叶缤纷和落英缤纷从颜色上一样给人低回和惆怅——我分别阅读《人面桃花》《山河入梦》,并急切期待读到《春尽江南》,一个教授作家的三部长篇,知识分子的命运在三个不同年代中的更迭和树叶枯荣竟有惊人的一致,这也对落叶的反省有着多重的借鉴意义。那个书房中端坐的教授,头发花白(头发在他年轻时就有了秋天的气象),衬衫外有了羊毛背心,背心的主色调是藏青色,黑白相间的领口在大片黄色书墙的衬托下,有胶卷边缘或者平面长城城头的印象:时间即将成为记忆。这也是他传递出来的,我从中发现的最早的北方的秋天。

　　北方荒草已蒙霜。《人面桃花》指向那些青春勃发又昙花一现的青年才俊,文学命运之短,没熬过秋天;《山河入梦》笔指战火中的文人墨客,历经磨难,见证新社会的落成,又在一些风雨交加中命运多舛。虽然在阅读过程中一再提醒自己,这不是纪实文学而是小说,却仍然感知到灰发作家对文学的忧虑。这正如秋天落叶般气势恢宏、色泽绚丽,却不再多汁,越用力地舞蹈,越期待声势浩荡,结果越是声息渺茫。

夜色中的树影已经没有叶的支撑。落叶无声,不抵叹息,就在空旷的夜色里,仿佛早有人迹,唏嘘声止,低回和惆怅的眼神化作幻影。

肆

有朋远道而来,他们来自平原,热爱摄影,热爱把自然搬进底片,尤其是没见过的大山,没见过的重山叠翠。噢!秋天已经不是表现重山叠翠最好的季节了。他们驱车进山,追寻阳光,暖而橘黄的阳光中耀眼的部分,那些点缀的部分,好比一树金黄的叶子、一树火烧的叶子,好比金黄或火燎的树叶像毯子一样铺陈在地上,树干就如仪仗变换的队形。这是落叶的尊严。他们来早了,亦可能来晚。我陪他们走过山川,我却是一个离开山川太久的人,去不逢时或者带错地方。山色黛青,松树和阔叶常青树布满山峦,萝卜、油菜的秧苗葱郁遍野,幸好有一簇黏稠的阳光浇灌在梯田上,未辜负此行。还缺点什么——村民耕地放牛歇息在旁,他看热闹的眼神清澈无比——缺什么补什么,他牵着牛走上田埂。他衣服灰白,那是旧时光冲洗出来的;他手执烟筒,形似根雕……我说此主题有点泛滥,也不是秋天的特色。他们几乎异口同声:阳光和村夫身上的衣服都是秋天的。我才顿悟,照耀中的落叶和被照耀的衣衫可以是山对人的覆盖,或者人对山的模拟,不拘形式。我又将耳朵竖起,收集山间各种奇异动静,仿佛听到了,听到的比能分辨的多出无数。山有仙则灵,那些未能分辨的就是神的化声,山里人的宗教便始于此。

(才苟,本名占愿节,安徽省太湖县新仓医院眼科医生,安徽省作协会员。在《山花》《天涯》《安徽文学》等发表散文40余万字。出版散文集《有一种幸福离你很近》《抚摸流年》。)

诗和远方

金国泉

生活不止眼前的苟且,还有诗和远方——这里的诗应该不是狭义的诗歌,而是诗意,或许也不仅是诗意,而是一种诗一样的美好与情愫,它远远超出了作为文本的诗歌本身。但不管怎样,它无论如何都与诗这个大家庭脱不了干系。

为什么大家都乐意,或者认同把诗与远方契合起来,诗在远方吗?远方就是诗的大本营吗?有件事我记忆深刻:某次在高速路上驱车,一辆货车从我车旁超过,别的没看清,但我看清了那车身上赫然写着"诗和远方"。灰色车厢,当然那字就是灰背景了,字是红字,波浪式的。这让我一下子想到了这位车主的与众不同,他有怎样的目标?遂想追上看个究竟。我记得清楚,妻子当时严厉地冷笑了一声:"诗在远方,车祸可能就在你脚下。"妻子简单地把远方与车祸结合起来后,我一下子毛骨悚然,立马放弃了追逐那个已然远去且正在飞奔着的一车"诗",且行且珍惜起来。

每个人都有自己的苟且时分,苟且地偷生,苟且地行事,苟且地笑一程、哭一程。我常常由此想到了那些自杀者,他们为何在那一刻不愿意"苟且"一下呢?果真如此,便逃过了心中自动生成的那一劫,下一步也许会生活得美妙,并诗意起来。这样一"苟且",似乎诗真就在远方了。比如那个刘邦,"苟且"地"籍吏民,封府库","还军霸上",便成就了一首四百年的帝王之诗,而项羽不愿意苟且,自刎乌江,让自己的血与团队的血一起在历史的碾轧中荡涤。

自刎也充满诗意吗?也有相当多的仁人志士十分欣赏这样的浊醪妙理,写下"至今思项羽,不肯过江东"的李清照便是一例,她诗意的定盘星是"生当作人杰,死亦为鬼雄"。但这个定盘星现代很多年轻人并不认同,"鬼雄"谁见过呢!过于虚无。他们是注重当下的那一族,于是,他们只欣赏说出那句"嗟呼,大丈夫当如是也"的刘邦以及处在这个段位上的刘邦们。

我在想,刘邦所云"大丈夫当如是也"这句话本身并无诗意,但它充满着远方,甚至就是一个直指远方的道统。不是诗人的刘邦遵循并锚定他与他组建起来的团队共同策划的远方,一步一奋斗,既不超速,也不越界、也不违反其他交通法规,甚至在他的那辆车上也没标个"诗与远方"的标识,却最终修成了正果,并写下流传至今的《大风歌》。我感觉刘邦一定是一个将诗与远方完美分离并完美结合起来的人,有头有尾,头尾相连,形成闭环。与刘邦相比,项羽那充满着诗意的自刎是后人欣赏出来的,说真话,我对此感受到的是脊梁骨发冷。"彼可取而代之",他说的这句话虽与刘邦那句一样并不具诗意,似异曲同工,但终究不是一曲,工因此也就不同了。"太刚易折,太柔则卷。圣人正在刚柔之间,乃得道之本。"我不知道刘邦的后代刘安在《淮南子》中说的这句话,是在总结刘邦,还是在总结项羽?我只知道项羽一路斩杀,一路奋斗,违规违法地坑秦焚宫,最后也就出了交通事故,历史这个交警自会一次性扣除他十二分,没收驾照,永不录用。刘邦刚柔并用,遂将远方收入囊中,并演奏出一曲"大风起兮云飞扬"的时代强音,一路前行。

结局就在远方,它总是图穷匕见地暴露一切、揭示一切。刘邦创立四百年刘氏帝业,我老想着,这个被历史学家奉为汉高祖的刘季,当他从那个"远方"回到出发点时,他胸中怎么突然就有了《大风歌》呢?"满则溢",我还是肯定这个句子。刘邦的诗被他自己溢了出来。也就是说每个人心中都有一首诗。刘邦的诗溢出来后,他一定还会偷偷一乐,认为自己当时不过随口一慨,甚至他可能还在心中问自己:我当时有没有惊出一身冷汗,吓没吓着自己?历史过往中这样随口一慨的例子应该不止刘季一人。项羽的话却是大大地惊着了他叔,梁掩其口,曰:"毋妄言,族矣!"由于系随口一慨,肯定就有些浮飘,诗意或许就藏在这浮飘之中。大多数人在行走的道路上可能忘记了自己曾做下的那个有些浮飘的标记。连标记都找不到了,结局中的那个匕首暴露出来时,可能已经锈迹斑斑。

在这锈迹斑斑中,我不知道诗是否还有存在的可能?

如此往下推,远方当然地具有随意性,但这种随意性被说出来后,它便具有不可更改的历史指向性。刘邦不可更改,项羽亦不可更改,远方因而始终不渝地蹲守在远方,它随时准备与那个不忘记标记的人结合成一首诗,甚至是脍炙人口的诗。要实现这个根本,我想起码要建立一条通道,要安装一个与之对话的装置。有了这个对话装置,并建立一个定期对话的机制体系,我们便不至于走偏。就像那道地平线,我们每每凭着那缕光亮,为其凝神静气,为其策马扬鞭,为其风尘仆仆。如此的随意岂是一个"随意"了得?地平线每每消失或者消解,我们必须在它露出的光亮没消失或者消解之前一步一个台阶或者一步一个脚印地抵达。这个抵达不可更改,哪怕吹乱一头白发。

一个美学常识:距离产生美。但是如果在距离有些离谱,连一个点都看不到的情况下,比如遥远的星系,连想象都无法抵达,那它还美吗?虽然应该也不丑。所以美有另一个常识,那就是必须有所呈现,呈现成就美。有了这样一个常识便有了诗与远方相连并产生出对此的向往与追求。有了向往与追求就会有"青山着意"的成色。我又常常想,项羽是成色不足吗?刚性进行到了巅顶阶段当然就起了化学反应。化学反应在我看来具有颠覆性,它已经不仅是成色的问题了,它可能践踏一切诗性物质,甚至能让项羽们的远方与诗擦肩而过,并戛然而止,黯然宵遁。经年后,那宵遁之处自是荒草丛生、瓦砾成片。有多少人从此打马路过?现代人,甚至也不仅是现代人,他们在打马路过时仍然能从这荒草丛生、瓦砾成片中找出诗意的存在。我在想,却原来,项羽们的诗被践踏进了泥土,也就是说,诗是永恒与不死的,泥土始终不忘与诗结合,与诗一起生长。

常常有人问,远方有多远?我不知道此人问的是地理学概念,还是心理学概念,但我知道,他的下一个问题是:我们什么时候能到达?我家乡有句俗语说的是另一个理:心急吃不得热豆腐。豆腐趁热吃比冷的当然要香得多。但你一旦着急,那滚烫的豆腐包含着的豆汁就会咬你,咬你一嘴泡,于是你就没法吃了,你甚至可能连那顿饭都没法吃了。所以,我执意认为远方是自然敲定的,而非人工设置,不可问,不可言传,不可胡乱激活。这样的远方当然地具有诗意与诗情,也只有这样的远方才配得上让你为之深一脚浅一脚地行走、吟唱,并最终独自欣赏秋水长天。

如此,远方便是深一脚浅一脚的组合体,诗意也就分别撒落在每一个近处、每一个网格。应该说,每一个脚印都是为着远方前行而出现的,踩下去后从那深深的脚印里绽放出来的花朵,充满诗意与诗性。正是它悄悄地消解了远方的浓度与酸碱度,让远方咸淡合适、酸辣恰当、苦甜怡心。所以远方是一种心性,它是审美的,也是审丑的。

诗意与诗性到底是什么?现代社会许多人一直仰望、追问与追赶。我一直郁闷,尽管我写诗写了很长时间,对此我仍日有夏虫语冰的感觉。那些诗意与诗性总像那些花朵,总像从花朵里释放出来的花香。它们或者很快凋谢,或者很快被风吹走。没有人能真正抓住花香,并将之藏匿,独自品尝。我如此,大家亦如此。那诗意与诗性难道是一个伪存在吗?答案当然是否定的。但我想说,只有果实留了下来,不为一切所动地被我们抓在手上,"桃子压枝垂"呀!所有的果实都可能压弯其所处的枝杈。这些不应该就是"苟且"吧?如若是,那有且只有通过这些"苟且"才能让人类看到来年的枝杈上,再次绽放诱人的花香。

其实,不必抓住花香并企图将之藏匿,它也并不在远方。从这方面来说,那些花瓣中的芳香油或配糖体也是"苟且"的,它只能释放于身边的一小段路程,并且弥漫。我亦不敢肯定这是不是客观真理。但它们一定是饱满的,充满着无尽的表达。也只有这样的表达才能配得上那存在于每一个人胸中的诗意与诗性。而这时,远方已然就在近处,就在脚下——我欣然地感到,我们均拥有或曾经拥有。

我一直在用我的脚步丈量我的人生,一步一步,一寸一寸,从少不更事到成家立业,再到现在的太阳开始偏西。我用双脚丈量丘冈,那些黄土冈总有不断的酸甜苦辣;我用双手抚摸草木,那些草木中总有不尽的蝶舞莺飞。我一直在前行,如果这世界上真有苦行僧,那我们便都身处其中了。这是不是海德格尔所言"诗意的栖居"呢?

"诗意的栖居"与"苟且的栖居"有什么不同吗?道在屎溺,或者说屎溺中有道。这也就不可否认"苟且"中存在着诗性。

每一个生命都是清晰的,清晰得足以让每一个生命最终成为一幅坚毅的剪影。我感觉我们的每一步前行都充满着诗性。任何生命也都充满着诗性。生命的一次性决定着生命必须全过程在诗性中展开,在诗性中表达。

表达即绽放,绽放不一定或不必在远方。

(金国泉,安徽望江人,中国作协会员,安庆市评论家协会副主席。诗歌、散文、文艺理论散见于《诗刊》《星星》《文艺报》《清明》《散文》《散文选刊》《散文海外版》等省内外报刊。著有诗集《记忆:撒落的麦粒》《我的耳朵是我的一个漏洞》《金国泉诗选》及《大地苍茫》等多部。)

荷花居手札

项丽敏

小满已至，枇杷黄熟

徽州的古村落里，枇杷是常见树，院子门口种一棵，叶子常年绿着，像一面大伞撑在那里。

枇杷冬天开花，一簇簇的花塔在枝头尖上，淡黄的颜色，一点儿也不招人眼目。经过它们，会闻到香气，也是淡淡的，不想惊动什么的样子。

枇杷花开很久，整个腊冬都在开着。等枇杷花塔变成果子的时候，已是春天。起初那果子也是不招人眼目，青绿青绿的，藏在叶底。

忽然有一天，果子从叶底探出头，春天就要过去了。

入五月，枇杷日渐黄熟，主人就踮起脚，每日摘几颗，给家里的老人孩子解馋。

也有人家不吃那枇杷，只是看着它们，进屋子看一眼，出屋子看一眼，仿佛用眼睛看比吃在嘴里更有滋味。

荷花居周围也有好多枇杷树。第一次来这里的时候，枇杷果还是青小模样，现在，果树上已是累累橙黄。

有两棵树的枇杷结得太多了，一球一球的枇杷把树枝压得弯下来，低垂在地。

枇杷的香气引来鸟儿，在树枝上钻来钻去，这里啄啄，那里啄啄。枇杷落下来，掉在草地上，鸟儿也跟着飞下，在堆积着落叶的草地上继续啄那些枇杷，把落叶弄得哗哗响。

走到廊前，想看清是什么鸟，刚一探头就被地上的一只鸟发现，它有点吃惊的样子，扭头看看我，那神情仿佛在问：咦，怎么回事，这屋里怎么冒出个人来？

啾的一声,鸟飞走了。一只鸟飞走,别的鸟也跟着飞走,像一群长了翅膀的果子从树上飞离而去。

我认得它们,是黑脸噪鹛。

黑脸噪鹛很好认,如同它的名字,脸颊是黑色的,像戴了一副超宽大的墨镜,背部和尾巴的羽毛则是褐色,落在树干或枯草从中,很难看见它们。

黑脸噪鹛喜集群,好热闹,一伙儿七八只,追逐着,扑打着,叫叫嚷嚷,从一棵树飞到另一棵树。

抱歉啊,惊扰了你们,我是这里的新房客,欢迎以后常来往。

来荷花居吃枇杷的还有领雀嘴鹎。

领雀嘴鹎也很好认,披一身橄榄绿的覆羽,黑色额头,前颈戴着白色的颈环。真会打扮自己,戴着这颈环看起来果然神气得很。

看领雀嘴鹎的嘴喙就知道,它是浆果爱好者。喜欢吃果子的鸟儿都有一个短而粗厚的嘴喙,可以牢牢地噙住一颗樱桃,简直就是摘果神器。

领雀嘴鹎看见我也是一副吃惊的样子。它们每日在这里活动,对这里的一切早已熟知,一个陌生人的出现,对它们来说就是一种入侵。

放心,我不会伤害你们,这里还是你们的领地,每棵树都是你们的据点。至于树上的果子……那么多的果子,估计你们也吃不完,允许我一天吃上两颗吧。

夏日晨曲

凌晨五点,听到墙脚树莺的啼鸣,看窗外,略微发白。

山谷里的鸟鸣就是不一样,意境清远,像是从王维的诗句里飞出。

接着又听到大山雀的鸣叫:彼此此、彼此此……远处有鸟在唱和,曲调陌生,是我没有听过的。

过了一会,听到麂子的叫声:噢、噢、噢。叫一声,停两拍,再叫一声。

这是第三次在荷花居听到麂子叫。几天前初次听到,又惊又喜,真是久违了,不记得有多少年没有听过这种兽鸣。

小时候跟随母亲生活在她任教的乡村,夜晚醒来,时常听见这样的叫声,孤独地嘶喊,神秘的爆破音仿佛从大山深邃的咽喉迸发。

前天在廊前喝茶再次听到麂子叫,顺着叫声看了一眼对面的山,不再诧异。山谷里就该有这样的声音啊——鸟的叫声、兽的叫声,还有风在林木间窸窸窣窣的穿梭声。

今晨还听见果子落地的声音。当我走到池塘边,看一丛正在盛开的波斯菊,听见身后噗的一声,像鱼在水里吐出的气泡,微小又清晰。

片刻,又是噗、噗两声,转身看,几枚发着亮光的枇杷落在地上。

拾起一枚,剥皮,去核,果肉放进嘴里,酸甜的汁液溢满唇齿。这里的枇杷树没有经过施肥、打药,形如野生,果子小,核多,果肉也薄,味道却是极好。吃了一枚,不过瘾,站在树下,踮脚又摘了几颗。

对不起,鸟儿们,我食言了,原本说好一天只吃两颗,现在……有点停不下来。

站在枇杷树下吃枇杷的时候,想起瓦尔登湖边的梭罗。他在林间漫步时也喜欢采摘野果。梭罗认为,果子滋味最好的时候,就是刚从树上摘下来时。那些经过长途运输,然后摆放在城市货架上的水果,已经失去了大自然赋予的美味。

吃浆果的快乐,有一半就在采摘的过程里,在视觉的愉悦和手指触碰的快感中。怪不得浆果成熟时会引来鸟儿频繁光顾,即使不那么饥饿也会飞过来,在树上钻来钻去,把浆果碰得站立不稳。对鸟儿来说,这也是一种快乐的游戏吧。

今早尚未起床时,还听到潜水鸟带着颤音的长鸣,是从池塘里传出来的。潜水鸟的叫声我不陌生,在浦溪河边经常能听到,不过这么近——在卧室里听见,还是第一次,这也算是住在山谷池塘边的福利吧。

今天是小满第二天,我在荷花居度过了第一个早晨。

小荷初露

池塘里已有花苞探出头来。

看见花苞的那刻颇为意外,就像与一位朋友约好了某个日子见面,心里想着还有好多天呢,慢慢等着吧,那朋友却倏忽一闪,出现在面前。

我简直蒙住了。怎么回事,是我记错了日子,还是日子过得太快?

池塘里的荷叶还是稀疏的,有些凌乱,看样子也没准备好迎接花苞的到来。红额头的黑水鸡倒是从容,在其间缓慢游动,时而把嘴喙伸向荷叶,专注地啄食着什么。那些平铺于水面的荷叶,对黑水鸡来说就是一只只餐盘,盛着它们喜欢的小点心。

用什么来形容此时池塘的花苞呢?我能想出来的,就是冷兵器时代的箭矢了。只不过这池塘里钻出来的箭矢是浅粉红色的,稚嫩又无辜,丝毫没有致命的危险。

但是,且慢,在花苞的下面,那长如箭杆的花柄上,可是插满细细的刺儿,一副"离远点,别碰我"的厉害模样,看上去有点不好惹。

此时池塘里能看见的花苞有六七枝,全集中在一处——池塘的西边。两三枝藏身在荷叶底下;两三枝把荷叶当成盾牌,举在面前;两三枝高出荷叶,花苞鼓胀着,已经不是箭矢小小的模样,而是眼看着就要打开花瓣了。

不知从哪里飞来两只黑尾白腰的蜻蜓,在空中很亲密地追逐了一会儿,又散开,其中一只在花苞上空打转,一圈、两圈、三圈……

我心里一个声音叫起来:落上去呀,落到花苞上去。

蜻蜓果然就落上去了,且是落在花苞的"尖尖角"上。真好,古诗里的情景在眼前重现了。或者,我此时身处的时空并非 21 世纪,而是 12 世纪。

又或者,那只蜻蜓不过是我的一个意念,当我站在荷塘边,想起宋人杨万里"小荷才露尖尖角"的诗句,意念就化为蜻蜓飞出,落在荷塘的花苞上。

庄子梦蝶,孰真孰幻,谁知道呢。

看见麂子的清晨

不到六点钟,我看见小路东边,一只土黄色的四蹄动物闲逛着走过来,起先以为是犬类,再看又像山羊。当我走出露台,它纵身一跃,不见了。

半分钟后,从路边灌木丛里传来麂子的吼叫声。

日光穿过薄雾,蛋清一样流淌在空荡荡的小路上。我愣怔片刻,心里涌出奇异的感觉——昨晚还惦念着"有段日子没听见麂子叫了",没想到今晨就在荷花居门口看见它。莫非它感应到了我的心灵电波,有意现身,并以叫声告诉我它仍在这山谷。

麂子君,希望明天早上还能邂逅你,让我看清楚你的模样。

拿了相机,走到池塘边,看见宗大姐站在小院中,手里握着一把绿叶菜。她也看见了我,直起腰,笑眯眯的。

互道早安后,宗大姐指着脚边一畦菊花脑说:想吃就过来掐啊。

宗大姐的院里院外尽是菊花脑。菊花脑野得很,原本种在院子里,后来自己把根伸出去,把院子外面的地盘也占领了。

"用菊花脑的嫩叶子打蛋汤,很好吃的。"宗大姐说。

宗大姐是我的邻居,我们中间只隔着几棵树。

在这座山谷里,宗大姐是最早起的人,其次是我。

早起的人,会看见只在清晨出现的风景。不知道宗大姐有没有见到那只六点前闲逛的麂子。

池塘里每天都有新的荷花在开。

一朵荷花只开三天。昨天看见的一朵盛荷,今天就不见了,只剩下小小的莲蓬,拳头一样举在那里,仿佛昨天看见的不过是一个幻觉。

荷花在清晨开得最好,每一朵花的内部都有个光源。即使下雨天,即使只是半开,那光源也会穿过花瓣,把不凡的光线透射出来。

"是内在的光源撑开了花。"当我把镜头拉长,定焦在一朵荷花上,仿佛窥见了它盛开的秘密。得感谢手里的相机,让我拍下每一朵荷的样子。拍下了就是记住了。一朵花留在镜头里,就定格了这座山谷的夏天。

蜜蜂提着采蜜篮子飞来了。一朵盛开的荷花上聚着好几只蜜蜂。它们是被荷花的香气召唤来的。

荷花的香气也唤来了熊蜂,这个胖嘟嘟毛茸茸的家伙,一看就有个贪吃的胃。熊蜂喜欢吃的是花粉。

蜜蜂发现了熊蜂,一齐拥过去,看样子是要驱赶它。

熊蜂的体格比蜜蜂大多了,可架不住左右受敌,有点狼狈的样子。

蜂儿们在荷花上起起落落,一会儿激烈,一会儿舒缓,看着不像发生了战争,倒像是在跳舞。

荷花还在释放它的香气。更多的蜂儿顺着香气的方向飞过来。

那只六点前出现的麂子,或许也是被气味吸引,沿着花朵芳香的路径而来的吧。

画　　荷

要画山谷里的一朵荷花,需要准备六种颜色:花瓣要三种,花蕊要三种。

画花瓣的三种为苹果绿、梨花白、桃花红。画花蕊的三种为橙子黄、杏子黄、椰子棕。

——写完上面一段话,眼前出现一座花果山。

前段时间听到一个说法,"红花莲子白花藕",意思是开红花的荷塘结莲子,开白花的荷塘结莲藕。山谷里的荷花似红非红,似白非白,会结什么呢?

山谷里的荷花半开时使用的红色比较多。在红色之外,也用了苹果绿。

苹果绿用在花萼上。

也不知道山谷荷花是什么品种,很可能是"舞妃莲"——一种从日本引进的荷。这种荷花的花萼比花瓣略小,使用的颜色就是苹果绿。

苹果绿托着桃花红,这样的撞色效果,恰到好处地诠释了什么是惊艳。

一朵荷花开三日。第一日是半开,到第二日就是盛放了。

第二日的荷,打眼看会以为是白荷。所以画第二日的荷使用的梨花白就比较多了。在梨花白的边缘再勾勒隐约的桃花红,或者让桃花红滴在花瓣尖上,由它晕染开来。

如果把第二日的荷比作一首诗,花瓣尖就是诗眼。诗人岑参写的"朱唇一点桃花殷",可以拿来形容第二日的荷的花瓣尖。

荷花开到第三日,苹果绿的颜色就可以省略了,一丝儿也用不上。此时要用的是橙子黄、杏子黄和椰子棕。橙子黄是用来画花蕊的。杏子黄画刚现雏形的小莲蓬。椰子棕点在莲蓬上,细小如芝麻。

好了,六种颜色全用上了,一朵荷花开了三天,也到了快要收起颜料盒的时候了。

那么山谷的荷花究竟是什么颜色呢?真的很难说。或者可以说它是渐变色吧,由粉红渐变成粉白的颜色。

"红花莲子白花藕",渐变色的荷花会结什么?或许它们什么也不结。

种一池荷花在山谷,野野地生长,野野地开花,让每一朵花自在地画出夏天的颜色,就很好,结什么不结什么都很好。

(项丽敏,业余写作者,已出版《闲坐观花落》《山中岁时》《浦溪河的一年》等十余部散文集,多次获安徽省政府文学奖。现居黄山市。)

苦楝在人间

鲁求平

我准备去拜访一棵树。

书房的窗口对着一条悠长的小河,它四季在窗外游走。春夏相交的时候,小河两边柳枝披拂,翠竹摇曳,我的眼里充盈着绿光,恣肆流淌。

就在这时,我看见了一棵树。它远离村庄,立在河边,它的身后是一片竹林,高大的树冠超过了竹梢,茂盛的枝叶间开出紫色的花儿,一堆堆,一团团,一块块,它的影子倒映在河水里,与空中飘浮的白云相映成趣。

是的,它就是楝树,一棵长在记忆里的苦楝树。

乡村多杂木。早年,老家屋后就栽有几棵楝树,它们长着粗壮的树干,滑而亮的皮,泛着浅浅的褐色光泽。春天,当树叶从鹅黄到碧绿,便从每一条树枝的根部长出短短的分岔极为细小的叶柄,随后便开出浅紫色的花儿来。

花儿细细的、碎碎的,抱在一块儿,远望像紫色的烟霞。凑近看,每一朵淡紫色的楝树花都有着五片狭长的花瓣。花瓣那般柔软,像歌女的腰肢一样轻盈,春风拂过,又似翩然的蝶翅跃跃欲飞。五片浅紫的花瓣围拢着深紫喇叭形的花心,最深处则是一簇黄色的花蕊。

这么好看的花,小孩子们却不喜欢,偶尔折一束,嗅一口,一股淡淡的苦涩味儿。

夏初,满世界已堆红叠翠、蝶飞蜂舞,唯有楝树花立在枝头,自开自落,安静而孤高。"小雨轻风落楝花,细红如雪点平沙",王安石独爱楝树,因为他看重楝树的品行,只有高洁之人,才配得上这种树木。

时光在枝叶间流动,花瓣慢慢蜷曲,逐渐枯干。每一朵花儿,都蝶变出一个小小的青楝豆。青楝豆呈椭圆形,一粒粒直直地炫在枝头。青楝豆一天天长大着。长大了的青楝豆吸引了孩子们的目光。他们用坚硬的树杈做成弹弓,套上橡皮筋,用一颗颗青楝豆做子弹,在晒场上打仗,在树林里射鸟,在小河边击鱼,在弹射出清脆的啪啪声中激越地抒发着少年的豪情。

立秋后,楝树果成熟了,一串串挂在枝头,迎风飞舞,圆溜溜的外形,黄澄澄的表皮,没有青果坚硬却散发着微香。小鸟闻香而至,一天到晚啄食。微风起处,楝树果相互撞击,像美丽的黄色小铃铛,在蓝天的映衬下,好看极了!

鸟儿能吃,我们小孩子不能尝尝吗?剥开浅黄色的外皮,露出同样滑润的楝肉,小心翼翼地尝一口,是淡淡的苦味儿,龇牙咧嘴地吐出,跟桑葚的酸甜味不能比,自然被嫌弃扔得老远。

小孩弃之如敝屣的楝树果,母亲却喜欢得不行。在一个深秋晴好的早晨,她举起长竹篙,把枝头的楝树果击落。锅里的热水早已烧好,大木盆旁边是小山一样待洗的衣服,拾起的楝树果放进木盆里,热水浸泡后,就可以代替肥皂洗衣服。洗一遍后,再用河水过,直至干净清爽。那是一个欢快的劳动场面,阳光暖暖地晒着,小孩子们好奇地忙前忙后,平时用作子弹的楝树果还有这样的功效!

神奇的是,姐姐拿楝树果泡热水洗头发,洗好后,头发乌黑顺溜,一梳到底。"养护头发,关键还不生虱子!"转述母亲的话时,姐姐的神情是俏皮的。

父亲也来凑热闹,他从田间回来,竟然就着盆里洗得发黑的水洗手,他的指掌手背因劳作和寒风而皱裂。父亲说,经常用这个水洗,裂开的伤口会慢慢愈合。

有着淡淡苦味儿的楝豆,在人间烟火中,升华出了它的意义和价值。

其实,生活的底色,不就是那一份包裹着各种苦涩的欢喜吗?

我走出水泥森林的小区,眼前是清亮的河水,立在楝树下,我抬头看向树冠,这棵高大的楝树足有十五米。我拍拍它粗壮的主干,褐色的表皮纹路清晰,直直的枝干宁折不弯地挺拔着,这是小孩子特别喜欢爬的一种树。

柳树太柔,还喜欢矫情地站在水边照影子,不适合攀爬;刺槐高直,树身多刺,赤脚走到树下都要小心谨慎,适合远距离仰视;乌桕枝丫多,叶片密,形状又好看,只可惜爬满"洋辣子",只能敬而远之。孩子们为了解一下嘴馋,寻一口酸甜的刺激,夏天爬桑葚树,秋天爬桃树、梨树。冬季呢?在那个树叶枯黄、万物凋敝的冬天,我却有过一段攀爬楝树的难忘经历。

那棵树龄多年的楝树是邻居家的,当黄色的小铃铛掉落得差不多的时候,我就注意到两只鹁鸪在树顶忙前忙后。它们在搭窝,枯树枝横七竖八地衔在嘴里,架在树杈处,一周不到,一个简陋的窝口就搭好了。母鹁鸪静静地伏在窝口,不抬头细看,还以为窝是空的。有时候,它的眼睛和我对望,看不出是喜悦还是胆怯。一个暖阳高照的下午,我瞅到母鹁鸪飞走了,迅速蹿上了楝树,爬到了窝口边,嘿!两只灰色的鸟蛋,安稳地卧在一层枯草上,用手摸一下,还是温热的!我没停留太久,担心鹁鸪很快回来。

过一段时间,当我再一次爬到窝口时,里面已经有两只雏鸟了,羽毛稀疏的小家伙,摇晃着小脑袋,软软地趴在那儿,只一个劲啾啾地叫着,是饿了,还是在找妈妈呢?让人心生爱怜。

阳光晴好的时候,时常看到两只鹁鸪在窝口跳来跳去,咕咕和啾啾声清脆悦耳,应是在逗它们的孩子玩呢。楝树上残留的几粒小铃铛也没了,估计是被当成宝宝玩具了。

一个风雨交加的下午,我站在后门口,看到母鹁鸪伏在窝口,羽毛应是淋透了,抖抖瑟瑟地护着它的宝宝,我甚至看到它的眼神是惊慌的、可怜的。

雨停后的几天时间,我也开始忙碌了。我找来粗一点的树枝,一趟趟运到楝树上,架在窝口的上边,我打算为窝口搭一个顶棚。支架搭好了,我用稻草铺在了上面,固定好,免得被风吹走。当然,干这些活的时候,鹁鸪都不在窝口。

顶棚竣工了,我站在树下满意地欣赏,心想,这下母子都不用被风吹日晒雨淋霜打了,小鸟也会更快乐地长大。

万万没有想到的是,隔一段时间,当我爬上楝树,来到窝口时,竟发现窝里空空的,两只灰色的小家伙不见了。一开始我怀疑家里的猫是罪魁祸首,后来排除了,它没本事爬那么高。我又怀疑是邻居阿文下手的,后来也排除了,阿文有啥秘密都会跟我说。再说,也没听到鹁鸪爸妈的咕咕叫声,一般鸟宝宝丢了,凄厉的叫声会持续多日。

我百思不得其解,一连好几天神思恍惚,看到那棵楝树就挪不动脚步。一个夜晚我梦到,两只小家伙在顶棚下快活地跳着,已经学会咕咕叫了。

现在想来,自然的风雨不是鸟类的敌人,与人类育儿何其相似,越少的干预就是越好的保护。

很快,儿时的兴趣就转移了。

因为,家里请来了木匠,要做一张八仙桌,木料就是楝树。前年放倒的大楝树沤在水里快两年了,前一段时间,父亲把它拖上来铲去褐色外皮,靠在屋檐边阴干。

木匠姓鲁,是本家长辈,健谈得很,他一边做活一边聊天,聊天南地北,聊人情世故,还说三国水浒,大人小孩都爱听。偶尔也说木工的事,他说,"楝树木质紧实又坚硬,做八仙桌不会拔缝"。当然,好的木料也需要好木匠,他顺便也自吹了一下。但村民对他的话都认可,因为村里好多八仙桌都是他的作品。他还说,"楝树用来套水车叶子也是最好的,不易变形,不易腐烂。"

楝树桌子完工了。晚上,父亲用手摸摸桌面,捏捏桌腿处的卯榫,嘴里啧啧赞叹。然后,用桐油一遍一遍地抹,楝树桌面由开始的白色慢慢变成红褐色,手掌拍上去发出砰砰的声音。

现在,这张楝树八仙桌还摆在老家的堂屋中央,一用三十多年,桌面依然平整,卯榫处薄片刀都插不进去。

拜访完楝树,我回到家里,打开百度一查,楝树又称为紫花树,是一种比较高的落叶乔木,它全身都是宝,不仅能做家具和木雕,楝树皮、叶子、花包括果都可以入药,用来祛湿、清热、止痒、杀虫等。它还能作为绿化植物,美化我们的环境。

生活之书一页页往后翻动,我们也一天天长大。再看老屋前后,栽种的是各种果树,橘子树、枇杷树、枣树等,随着季节的变化,随手能摘到新鲜的水果,品尝生活的甜蜜。也有比较讲究的,就栽一些常青树,比如樟树、桂花树等,四季绿色萦绕,环境清新脱俗。原先的槐树、榆树、楝树等杂树已退避三舍,有的慢慢消失,有的还顽强生长在村尾田头,用它们特有的风姿点缀着四季,装饰着大地。

世事多变幻,苦楝在人间。我想,那棵立在河边的楝树就是我的老朋友,一位多年不见的老朋友。偶然听到他的消息,他竟然就在不远不近处,再忙也要拜访一趟。于是,我在时间的隧道里逆流,一路花香,一路芬芳。

(鲁求平,安徽无为人,中学教师。出版散文集《奔跑如风》。)

平原组歌

李星涛

一

春天的中午,每每看见远处烟雾腾腾,便幻想着其下面定会有莹润璀璨的宝玉。可跑至眼前,却只有一汪碧水懒懒地躺在那儿。也就是在这美好的寻觅过程中,我渐渐认识了天井湖、沱湖、花园湖、龙潭湖、浍河、漴河、沱河、双河、小溪河……这一汪汪在平原上演绎美玉传说的主角。觅不到生烟的玉石,我却可以经常在水边遇到如花似玉的姑娘。她们个个桃花水色,说话带着水声儿,尾音上扬。有时,瞅瞅四下无人,她们便放开嗓子,来一段乡间小曲,直唱得流水哗哗,麦翻绿浪。而一旦发现远处有后生呆了眼神,遥望过来,便立马噤了声,低头窃窃地笑几下,一朵红云悄悄飞上了脸颊。空留下一只叫天子振动着翅膀,欢快地在蓝天深处伴唱。

平原上逢集的日子全是交错开的,以阴历来计算,这个地方是初二、初四、初六、初八,那个地方就会是初一、初三、初七、初九,目的是保证平原上每天都沉浸在集市的喧闹中,以满足人们贸易的要求。每逢此时,平原上的姑娘也会有事无事地去赶集。她们早早地洗漱完毕,换上鲜亮的衣裙,在镜子里左看右看,然后前庄后邻,呼朋引伴,说着笑着,便一字排开地上了路,少不了将昨日里水边所看到的事儿说给同伴听。有时,一句没盐没醋的话儿,也会让她们笑得花枝乱颤,引得路上的众多半大小子瞻前顾后,将自己瞄中的影子瞥上百遍千遍。他们的一举一动,姑娘们早已瞥见,只是佯装未知,有的还偶尔将辫子往后一甩,将身后的那双眼睛甩得不住地眨动。也有心仪已久、早已钟情而又尚未捅破那层窗户纸儿的一对,女的在大街上熙攘的人群中走了很远,原以为安全了,转头一觑,未想到那小亲亲依旧不远不近地跟着,正灼灼地盯着自己的背影。她不由得心跳加快,脸红脖子粗,慌得就像是深秋平原上无处藏身的野兔,赶紧加快了步子,藏进了人群之中。

集赶多了,熟悉的身影也就看得落进心里了,便有媒婆小旋风一样上门了。二月扯见面衣,三月过小礼,八月过大礼,九月秋高天爽,那个善撰喜联的老私塾先生提笔稍思片刻,然后悬腕挥毫,写下一联:"看今朝喜结良缘,望来年玉树生枝。"果真,来年的集市上少了一个苗条的身影,而温馨的村庄里多了一个瓜纽似的嫩娃。从此,姑娘变少妇,姐姐变表嫂,孩子抱在怀里,种子放进汗水。少女时所穿的衣裙放在箱子深处,偶尔拿出来于淮河清波里浣洗一下,然后放在自家的院子里晾晒,瞥一眼,神情便有些恍惚,心头便有一股花香在轻轻地荡漾。

二

五月,一垄一垄麦子金子般地铺展开来,饱满而沉重,富丽而丰饶。中午时分,面对麦地,你根本分不清哪儿是阳光,哪儿是麦子,眼前只是一片潮水般漫卷开来的金黄。你只能感觉到有一股撼人魂魄的热流,在血液中燃烧,在生命中激荡。

顺着空中民歌迤逦出的旋律,你满怀着就要做父亲的心情,来倾听着这麦地的声音。听那麦芒滑动着阳光的声音,听那麦穗和麦穗互相摩擦着的声音,听那布谷鸟呼唤着村庄的声音,听那麦粒胀裂着麦壳的声音,听那镰刀与青石磨砺着的声音,听那石榴用陶罐酿酒的声音,听那日子学着高粱拔节的声音……听那宁静中起伏着的波浪,听那沉稳中蕴涵着的激情,听那整体划一的和谐,听那质朴自然的神韵。

那声音浑厚质朴,纯粹激越,任何声响都只能模拟出其形体,但永远不能模拟其本质。那是苍穹下的一部雄浑的乐曲,是阳光与麦浪的交响,是汗水与黄土的交响,是自然与纯朴的交响,是金黄的肤色和铜质天空的交响……那乐曲可以洞穿你的肌肤、你的骨骼、你的灵魂。那乐曲不需要华丽的舞台,更不需要绚烂的装饰。那是来自大地深处的音籁,那是通过太阳从天堂吹来的风声。

面对着这澎湃的乐曲,沿着这金黄的矿脉,你一路追忆着麦子的过去。它们经过了温暖的孕育,经过了炽烈的考验,经过了萧瑟的思考,经过了冷峻的期待。无论是寒冷的北方,还是温暖的南国,无论是大漠边塞,还是云贵高原,它们都能茂盛地生长,都能在四季中默默地体验着,宁静地沉思着。在所有节气中站立的作物,只有它们才有如此丰富的经历,只有它们才会这样的出类拔萃,只有它们才可以站在田野的前面,对着其他庄稼大声地讲课。

沿着通往麦地的路,走过的人一茬又一茬,父亲、祖父、曾祖父……最后,他们都默默地铺厚了这肥沃的黄土。先人们亲近麦子的眼泪,让我们想到了远古的山泉;他们养育麦子的汗水,让我们想到了在人们身上运行着的良心。有风的夜晚,伴着美丽的月光,我们可以看见他们在黄土下,用粗糙的大手,举着麦浪狂欢。那是对麦子的虔诚和膜拜,它来自于汗水和收成互相对应后的沧桑,来自于辛酸和无奈滑过之后的展望,来自于生命与黄土相融之后的凝重。通往麦地的路,有的有个开头,却永远也没有结尾。

我想起了画家米勒,想起了拾穗的老人。当我们看见遗失的麦子,沿着苍老的手势,被一穗一穗地放进了"粒粒皆辛苦"的诗句中时,我们手中的馒头不仅可以咀嚼出勤劳和悲苦,更可以品尝到黄土的质朴和人性的善美!

想起了海子,想起了这位以麦子为旗帜的诗人。"麦地/别人看见你/觉得你温暖,美丽/我则站在你痛苦质问的中心/被你灼伤/我站在太阳痛苦的芒上/麦地/神秘的质问者啊/当我痛苦地站在你的面前/你不能说我一无所有/你不能说我两手空空……"面对麦地,诗人的灵魂在颤抖,在惶恐,既感到了一种卑怯,又领悟了一种崇高。这种神圣的膜拜,不仅超越了麦地本身,还超越了诗人的生命。在近似哲学的忧伤中,诗人的麦地汹涌成了无边的阳光之海,汹涌成了天堂的桌子,汹涌成了永恒的梦境。

三

麦粒归仓草归垛,老天爷也紧随人意,赶快驱龙降雨,平原上又要耕种黄豆了。

雨是雷阵雨。那雷,就像长长峡谷中来回滚动的巨石,就像森林深处来回低吼的狮子。不知什么时候,乌云从天的尽头涌了出来,宛如沸腾翻滚的墨汁,一边洇染着天空,一边猬集成怪石巉巉的云峰。云峰的边缘,透明青灰,水汪汪的,发着亮光,似乎只要轻轻一碰,马上就会呼啦一声,倒出满天的雨水来。

少顷,油盆似的日头完全被云遮住,全然变成了一只遇到危险的乌贼,只顾将肚子里的浓墨一股脑地喷吐了出来。再看那诡谲的云峰,眼见着就要垒成一座遮天蔽日的山峦,却又瞬间崩塌了下来,散落成满天青黑色的云块。然后心怀叵测地聚集着,互相怂恿着向上耸起。此时,雷不再躲在云层的背后,而是隆隆地走到了云的前面,睁开了闪电的亮眼,好像是一位豪情肆意的书家,正一边磨着浓墨,一边颤抖地望着大地这张铺开的宣纸。

突然,一阵惊雷炸响。云峰轰然倒塌,仿佛是一群野马炸棚,辐射着自西方狂奔而来。风不知从哪里起身了,海浪一样地拍打过来。尘烟四起,腥味弥漫。又一道闪电划过天空,魔鬼的手指蓦然撕开了云层中的雨袋,水哗的一声倒下来,让人睁不开眼睛。

树林在鼓,鼓了又陷,陷了又鼓,仿佛变成了绿色的面团,被一双无形的大手或左或右或上或下地揉搓着。一棵古槐先是漫地而行,而后骤然回旋,头发在空中僵直地固立片刻,猛地松下来,空中立刻飞出无数的黑点。雨柱吓得变了形容,慌忙变成了白茫茫一片雨雾,任凭风的蹂躏。学着天庭中的雷神,风婆婆一把握住了河边的垂柳,在空中酣畅淋漓地挥舞着。我想,那看不见的绿色线条定然是世界上最自然、痛快的狂草作品。

渐渐地,天变得发黄,雷一声比一声紧,闪一道比一道疾。风雨融合之后,立马形成了一个固定的节奏,就是那么横向地悬挂在空中,宛如一面猎猎作响的雨做的旗帜。世界一下子变得让人绝望起来,好像永远就是这噩梦的样子,不会再有蓝天白云了。

就在我的心境如同外面的天空时,忽然一个响雷在头顶炸响,像是一个清楚的句号骤然圈住了疯狂的一切。风雨随之变小了,房屋露出来了,树也站直了身子。云,做错了事的孩子一样,低着头向远处退去了。太阳出来了,天地间又变成亮堂堂的一片了。

雨过天晴,耧铃声声,顺着金黄的麦茬地,一粒粒饱含蛋白质的豆子又要舒身绽绿,在江淮平原上重新涌起一层层绿浪了。

四

黄豆开花的阴历七月,在我们乡下是被称作闲月的。这时候,麦场上业已空荡,麦收时节的那份喧闹已成为遥远的事了。金黄的麦垛憨厚地蹲在场角,无声地宣告着主人的功劳。麦粒已晒了三个太阳,一咬崩牙。一人高的麦囤让人看在眼里,喜在心头。黄豆也锄了两遍,眼下正是它们开花孕荚的日子,下地碰落了花可就减产了。于是,可爱的父老乡亲们便闲在家里,悠悠地享受起这美妙的乡村时光了。

清晨,太阳刚冒红,乡亲们便起床了,蹚着清凉的露水,下田看看庄稼。傍晚,睡足了晌觉,再下田蹓蹓,让风吹吹。遇到比自己年轻点的,就摆摆老味,不温不火地骂上几句;若遇见年纪与自己相仿的,就掏出纸烟,找一片霸王草茂盛的地方,一屁股坐下来。

不谈到天上黑阴儿,谁也不想走。那谈话的内容也全凭兴致所至,一会儿谈上面政策,一会儿谈家庭琐事。临别时,又互相拉扯着,非要对方到自己家喝上几盅不可。

中午,乡村则静得出奇。村庄周围,一棵棵树木撑起的浓荫,高低错落地连接在一起,形成一朵朵绿色的云,将村庄严严遮住。一进村,便感觉到似有一股凉风隐隐吹来,清爽极了。乡亲们在屋里地上铺了张竹席,然后放松了身子,坦然地睡在上面。房梁上的大吊扇呼呼地悬着凉风。鸡支棱起翅膀,也热得从外面走进屋,斜歪着睡在扇下,与主人共享凉风。饭桌上放着一大盆绿豆汤,谁渴了谁就喝一碗。饿了呢,就往盆底捞上半碗煮得四裂开花的绿豆,沙漉漉地吃下去。种西瓜的人家,睡前就用绳拴在瓜梗上,吊在井里冰着。睡醒了,捞出切开,红瓤黑籽,甜汁沁凉。吃上一块,五脏六腑就像是雪水洗过似的舒服。而此时,太阳正在外面喷吐着热浪,蝉正伏在树上放声高唱。

到了吃晚饭的时间,若有若无的风开始在村子里逛起来。乡亲们早不吃晚不吃,喜欢等到月亮出来,才将桌子抬到院子里,一家人和和乐乐地进餐。菜有豆角、冬瓜、凉粉、番茄、鸡蛋。中午,天热不想吃,晚上多做几样新鲜的,好好吃一顿。年轻人开了瓶凉冰冰的啤酒,开始畅饮。老人也要倒上半杯,一小口一小口地陪着喝。饭吃得不紧不慢,由着性子来,诗意得很。蝈蝈们也许是受到了月光的感染,在门前一大片向日葵地里,亢奋地鸣叫起来。那抑扬顿挫的声音就成了乡亲们晚餐优美的伴奏曲。

饭毕,有的人便跑到大沟里去洗澡。今年冬天才挖成的新沟,水清澈深凉,专供这群"鱼儿"尽情地嬉游。家里,老爷爷洗完了热水澡,便拿了把扇子到麦场上乘凉。麦场上,早有孩子铺了张凉床,然后三三两两地围坐在床周围,津津有味地听老人谈古道今。老人喜欢讲聊斋故事。讲到惊险的地方,老人故作骇然状,唬得孩子们直往床边凑。不讲到周围听古的孩子哈欠连天,恹恹欲睡,老人是不会躺下,咳嗽着睡去的。

这时,田野是属于爱情的。田埂上,这儿一对那儿一对,坐着相好的年轻人。刚开始的时候,公路上是男的一阵,女的一阵,嘻嘻哈哈的,一字排开地闲逛。可逛着逛着,队阵就短了、少了。有对象的各自找到自己的对象,然后拐弯抹角地走进了田野,找一僻静处坐下来,尽情地倾吐着各自的相思,少不了学着电视上的镜头亲热了一番。年纪尚小,或者还未有对象的,一转眼,见只剩下了自己,便垂头丧气地要回去听老人讲古。还未来得及回转,突然看见前庄后村的少女们也三三两两地穿着荷花一样的裙子来闲逛。于是,心里不由得一热,便无话找话地跟了上去。

田野是年轻人的,麦场是老年人的,家是父母亲的。如今,做父母的对孩子的恋爱观念也改变了。只要孩子们两情相悦,他们也睁一只眼,闭一只眼。到时候,托个媒人出来说说,亲事就成了。也有心疼女儿的母亲,嗔怪道:"夜深了,丫头该回来了!"父亲则说:"由她去吧!"于是,老两口便用康乐锤,慢慢地捶着背,踏实地睡去了。

(李星涛,安徽五河人。先后在《散文》《散文选刊》《散文百家》等发表散文300余篇。)

人间世

北关街人物志

李丹崖

街,在老城以外,是依托涡河航运而兴起的一条街,据说,起源可追溯到春秋战国时期,不知真假。街在城市北门以外,故名:北关。关口关隘,历来是拱卫城池的区域,按照古人"前朝后市"的城市格局,这里又是最早的商业区。明清时期,各色商帮会聚于此,开会馆,经营药材、纸张、布匹……不一而足。街区内,豪商巨贾、贩夫走卒、引车卖浆者频频可见。当然,往事如烟。旧时繁茂今时已渐渐式微,故事犹在,遗存犹在,旧时风雅犹在,街心人的习性和禀赋犹在。很多从这里走出去的人,念及故乡,仍不忘此关,仍铭记街巷间旧人如桃花,仍可追当年街心的一阵风,吹落了这家轻纱,落到了那家。

旧面孔,如旧词牌,一阕一阕展开。

打 铜 匠

夕阳舒缓地在老街流淌。

初夏赤金色的夕阳,与老街打铜巷的那些紫铜、黄铜做成的生活用具映照在一起,街巷是岸,那样一条金色的河,在街巷之间闪耀,或者可以说是波光粼粼。

打铜匠用锤子一下又一下地敲击着手里还没有成型的铜盆。铜盆是黄铜的,一般是用来洗手和洗脸的。

想起这条老街,当年,依着涡河而兴起的一片街区,一街一品,各色商帮在这里会聚,做瓷器的,做铜器的,做药材的,做皮货的,做竹器的……五行八作,各色人等,帮派尤其繁杂。当然,也有厌倦了商帮或别的什么帮,打算退出来不干的。一般都要从打铜巷买一只黄铜做的盆,盛一盆水,头顶火辣辣的日头,在商帮会馆的院子里洗一次手,寓意:金盆洗手。

原来,金盆洗手不是金盆,而是铜盆。

打铜匠告诉我,铜可是好东西,我家从爷爷辈就打铜,来我家买盆的人不计其数。有很多人买铜盆是为了杀菌治病的,比如白癜风,很多人患了这个病就喜欢用铜盆来洗手洗脸,铜盆中的铜离子能杀菌,所以他们乐意买。金盆洗手,也就寓意去掉这个行业的所有业和晦,在赤日之下,还原一身纯正。

信然。

打铜匠一边说着,一边一锤又一锤地敲打着手里的铜盆,不一会儿就初见雏形。打铜匠是个微胖的中年男子,他头发稀疏,打铜的时候,几缕头发会震得一颤一颤,像是在舞蹈。他脸上的肉也一抖一抖,手下,锤在铜板上不停地留下印痕,似在冰上舞。

除了铜盆,打铜匠还做了很多别的铜器。铜香炉,竟然是简版的博山炉,袅袅香气从香炉里透出来,有着一股中药材的香味;铜勺与锅铲,是旧时各家各户常见的炊具,一般用紫铜来做,紫铜是纯铜,少年时,我家的铜勺经常是木质的勺柄坏了,铜勺还在用;汤婆子亦有,早年间,大户人家的小姐们用印花蓝布包着汤婆子,在严寒的冬日抱着,暖烘烘的一团春意;铃铛亦有,铜铃好听着呢,在老茶馆,一般是内间的老者在用,茶客们点了茶点和茶水,内间的老者负责组合,组合好了,会摇一下铜铃,服务员就过去端过来,这是早年间最悦耳的呼叫方式……

印鉴亦有,吾乡之人称之为"章坯子",铜印一般是黄铜的,古人认为:得铜如得金。金又是五行之首,得铜印者,得美得财,如若是刻好的铜印,亦得才!明晃晃的一方铜印,得之,快哉。

近水楼台先得月。我望了一眼这间打铜铺子,各色的铜物件,除此之外,就是打铜者这副肉身,还有他做的木墩子——打铜用的器具。他装裱着祖孙三代打铜人画像和照片的相框亦是铜做的。氧化的铜框,带着古朴的气息,在打铜匠的日日擦拭下,已经有了包浆。那种光泽,鲜有所见,或许是铜在岁月中的历练,或是人在岁月中的摩挲与坚守吧。

临走时,打铜匠叫住了我,送了我一柄挖耳勺,小小的,比牙签大不了多少,上面竟然也盘着龙,手柄上有一串小字:铜你在一起。

花　匠

老街旧巷,古早庭院,似乎最宜与花相配。

种花,是一件手艺活,并非谁种,都能种得活,种得活了,也未必就能如期开花。这时候,花匠就应运而生了。

这是一片明清时期就开始繁盛的街区,旧时,这里大户人家比邻而居,街区北侧的涡河内,大船连樯而集,很多生意人在这里开设会馆,在庭院内莳花弄草。虽然现在时隔数百年,街巷旧貌仍在,街中人的生活习性未改。

花匠就是这样,从这一家到那一家,定时定点养护一些花花草草。

我遇见花匠时,是在一个巷口,他骑电动车,车的前篮内放着一棵牡丹花。仲春,牡丹粉中带紫,开得正好。他说,街口老刘头家年初走了老伴儿,老伴儿又最爱牡丹花,特意央他寻这样一棵,栽种在院子内,对于老刘头来说,此花盛开,宛若老伴儿犹在。

闲来无事,我跟着花匠去了老刘头家。老刘头一眼看到牡丹花,心花怒放,喜笑颜开,说,就是这个色,就是这个色,你真会找。老刘头一手握着花匠的手,一手摩挲着牡丹花,旋即又撒开,进去拿了一条铁锹出来说,快!别萎了。

花匠说干就干,刨了坑,把带着泥土的牡丹花栽种在坑中,周遭的土混杂一些营养土,松了松,不着急全部覆盖,花匠说,要让这些土充分与阳光空气接触,晒一会儿太阳,这样,花才能活得更稳,长得更娇。

花匠用了一个"娇"字,他简直不是花匠,而是一个特会宠溺女人的男人。

牡丹花栽好了,我和花匠从老刘头家出了门,老刘头掩好门,作别花匠。花匠并没有走,拉着我趴在门缝朝里看。我们发现,老刘头对着花,口中念念有词,一转脸,两颊有两道明亮的痕迹。

花匠会心一笑,推着车向前走。他边走边跟我介绍,这个巷子里,谁家种了金带围,谁家种了绣球,谁家种了鸡冠花,谁家养了一盆名贵的水仙……

我很好奇,问花匠,你家种了什么花?

花匠笑了,不瞒你说,一盆也没有。

为什么?

这是我祖上的规矩,我家三代人做花匠,却不允许自家种养鲜花,因为祖上立了规矩,要把心思都用在雇主家,不可偏私。

我瞬间愣住,内心肃然如松。

烙 画 师

烙画,的确是一个比较小众的画种。小众到我一度不觉得它是画,最多只认同它是一种技艺。入了画,就是艺术范畴了。

在我的印象中,唯有那种用水墨、水彩,和宣纸及布绢相关的,才是画。烙画师唯有小小的一副烙铁,在纸板上、木材上、葫芦上潜心作画,裹挟着一股草木的焦香。这份情怀,倒是很适合一些老旧的古街。的确,没有人会在CBD中央区去做烙画。场域不对,就是摆错了地方的金子。

我在北关老街遇见烙画师,大背后梳的发型,明亮的额头,白嫩书生的样子。他的门店极小,小到仅有20平方米,里面摆放着各色竹片、葫芦、木板。

竹片上一般烙着一方茶器,侧立一位老者,一般是做成了茶则。

葫芦是原原本本的素色,上面烙着侍女,还有一些有吉祥寓意的话。葫芦,在中国人的印象中,一般是寓意"福禄"。葫芦是有喜气的,不管是普通的葫芦,还是细腰葫芦,均有。在农家,大葫芦只有两个使命,嫩时入馔,可佐以五花肉来炒;老了,就从中间一剖为二,掏空内部的瓤,用来做瓢。但在烙画师的手中,葫芦就成了工艺品。带着瓜蒂的葫芦,很有生态感,烙画师一般用它来绘制一幅山水,或者是烙上陶渊明的诗,有隐士气。烙画师说,烙画之中,葫芦最受人欢迎。

木板上作烙画,最适宜的是泼墨仙人图。梁楷的"泼墨仙人图",一时间折服了多少人。泼墨仙人的丑中带着萧疏,萧疏的神态中又凝着狂狷和不羁,不羁中又透着几许孩童的憨态,实在是精妙至极。烙画师说,仙人用烙画来表现,需要很细的烙铁,首先勾勒轮廓,然后用稍大一些的烙铁做成"淡墨",描摹仙人的衣衫,把那份潇洒的神态给烙出来。烙画师说这些的时候,手舞足蹈,我让他示意,看烙铁,或者称之为铁笔红了,在木板上一笔笔刻画痕迹,竟是那样的自然,烙铁与纸板若即若离,那种游离感和亲昵感,简直可以称得上是"分寸"。

烙画师向我介绍烙画,他说,烙画也被称为"火笔画",我们和真正的画家相比,就像是"火头军",像我这样以烙画为营生的人,从不想着要去谋什么功名,也不会有去争

"某某级"协会会员的想法,我和一把烙铁,蜗居在老街街心,怀里揣着一团火,周遭是浓重的人间烟火,有人喜欢我的画,愿意买单,就够了。知足常乐。

说话的间隙,有客人进来,拿着一把木梳,交给烙画师,让他帮着烙一只蛐蛐上去。

烙画师换了一柄细细的铁笔,先是打量了一遍梳子,在空白处从蛐蛐的触须起笔,细若发丝,勾、勒、点、染、擦,一会儿工夫,一只蛐蛐跃然于木梳上,客人很满意,脸上洋溢着笑。

烙画师问,为什么要画蛐蛐?

客人答,我女朋友名字叫"区区区",姓区(ōu),名区区(qū)。

好有意思的名字!烙画师爽朗而笑,他脸膛上有细小的皱纹,也像是被烙铁刻画过一般。

糕 点 师

作坊很深,糕点师个子矮矮的,胖墩墩的,肚腩上鼓起来一堆堆肉,像是八块为一捆包装好的普洱茶饼。

这是一家从清道光年间开始营业的糕点铺子,曾经,从这里售出去的糕点,装点了半座城市的喜事。糕点师说,我家是名副其实的百年老店,小时候,有个极深的印象,很多人都是免费来我家做学徒。不为别的,糕点铺子里可以讨口吃食,饿不死人。

也正是因为学徒多了,糕点铺越开越大,地面上的房子都用完了,最后连地窖也成了生产糕点的作坊。糕点师带着我向地窖走,边走边介绍,地窖原是防空洞,有三米多高,四十几平方米,像是一座地下庭院。地窖冬暖夏凉,最宜存放糕点的原材料,也最宜一些糕点原材料的发酵。

吾乡有句俚语:家有糕点铺,心里藏着甜。

糖是糕点铺子里常有的原材料,糕点师也正是因为爱吃甜食,才有了这样富态的身材。糕点师说,旧时,哪位学徒家里接济不上了,或是家里人有个头疼脑热,他的祖父都会从铺子里抓一把糖让学徒带回去,煮水喝。一般的感冒发烧,出出汗就好了,若是日子过得苦了点,吃上几粒白砂糖,就来了劲。

那为什么不干脆让人拎着一包糕点回去呢?

授人以鱼不如授人以渔,这是我祖父常常引用的名言,给糖,总比给干粮好得多。前者让人因甜生干劲,后者只会让人坐吃山空。糕点师说这话的时候,眼睛炯炯有神,若祖父就在眼前一般。

带我看完了地窖,糕点师拿出他家的糕点模具,梅、兰、竹、菊,福(蝙蝠)、禄(葫芦)、寿(寿桃)、喜(双喜),很有古早气息。那些木质的模具,见证了一块块或粉或白或绿或黑的糕点从这里诞生,也派生了一段段甜言蜜语和一年又一年的喜气安稳。

每一位糕点师,都是一位制造甜蜜的哲学家。

那个傍晚,我在和糕点师对谈,他问我,知道我的祖上为什么要开糕点铺子吗?

我摇摇头。

他说,当年,在这片北关老街,我的太爷爷原本有两个门路可以选,一是做一个铁匠,铁匠铺子毕竟比较赚钱,开过药铺打过铁,什么生意都不怵;另一就是开个糕点铺子,做一名糕点师。

那为什么要选择后者呢?

我的太爷爷应该是个浪漫的人,他说,如果打了铁,家族的命运就等于是定了型了,铁定铁定嘛!开糕点铺子就不一样了,日日攀高,每天都能高一点……

糕点师笑了,脸上有深深的酒窝,像极了做糕点的模具。

竹 编 匠

盛夏,蝈蝈声飘满整个胡同的时候,是竹编匠最忙碌的时候。一根竹子,在篾刀之下锵然有声,所谓"势如破竹",也就是这种声音。咔——哧啦,咔——哧啦。紧接着,再用小一些的刀具把竹子分成小条,外面的竹青与内里的竹子的瓤分开,选取最软且有韧性的竹青编织的蝈蝈笼子,实为上品。

我看竹编匠在操作这一切的时候,竹篾如弹簧,在他的手里上下翻飞,不多时,一个蝈蝈笼子就成型了。竹编匠额头上鼓着豆大的汗珠,落下来,摔成了一地碎钻。他全程抿着嘴,抿嘴,在一定程度上是聚精会神的代名词。

竹编匠一般是最具民间艺术技艺的传承人,竹器也最具展示效果。我想起乌镇西栅某栋老房子山墙上硕大的竹匾,好似一枚冉冉升起的月亮,这就是竹器的魅力。北关老街里的竹编匠多喜欢编织一些实用的器型,比如,盛放馒头的器具,比竹匾要深一些,在吾乡称之为"罩头",也有写作"兆头"的,很有意趣。罩头很简单,就是遮盖某种物体的一种覆盖物,其实,这上面一般要盖上纱布,类似于旧时的面纱;兆头就有意思了,里面盛放着热气腾腾的白面馒头,堆积成小山状,这是家底殷实的象征,当然是好兆头。

竹编匠还会做一些鸟笼，一般要用火工。火把竹子烤成上下两个圆形的框框，中间覆板，再在圆形的框框上分别竖向扎成条框，做成圆柱形，圆柱形的中间开上推拉门，这就是鸟笼了。竹编匠说，好的竹鸟笼杀了青，不怕水，对于鸟来说，是一座别墅。当然，他说的是家养的鸟，野鸟才不这么看，它们一定把鸟笼视作牢笼。鸟笼被一根铁钩子挂在竹编匠的门框上，一只挨着一只，像是一个个没有糊纸的灯笼。

挤挤挨挨的鸟笼、蝈蝈笼、竹匾、竹篓、竹编的手包……琳琅满目，在竹编匠的门前集会，看起来很是壮观，也极具展示效果，引得很多摄影达人前来拍照。老街之老，似乎在于这些老手艺人的坚守，离开了他们，老街就空余一副躯壳，失去了不少生机。

竹编匠拿出一些刻了字的竹牌子给我看，上面一般用大写的字写着"伍零陆""柒壹捌""叁肆玖"……看字体应该属于魏碑，字迹刀刀见功力，每个牌子都是一分为二，字自然也是从中剖开。竹编匠让我猜这是什么，我脱口而出，这不是寄存自行车的牌子吗？旧时，我们骑车去赶乡间的大集，寄存自行车的地方都有这个，一个拴在自行车把上，另一个交给自行车主，这个牌牌就是回来推车的凭证，也是区分哪一辆是自己自行车的标记。竹编匠笑了，说，这最早是染制布匹的布牌，旧时，这片老街多染坊，亦有染商会馆，染布怕弄混了，就用此牌作区分，后来，染坊没落，才被寄存自行车的人捡了去，移作他用。

竹器，是最具亲和力的器具。竹编匠说，我日日摩挲这些竹器，手上生了老茧，内心却温和得像是一汪热水。

相比较现如今很多冷冰冰的钢铁金属用具，竹器的确有它独特的魅力。竹编匠继续在门内做活，我看着满屋子的竹篾，像是一条条线，他就这样在千丝万缕中，理出自己的一条架构来。那些裁断的竹子，如花，碎作一地，是被竹编匠遗弃的万千思绪。

（李丹崖，安徽亳州人，中国作家协会会员。曾出版散文集《芳草未歇》《草木恩典》《胃知的乡愁》等28部。散文集《胃知的乡愁》曾荣获第八届冰心散文奖等。）

武奶奶和她的小徒弟

胡 迟

人可能大部分时候不知道自己未来会成为谁。

当一个 14 岁的小姑娘被文化站的歌声吸引,痴痴地立在窗边跟唱时,她并不知道,命运为她悄悄开了一丝门缝。

里面的人一遍又一遍地表演,文化站站长朱江满头大汗。这些从全社选来的小媳妇小姑娘个个长得周正,但艺术的天赋并不是美貌的附赠品。虽然排演了很多遍,表演效果始终不如人意。

门外的小姑娘忘了一墙之隔,开始跟着音乐忘情地唱跳……窗边传来的歌声和舞动的身影令屋里的人莫名惊诧,朱江好奇地打开了门。

谁也想不到,这个走进来的小姑娘,会成为一个剧种的 Logo(标志)。

从大字不识的毛丫头到民歌天后,再到庐剧名角,这个叫作武道芳的小姑娘,只用了短短 7 年。

她没有念过一天书,但那些歌词、戏词过耳不忘。唱戏的人很看重天赋,好的角儿,他们说是老天爷赏饭吃的主儿。

和县老百姓,从此听戏只听武道芳。

20 世纪 80 年代,庐剧三分天下,中路庐剧以合肥为中心,明快朴实;西路庐剧以六安为中心,粗犷高亢,俗称"山腔";东路庐剧以无为、和县为中心,细腻婉转,俗称"水腔"。

旦角也各领风骚,中路丁玉兰,西路武克英,东路武道芳。

1980年前后,民间剧团遍地开花,皖中乡间,只要某个民间剧团挂出武道芳的牌子,老百姓立马趋之若鹜。于是,各个民间剧团争抢武道芳,也成为当时一景。她上台下台,都会接到无数纸条,有的剧团团长就在后台候着,戏结束,她一下场,迅速截和,转移到自己剧团。

她天天唱,日日夜夜唱,越唱越有味儿。

武道芳是民歌嗓子,高低音回旋自如。她不但将当地民歌小调揉进庐剧唱腔,间或还有一些高音花腔穿插其中,唱腔丰富,能在演唱中根据人物心理进行情绪多层次的铺垫,极具感染力。她演《皮氏女三告》《秦香莲》,哭腔一起,台下观众立马泪水涟涟。

她形成了独树一帜的"武道芳唱腔"。成了当年的现象级艺人。

1981年,安徽海威特音像公司抢占先机,带着大批音像采录设备驻扎在武道芳的戏班子,将武道芳代表作一一录制成音像磁带,不断翻录后,销售到全国(包括港澳台)以及东南亚国家。销量以火车皮计量,以至于有人戏称:"海威特的大楼,是靠武道芳的磁带盖起来的!"

2021年,我见到的武道芳已是一个体态丰腴的老妇。这一年,她79岁。国家级传承人记录工程,按岁数排序,排到她了。

前采会议,满屋子的干部和专家,各种寒暄。她也插不上话,就看着我憨憨地笑。她的脸盘圆圆的,细眉细眼,皮肤略黑,很朴实和善的长相。不说这是武道芳,会以为是县里那种一辈子围着锅台转,围着儿女转,子孙满堂、心满意足的老奶奶。

我介绍记录工程的要求,说记录工程除了拍一部综述片,主要是为传承人制作三部文献片:一部不少于5个小时的口述片;一部完整录制,包括台前幕后的三部代表作的实践片;一部体现授徒传艺整个教学过程的传承片⋯⋯

说到实践片的时候,我有点担忧地看了一下她,说:"武老师,拍实践片,您如果不上台也没关系,可以找您的亲传弟子演您的代表作!您在前面介绍一下这部戏的剧情和表演上的特色⋯⋯"

话未说完,她突然头一昂,胸脯一挺,说:"我咋不能唱?在乡下唱连本大戏,唱三天三夜也没问题。"说完,她张嘴就唱。

虽然她的嗓音已是老妇人的嗓音,戏词里有很多方言土语,但根本不影响我们的欣赏。因为她吐字清晰,声声入耳,更难得的是,她一秒入戏,唱到动情处,真的眼圈泛红,字字如泣。

她唱了很长的一段,我惊异于她的记忆力。她说,这有啥!一辈子就干这事!

前采会上,县里领导说,和县庐剧的保护单位是一家国有剧团,武道芳老师如今自己挑班,有一个民营剧团。前几年,县里还给她配了一台流动演出车,便于她下乡演出。

会后,大家兴致勃勃地去参观她的演出车。演出车色彩欢脱,车厢两侧赫然印着她的一幅大剧照,还有几个大字:武道芳来了!

可以想见,这部车在乡间招摇而过时,能唤起多少人的回忆。

我悄悄跟摄制组的导演叮嘱说,最好追踪她的乡村演出,录制她在乡村舞台上唱的连本大戏。如今,能唱连本大戏的演员真的不多了。

几个月后,导演在微信上发了一个小视频给我。我点开一看,红色的大棚子里人潮汹涌,台上,武道芳唱得如泣如诉。这种乡村演出的盛景,已多年未见。

我激动地发给一些不断唱衰传统戏曲的朋友看。朋友说:"你看看台下观众的年龄,她和她的观众都老了。你就说你吧,你真的喜欢戏曲吗?"

我有些心塞。我承认,我对戏曲涉猎不多,也谈不上喜爱。以前母亲喜欢越剧,跟着她看,我知道了王文娟、徐玉兰、赵志刚、肖雅……看了不少越剧代表作。那些唱段和旋律,是我青少年时光的背景音乐之一。高中时,看昆曲电视连续剧《南唐遗事》,被唱词吸引,不知不觉追完了整部剧。其他剧种,我就是随风过耳,听一个热闹。

安徽五大剧种徽(徽剧)、黄(黄梅戏)、庐(庐剧)、泗(泗州戏)、花(花鼓戏),我是因为工作缘故才陆续接触的。听传承人讲戏,知道了一些门道,再看戏,才看出了一点味道。

但是,作为一个非遗保护工作者,我总是告诫自己,不能以自己的喜好来进行价值判断。非遗保护的初衷,是为了保留下来更多的文化形态,满足不同人群的需求。比如,那些愿意一直追随武道芳唱腔的老观众。武道芳在,就意味着他们的文化记忆和过往岁月在。当一个人或一群人承载的某种文化形态成为一个时代的标志后,就值得我们保留和守护。

但我偶尔也会隐隐滋生一种疑惑,如果这批观众随着岁月翻篇了呢?我们费尽心力留下来的东西,会被下一代乃至下下代人喜爱吗?某些传统文化形式活态传承、永恒延续的愿景,会不会是一种乌托邦式的想象?

大约在 2020 年 6 月,一个自称是武道芳徒弟的人加了我的微信,间或给我推一些武老师的演出视频,还让我关注了武老师的抖音号。我有时会去听两段,逢年过节也会通过他(她)代致问候。

这个人,我不知道他(她)的年龄、性别,在我的微信备注里,他(她)一直是:东路庐剧武道芳徒弟。

今年戏剧调研,各市县函调的表格回收整理时,一个同事惊呼:"不会吧?武道芳庐剧团能唱传统剧目全本戏 500 多出?是不是填错了?"

我也觉得不可思议,大部分国有剧团能掌握的传统剧目只有个位数。有的剧团,连个位数的剧目都不能随时拿出手。

我随即微信咨询武道芳的徒弟。他(她)说,民营剧团掌握的传统剧目多,是因为很多民营剧团成员都是家族传承,演戏方式也是过去戏班子的方法,根据场次剧情大概,现场依韵即兴编词。只要剧团演员和乐队在长期磨合中彼此接得住,一场场大戏就能演下来。

我突然想起一个专家吐槽,说如今戏曲传承人只评演员不科学,因为现在国有剧团演出,本子是编剧写的,曲子是作曲家编的,演员依样画葫芦,并没有太多创造性。这些演员,根本不具备承载传统戏曲的功力。

高手在民间啊!我曾经惊叹武老师的记忆力,没想到,这记忆力里,还饱含着如此蓬勃的民间创造力。

在跟武老师徒弟的交流中,我知道这两年因为疫情的关系,民间剧团失去大量演出机会,商演几乎停顿,各地政府采购又无一例外地向国有剧团倾斜,令民间剧团的生存雪上加霜。

民间剧团的经营模式是有活儿聚,无活儿散。没有演出,剧团根本留不住人。如今,武道芳的剧团只有这个徒弟跟着她,一边做抖音推广,一边想方设法觅活儿。

戏剧调研组分组时,我要求去皖中组。我想再见见武老师,也对她的那个徒弟充满好奇。

时隔一年,武老师瘦了一圈。常常微信交流的那个徒弟也在她身边。见到他,我吃了一惊,我没想到,这个徒弟竟是一个90后的小伙子。

问他是哪里人,他说是六安的,两年前辞职到这里,跟武老师学戏。而他自己的专业呢,跟戏剧毫不相关,学的是会计。

按照流程,座谈之后,两个剧团要在和县文旅局的剧场里举行专题展演。

和县庐剧团演毕,武道芳剧团演出《三击掌》,说的是薛平贵和王宝钏故事的前半段。与国有剧团录音伴奏不同,他们的演出方式需要更多的现场调度。小徒弟穿着薛平贵的戏服台上台下跑,一会儿去协调音响,一会儿去帮伴奏老师找位置……

开场后,他的这个角色基本只需走个过场,短短几分钟的表演,看得出他的手眼身法步非常生涩,念白也不地道。戏曲向来讲究童子功,他半路出家学戏曲,其实很难出头。

武老师宝刀不老,在台上一板一眼,输出大段大段的唱词。因为即兴现挂的唱词多,无法提供字幕。好在武老师吐字清晰,没有字幕,也能听一个大概。

但毕竟是80岁的老人了,虽然唱功依旧,很多戏剧身段却做得有些艰难,她动作幅度稍微大一点,我们在台下就揪着心。

高温天气,眼见着大量汗珠穿过浓厚的妆容,在武老师脸上慢慢渗出,星罗棋布……

晚上回宾馆,我收到武道芳小徒弟的微信,他说武老师觉得很抱歉,因为时间仓促,自己没带设备过来,演员和乐队配合得不好,剧场后台没灯,妆容也没弄好,舞台演出太粗糙了。对不起我们。

我回复说,武老师今天带妆演出,我们很感动。看得出武老师宝刀未老,但应该着手培养女徒弟了,把她这个流派的唱腔和表演传承下去。她年纪大了,高温天这么一直在台上演,我们都很担心。

他说:"原先是有女徒弟的,但演出不饱和,留不住人。过两年,我如果要成家立业,也许就帮不上武奶奶了。"

我顺着这个话题抛出我的疑惑:"你这个年纪,既不是出身戏曲世家,也不是戏曲专业,为啥会跑来做武老师的徒弟呢?"

这一问,问出了一段很戏剧化的故事。

多年前,他还是一个小男孩的时候,无意中听到武道芳的戏,他记得那天唱的是《秦雪梅》。之前,他在家乡也听过别人唱庐剧,没啥感觉。但武老师的声腔和表演像一道光,在那一刻突然唤醒了他对戏曲的感知。他听着听着,就彻底爱上了庐剧,而且只认东路庐剧。那些旋律、那种唱腔,在以后的日子里余音绕梁,多年不绝。

后来,他忙着考试、升学、工作,繁杂的事务充斥生活,但空闲时间玩手机,还是忍不住会点进一些庐剧演员的直播间。

2019年的腊月,他进入庐剧演员郑飞凤的直播间,突然听到了那个一直在记忆中盘旋的声音。

武道芳?他一激灵,再看,真的是武老师!

77岁的老人了,还在台上唱戏,唱的是《泪洒贞节牌坊》。他兴奋异常,私信直播间主人:"武奶奶在哪?"

直播间主人不清楚他的底细,没有回答。

于是,他辗转于各个庐剧演员直播间,寻找他的武奶奶。

终于有一次,在一个直播间里,他和武奶奶联系上了。之后,他常常打电话给武奶奶,聊了很多关于戏剧的事情。2020年疫情暴发,困在家的几个月里,他在网上不停地听武道芳的唱段,越听心越痒,就很冲动地打电话问武奶奶:"我想学戏,我能不能做你的徒弟?"

没想到武奶奶一口答应。2020年端午节,他正式拜师。9月,他辞职跟随武奶奶,一边学戏,一边做新媒体推广。武道芳的抖音号,就是他负责运营的,至今已有近3万的"粉丝"。怕父母担心,他跟父母说,自己在做媒体。

他说,如今戏曲衰落,总说年轻人不喜欢。其实,喜欢戏曲的年轻人很多,上次主办戏迷会,很多年轻人来。有个男孩子反串,唱武老师的唱腔,学得以假乱真。这是资深戏迷才能做到的事。

我相信,没有真切的爱,不会有这一段奇妙的缘分。我让他写一写这个故事。他说:"还是不写了,做戏曲太难了,我怕我最终还是坚持不下去。"

当天晚上,我在朋友圈记了这件事,不是想道德绑架,而是因为不管他是否能继续坚持,这段倾心守护的旅程,都足够美好。

因为他,我那天写下这么一句话:"哪怕为了这一小众人,我们也要尽力挽留住这时光中的花朵。"

微信里,他告诉我,有一天,他陪武奶奶拜菩萨,武奶奶拜的时候说:"求菩萨让我每天都有戏唱。"

多年前那扇打开的门,依然闪着光芒……

(胡迟,安徽省非物质文化遗产保护中心研究部主任,研究馆员。曾出版《从前·慢》《流逝的乡土》等,主编或参编《打开记忆之门》《非遗里的安徽》等。)

查济村表情

书 同

一

"书同先生早上好,刚才您突然闯进我的记忆里,太好了!"

这是农历壬寅年春节前夕,柳新生柳老发给我的信息。闻讯,我眼前立刻浮现出那极富个性的形象:稀疏而矗立飞舞的白发,满嘴围成一圈的白胡子,慈眉善目,什么时候都仿佛在笑着。

收到这样别致的问候,实在叫人开心。啊啊,柳老,谢谢您的惦念,我已好久没有去看望您了,您来查济了吗?是否一切都安好?虎年即将来临,您一定要虎虎生威呀!

"老啦,虎不起来了呀。入冬以来,一直在合肥生活,主要是休息发呆,胡思乱想疗养身体。"

是的是的,冬天查济好冷,年纪大了,最要注意保暖。合肥有暖气,您要好好保重身体啊,养足了精神,等春天一到,您就来查济,到时又是一片勃勃生机啦。

柳老回复了一张笑脸,随后发来一组油画照片,有扎着长长马尾巴的艺术家,有仅在头顶留一撮毛的小屁孩,有下巴上翘着一撮白胡子的老农,有热得几乎一丝不挂的老汉,有张口露出门牙的胖乎乎的村妇,有嘴巴里仅剩下几颗门牙的老头,各人脸上洋溢着开怀的、矜持的、皱巴巴的、半笑不笑的笑容,他取题为《查济村表情》。他说去年没画什么,这是一组油画新作,算去年一年的成绩。

嗯嗯,去年年成很坏,新冠疫情肆虐,游客都进不来了,村子也不热闹了。可是您了不起呀,没有闲着,画了这么多人的表情,查济要感谢您呀。

聊天发生于2022年1月23日上午。皖南的冬天,有着彻骨的寒冷。然而,这些信息明媚而灿烂,好像在画布上涂抹了颜色,让我喜悦之余,发生很多很有趣的联想,也回忆起与柳老相聚的许多快乐瞬间。

二

在皖南古村落中,查济绝对算TOP5(前5名)级别的村庄。但在西递、宏村、呈坎、唐模那些村庄已经大红大紫的时候,它还藏在深山,羞羞答答地不好意思露面。我头几次去的时候,村里的房子歪歪倒倒,已经倒得仅剩下几堵墙,只剩一个青石门框的也很不少,用"断壁残垣"四个字,尽可以形容大致情状。我被查济的破败沧桑所感动,出于一种嗜旧的癖好,随手写下了《中国乡村时代的辉煌废墟》一文,由《文汇报》摄影记者徐晓蔚兄配图,发表在当年《文汇报》上,差不多一个整版的篇幅。我之落笔在"废墟",着意却在"辉煌"。从辉煌到废墟,大有深意在。我不知道有多少游客是看了这篇文章而来到查济的,但可以肯定的是,如果真有游客是因为读了这篇文章来的,也只能归功于晓蔚兄的摄影。他伏在墙根仰望苍天拍摄,他把镜头抵住斑驳苔藓的旧砖,他从幽深小巷拍向外面敞开的世界,他从古老拍出现代,由乡野拍出时尚。应该说,他绝对拍出了中国乡村时代的辉煌废墟。

可以肯定的是,柳老绝不是读了这篇文章才来的,他比我来得早多了。他在20世纪80年代,就发现了查济的美学价值,就是那种破败、古朴、沧桑,以及隐隐可见乃至可触摸的历史、文化和情感。他那一颗艺术家的心,一看到这些,就发生了知遇之感,即刻放了下来,脚步也就此停了下来。

我第一次见到这位老画家,是在一个炎热的夏天,是被他呼作"钱多多"的一个小导游带去的。他穿一件洗得变了色也变了形的白汗衫,一条农夫穿的大短裤,脚上穿一双拖鞋。见我们到来,他赶紧去换了双鞋子,还要去换衣服,说这样散漫的样子,对客人不礼貌。但在大家的劝阻下,衣服也就没有换了。他先问"钱多多"怎么进他院子来的。个子小小却调皮逗乐的"钱多多"笑着说:"你忘啦,你的门不是从外面锁着的嘛,从外面锁,就证明你在家呀。"又转向大家揭秘似的说,"柳老的院门如果从外面锁,就证明他在家,那门是假锁的;如果从里面锁,就证明他出门了。"

柳老备了热茶、西瓜、饼干等,让大家围坐在他的小茶几旁。他正在同时创作好几幅油画,有托尔斯泰像,有俄罗斯美女,有甘地像。托尔斯泰的眼睛已经有神了,幽蓝幽蓝的，白胡子也有了三分形状，但总体上看，还没有画好。"钱多多"见柳老特别开心，故意逗他说："柳老今天怎么这样开心？平时我来，也没见您拿这么多好吃的东西出来呀。""今天来的美女多呀，我喜欢美女呀，哈哈！你这个小'钱多多'！"

柳老说起他第一次来查济采风的故事。那时查济还不通电，在这深山锁闭的山坳，一到晚上就黑灯瞎火，仅有几点煤油灯闪闪烁烁。因为是夏天，四处奔走，满身大汗。傍晚时分，几个画画的男子，一起在木盆里擦洗。木盆用床单围着。不料天气陡起变化，突然狂风暴雨来了，将床单从底卷起，"哈哈，我们就这样被暴露在光天化日之下了"。

三

柳老的故事总是艺术的、浪漫的，令贫穷落后退避三舍，在精神的宫殿里，营造出富贵与传奇，闪耀着艺术的光芒。

这些年，得天时地利人和，我常常到访查济。大部分时候，只是匆匆一游。但自从结识柳老后，每到查济，总要特意走到他的住所前，透过围墙或者门缝，悄悄打探一番，如果碰巧他在家，则必定又是一场海阔天空、欢声笑语的相聚。

2019年初夏的一天，我陪上海市普陀区文联主席张雄伟、陈志浩先生等一行来到查济。顺着许溪上行，参观了溪畔"柳新生艺术馆"之后，听说柳老就住在上面的山边上，大家兴致高涨，一致表示要去见见这位大画家。

柳老与上海本有不解之缘，他早年在上海山河美术研究所学画，师从张眉孙、方雪鸪、王挺琦先生。后来虽然长期在安徽工作，但与上海方面始终保持着各种联系。见到来自上海的客人，他格外高兴，话题不打一处来。说着说着，就说到一个令人动容的故事上去了。

那年（20世纪70年代）秋天，他到雁荡山写生。在三叠瀑上游源头，他对着远处连绵的山峦忘情地画着，一不小心滑进了湍急的水流中。正当生命危在瞬间之际，一直坐在不远处看他画画的年轻姑娘赶紧奔跑过来，抽下围在脖子上的红纱巾递给他，将他拖上石背。见他手臂等处受伤流血，又帮他擦洗包裹。简单交流后，知道她是一名上海知青，家住普陀区。姑娘虽然不习画，但很喜欢美术，对画家的创作生活也很向往。

这个"美女救英雄"的故事，已经过去了四十多年，但柳老回忆起来，满口满脸都是美好和幸福。客人们听了他的讲述，也莫不欣欣然，对故事中的女主人公充满了关心与好奇。"格么，后来还有联系吗？"张主席问。"没有。只是当时她回上海，我要了地址，写过去一封信表示感谢。"柳老答。"不知道她后来的去向吗?"客人又问。"知道,她好像在普陀区一个手表厂里工作。后来各人都有自己的生活,不便打扰,就没有联系了。""哦,格么,算是失联了?""是的。几十年没有联系了。""希望再联系吗?""好啊好啊。"于是当场决定,他们回上海后,立即展开"寻人行动"。

经过几番周折,竟然很快有了消息。当年那位姑娘通过中间人表示,希望专程前来查济看望柳老。

人生的相遇原本靠一个"缘"字。有缘千里来相逢,无缘对面不相识。缘是一个多么珍贵而可遇不可求的东西。就在几个热心人感到"大功将成"的时候,艺术而天真的柳老竟然反悔了,做出一个令人失望而费解的决定。他要我与上海方面说,还是不要刻意来了吧,什么时候有机会,顺其自然就好。他还悄悄对我说,往事,就当它是一次美妙的艺术之光吧。

四

"十里查村九里烟,三溪汇流万户间;祠庙亭台塔影下,小桥流水杏花天。"这是明代查济村进士查绛所作的一首诗,完全是对查济村的写实,包含了丰富的画面元素。

查济村是一个隐藏在深山中的僻而不远的村落,由上海、南京、杭州、合肥过去,都不算远。但那山重水复、回环曲折的漫漫山路,硬是给人一种"遥远"的感觉。而这,也许正是它的魅力所在。旅行不就是要这一种由此处到彼处、由近而远的疏离感吗?当年在这里肇基建村的查文熙,一定是个眼光不俗的人。这个山东人不是画家,而是一个混得不错的官员,唐朝初年任职宣州、池州刺史,常在两州间行走。大约为了走捷径,他走到如今查济村的地方,见群山环抱,三溪汇流,远离市廛喧嚣,遂起欢喜之心,退休后,便告老而不还乡,定居于此。谁能想象,就这么一个"把他乡作故乡"的勇敢举动,数百年后,竟然造就了一个令各路游客心驰神往的大村落,人的创造力实在是强大啊!

艺术家也许没有故乡。柳老是江苏武进人,但抗战一结束,就随家人在上海生活了。然而成年后,又长期漂泊在安徽。这期间,又总是要到新疆、西藏、海南、广西、云南那些远天远地里去行走,去漫游。现在,柳老像候鸟一样定居于查济村,冬天回城保暖,清明前后,则又迫不及待地入村呼吸新鲜空气。查济不是他的故乡,却也许胜过故乡吧。

柳老称自己是"查济村的表情之一"。他画过一幅自画像,满头飞扬着白头发,满嘴的白胡子。如果把这幅画像放在《查济村表情》里,一定是最出色的。查济表情,精彩,立意新,画家也是古村的一道新表情。

五

但柳老的"表情"正在发生着变化,朝着青春的、张扬的、无拘无束的方向走,近乎是一种"逆生长"。就一切艺术而言,这种"逆生长"无疑是十分可贵的。他和我说起与王涛先生的友谊。那还在改革开放初期,在浙江美术学院读研究生的王涛,回铜陵老家,来看望他。那一晚,他俩张郎送李郎,李郎送张郎,慢步行走在一条矿区碎石路上,大谈凡·高、毕加索、席勒与高更,谈得物我两忘、热血沸腾。一辆辆运输卡车不时经过,扬起漫天灰尘。

"灰尘淹没了我们的身影,却淹没不了我们的思想。"柳老说。

也许正是拥有这种为艺术陶醉乃至献身的精神,柳老隐居在查济,不知老之将至。屋前的山溪,日夜不停地奔流,潺潺的乐音、清澈跳跃的水花,释放出无限的青春活力。门前石板路上,游客接踵而至的脚步、高声低语的欢欣,让古村、老宅、街巷,焕发出勃勃生机。

艺术之心从来不能叫人安分。胡子越来越白的柳老告诉我,他正以超乎寻常的热情,创作一些两三米宽的大画,多为白桦林、戈壁滩等雄壮景象。画幅过于宽大,他不得不爬上了矮凳。他说,就艺术性而言,这些大画表现得更抽象、更写意、更现代,抒发情感更加自由,意味着创作风格在变、在突破,有一种"从心所欲而逾矩"的打破法则的冲动。

今年夏天特别热,持续时间特别长,40摄氏度以上的高温连续了好几天,柳老家的生活用水突然断流。此时他正沉醉于大幅作品创作中,不得已只好买大桶的矿泉水烧饭煮茶、洗笔调颜料、洗脸刷牙、洗澡冲厕所,折腾了一个多星期,直到热心的村民帮助打井引水,一个85岁的老画家,才大汗淋漓昏昏欲倒地挺了过来。当他看到那些即将完成的大幅作品,新的构思又涌上心头。

人的创造力不可限量。查文熙创造了查济村。柳老凭其"从心所欲而逾矩"的艺术张力,正在创造一个全新的查济,一个长着宁静、沉睡的外表,却有着躁动、幻想、憧憬之心的查济。

(书同,安徽宣城人,中国作家协会会员。出版随笔小品文集《借鸟嘴歌唱》《行走天下的男人》,大散文《黄山与徽州游学》,人物传记《君子儒梅光迪》,报告文学《不负韶华——追忆"时代楷模"李夏》[与吴宝成合著],与胡竹峰合编五卷本《章衣萍集》。)

密西西比或者苦难(外一篇)

徐文海

  这条河的名字很快唤醒人们心中低沉的男声,歌唱黑人的生活与坚忍。其后,时间会被分割或者切开,重新分配,在不可能重合的地方重合——能够打破时间的不是时间本身,而是人们的心灵。美国科学家已经找到了大爆炸最初的光(或者也可以称作时间起点),清晰地描绘宇宙起源更有可能了。

  但是,密西西比河还是横亘在人类的心灵与宇宙之中。因为它丰富多彩的过去,因为它的流域延伸向四面的广袤的土地,那些湿地、林地,长满了各种各样的杂草、低矮的灌木,汇聚而来的支汊小河,甚至小山丘,河水曾经漫过的痕迹……那一切可以被称为"历史"的东西。虽然河流的时间在宇宙面前微不足道,但即使解决了宇宙起源的问题也不意味着解决了人类的心灵问题,人类的心灵甚至比宇宙本身更加宽广绵长,更加神秘莫测。所以,当我们忽视心灵而完全置身"外物"的时候,就走进了可笑的本末倒置。这让我想到中国的河流和我们的先人曾经站立在河边的情景。他们说"上善若水""逝者如斯夫"。

  被河流切割的时间另一层意义是,它标记了死亡,它使死亡变成事件而非结束,就像那些河水的痕迹一样。我们祖先的坟墓也成为"事件",西湖边的盖叫天墓上写着"艺人盖叫天墓"六个字,平静而简洁,但它丝毫没有掩盖那些山呼海啸一样的剧场拥戴。即使是我们的某一位平淡无奇的先人的坟墓,在我们面前呈现的时候,它也是与他(她)曾经的生活联系在一起并且密不可分的,这就使得死亡成为"事件",是一个人的一部分,而非全部。只可惜它所占的份额过大,它不容商量、不容更改的结局过于强悍。

  它是一切苦难的根源吗?

有些人将心灵寄存(而非捆绑)在受难意识上,听从上帝(或者菩萨、真主等)轻柔仁慈的呼唤,据此看见天堂(或者西方极乐世界)而非坟墓,耶稣的受难或者地藏王"地狱不空誓不成佛"便成为信徒某种铺天盖地的自觉。这种寄存进而成为习惯的放置,使他们认为找到了生活的本质,幸福的来临不在话下也不言而喻。你不必追问他们的日常幸福,只需要从他们黝黑或者洁白的笑容中读取,从他们轻松愉快地谈论杜松子酒、咖啡、玉米、大豆或者一条聪明的小狗……这些最琐屑的事件中去体味。就像安静的海岬那儿,朝阳或者晚霞的照临,明亮、仁慈,意味深长。而一旦大海因为焦虑,因为不知所往而暴躁而咆哮的时候,阳光也会被撕成碎片,被摔打在岩石与泡沫之中的时候,你还能指望它温情脉脉吗?

沿着河流生存的人们从来不惧怕灾难。当河流泛滥成灾的时候,漂流过他们屋顶的有木材、瓦块、他们的牛羊,甚至是他们亲人的尸体。一旦洪水过后,他们将继续建筑起日常生活,建筑起笑声与歌声,并且一如既往地表达韧性与乐观。这样的河流和这样的人民使我不得不想起中国作家余华小说《活着》中的福贵,他在经历了浪荡的前半生之后一无所剩,但有一头老迈的耕牛相伴而劳作的时候,他的内心安详又快乐。在莫言的作品中,一个被土枪打掉了半个脑袋的地主,被阎罗殿中的油锅炸脆,然后由驴血濡染还原,托生为驴,后又在下一世托生为牛(《生死疲劳》),这个转世的生命,其实表达着灵魂的坚忍与不屈。就像《透明的红萝卜》中几乎失去疼痛与冷热感觉的那个弃儿,也像海明威《老人与海》中的桑提亚哥。而在威廉·福克纳这里,就变成了《喧哗与骚动》中的昆丁,一个长大成人了却只有三岁孩子智力的人,但这弱智的脑海里却从来不缺少爱和怜悯。威廉·福克纳还为他家里的女佣——一位黑人大妈写下了一篇悼词,这位写过诺贝尔文学奖答谢词的大作家,恳切地说,希望在他临终的时候,有人会记得他曾经写下的这篇悼词,并且称赞它的价值,他将为此而幸福。所有这些浮现在伟大作家心灵中的人物,都一定是从密西西比河沿岸走出来的,不仅是真实有形的那条河,更是象征的无形的那条河。

它是密西西比,当然也可以是长江、恒河、尼罗河、多瑙河……

一旦觉悟了苦难的根源,宽广无边的悲悯便会油然而生,仁慈、善良、爱意、诚实……便会油然而生。

这就是"密西西比或者苦难"的意义,亦即是希望寻找到的生存的意义。

你确实来过这里

是的,你确实来过这里——这个想法在某一天电光火石一样到来。山岗之上,放眼望去皆是齐腰深的青草,绿得发亮,风来风去,草叶哗哗作响,大片白色的云彩落到山上,成为阳光的斑块,草丛中或者天空上的鸟,尖利不安的叫声,像某种在高音区撕破的笛音。时间或者回忆被抽象、被简化,就像突然来临的雷雨把眼前多彩的山色变成黑白一样。

雷威严的告白与闪电异常的亮,雨粒急速抽打草叶树叶枝干或者地面的声音,鸟们慌乱无措进而绝望的嘶鸣,虚构了一场千军万马的战阵,旗帜翻飞马蹄碎乱,刀枪剑戟挥舞,将士搏命厮杀,或许这确实就是一场千军万马的呐喊中的狩猎?……谁知道呢,这雷雨虚构的战阵确是一次再现一次重演?千年之前的一次两军偶遇或者一次阴险的预伏,万人的尸骨因此埋进草丛下的土地。然后,一场又一场这样的雨,一场又一场那样的雪,一年又一年鲜花盛开与草绿草枯,泥土越发肥沃,泥土亦越发厚重,所有的身体,甚至钢铁,都会轮回为泥土本身,富含铁的土或者富含钙的土。想起一个叫作项羽的人,以他的骄纵与不可一世的雄心推知他为何自刎乌江。那么,千年以前的那场战斗,被眼前的雷雨还原的那场战斗之后,曾经消失了怎样的一个王国、怎样的一个不可一世的王者和一些功勋卓著的将军?

1973年,这个世界上有一个美女消失了。我看到她的时候,她已经被人们从屋梁上平放到一块草席上,她穿着自己在人世间所争取到的最奢华的服装,一件白色的仿绸上衣,一条深蓝的绵绸裤子,一双涤纶薄袜,黑色的灯芯绒的单鞋,那鞋底精工细作,可能就是她自己的手工。我已经无法回忆清楚,她是因为遭遇负心还是因为无法冲破阻碍才拼死一抗的。当然,时间磨平了记忆也可以忽略掉原因,不能忽略的是,她是我们那一带最漂亮的女子。因为,我每一次读到那首写罗敷的诗的时候,一定会想起她来,我坚定地回忆起当年的行者耕者老者少者见她如见罗敷的情景。我作为一个孩子,一个喜欢看各种不同热闹不同情景的孩子,看她被装进棺材,埋进土里。此后多年,我上山拾柴或者进行别的劳作,都会来到这片山上,都会来到她的坟前。坟墓只是坟墓,没有别的,青草、周围的石块、隆起的土,再无其他。现在,当我以批评者、评论者来面对当年的自己的时候,我理应说,那个少年男子的举动,毫无例外是受一个男人的因子所驱。可是,现在,当我在这里写下这些的时候,我即使不做实地查看,我也不会猜错那座坟,我猜测它快要湮灭了。因为坟墓的保养依赖后人,她没有孩子,她没有后人,她坟墓的保养依赖与她沾亲带故的后辈人的良心与闲余,这些理所当然靠不住,合情合理地靠不住。

想起1973年的美女,是因为2011年秋天的某个早晨,醒来的时候,我看到了窗对面一户人家的三楼顶上,一群鸽子呈现在早晨的阳光之下,亲密地相互梳理羽毛,接吻,咕咕鸣叫,小小地摩擦与争斗。然后,一只、两只、三只……它们全都飞走。只剩下了那灰色的屋顶、灰色的水泥的平台。

那些鸽子,它们亲密的情景,存在过。确实存在过。可是,它们的存在,依存于我的回想,如果我离开了这个世界,我的回想不存在了,那它们当初的亲密的情景还存在吗?

谁有那个无法复制的"存在"的证据?

我啊,我肯定没有参加过那场空前惨烈的山上的战斗,所以,我的想象之中,没有那种似曾相识,没有那种伸手可触和恍如隔世。可是,我相信,许多年许多年以后,当我再一次目睹那一群鸽子在我对面人家屋顶上亲密无间地相聚的时候,我会想起2011年的情景,就像那些曾经参加过这山上的生死之战的那些人看到这山上的青草的时候,会有似曾相识的感觉一样,更高形式的"存在"让我们坚信:我曾经来过这里。

(徐文海,安徽桐城人。曾出版散文集《我热爱的一切》、小说集《徐文海小说选》。)

土豆乖乖（外一篇）

胡传永

年前买菜时随手挑了俩土豆放进兜里，回来炒丝用了一枚，另一枚就猫在筐里，我把它给忘记了。

等到收拾卫生时，发现它已经咨嘴发芽了。

本想扔掉算了，恰巧手边有只刚刚清洗干净的比土豆大不了多少的非常好看的小白色瓷瓶，于是就随机顺意，盛了点土，将顶着幼芽的土豆坐进去，洒点清水，放在同色相的瓷盘子上，成了家中一个很别致的小盆景，给我并不看重的"年"平添了些许意外的生动与有趣。

浇了两次清水，很少的，怕多了污湿了底部的白色盘子。

可怜见的，就凭着这少许的清水，它的芽开始伸腰昂首向上生长，水生生的叶和带着棱边的茎向外、向上延伸、舒展。它无声地生长，默默地生长，却见证着生命的生机与生命的生动。

希望它能开出花来，因此也曾想到应该给它施点肥啥的，但考虑到那一尘不染的白色瓷瓶和白色盘子，于是作罢。

其间它瘦弱的顶部突然生了许多蚜虫，密密的一层，疙疙瘩瘩地蠕动在它嫩嫩的枝丫叶片上。我一时不知拿这些令人恶心的虫子如何是好，就用餐巾纸去擦，却发现那涂留在枝叶上的虫尸的汁液更令人恶心。我只好将整个瓶子拿到睡莲池子边，将其头朝下放进水池里摆涮，管用，小虫子们全都散开来成了金鱼们的美食。

土豆一直没有开花，好几次凑近观察、查寻，过程中不乏有欣赏的意味，亦有催逼、督促的成分了，土豆却以沉稳与默然回应我的欲求。在我们的对视下，它那开花的意思就渐渐地淡了,化了,没了……

没有开花的枝丫不是好土豆,我对它说。

接下来,它停止了生长,一尺多高的枝叶开始从下至上一片一片地依次发黄——我想,一枚土豆的生命行走,应该是在下坡的路上了。

自此,它从我的注意力里消失。就如一件闲置的家什,当它的作用告吹或曰人对它的索取无利的时候,它虽然仍存在着,存在于它特有的命定里,存在于它生命的轨迹里,但因人的自恃与功利,自私与冷漠,已然引不起人的任何关切与青睐了。尽管它曾经穷尽毕生来填补人的欲壑,来满足人的需要,可敝屣当弃,这是人冰冷的法则。

最后一次见它发黄枯萎的时间应该过去两个多月了,这两个月里,我每天无数次地出出进进,它就在迎门案几上,我却视而不见。现在回想起来,这种无视,对于我,好像就是一种自然心态的流露,而对于孤独衰老失语受制的土豆来说,公平吗?

当它再次出现在我的视野和注意力里的时候,是因为我要栽种一株石斛。我看中了那个曾经栽种土豆的白瓷瓶子,有过生命的土豆生命完结了,没有生命的白瓷瓶子还可以继续被利用。

视线在白瓷瓶子上落定。

这时,我看见一缕枯干发黑的土豆的茎骸搭在瓶子的口边,向下挂着,是一截常见的植物的死枝。那死枝也没能唤起我对它曾经有过的生命痕迹的回想,因为我几乎就是一个乡下种地的老奶奶,每天都要与无数的植物打交道,我无法做到对植物的生生死死特别留意与关注。

我端起瓶子去开纱门的时候,不经意碰断了那簇发黑的枯枝,就着阳光我看见枯枝下面有一团褐色的泥乎乎的东西被拉动了一下……

在院子里,我蹲下身子,戴上眼镜,看见那团褐色的泥乎乎的东西竟然尚呈土豆的样子,蜷缩在瓶子的一边,只是与原来放进去的土豆相比,它变小了,成了完全的空壳儿了,皱巴巴地窝在泥土上,仍然寂寞无声。

当我伸手拈起它时,心被触疼。

它轻得没了一点点重量。它空了,完全地空了,它蜷缩的样子是那么的可怜,它是要将自己完全地化在土壤里,变成土壤,变成养分——它在狭小的瓶子里,坐在少得可怜的土壤上,只喝了两次清水,然后让那些枝芽向上生长,向上生长……它尽它的可能与所有将自己的有限变成了无限,牺牲着自己,掏空了自己,以自己的死来成就新生命的活,这是一种舍己的替代,更是一份隆重的恩典,这样的牺牲与替代超越了世人所认知的大爱……

接下来,出现了更令我震惊的一幕,当我倾斜瓶子开始倒土时,我顿时泪崩……

土壤下面,竟然乖乖妥妥地卧着两个形状相似、个头差不多大小的土豆宝宝!土豆乖乖!!

几乎装满了瓶子的底部,它们安然并排地躺在一起。在已经化作土壤化作养分的土豆妈妈的下方,它们乖乖地躺着,是那样的祥和、那样的安静、那样的温馨。它们没有言语,却比任何语言都更能说明问题;它们不会歌唱,却比任何的歌唱更能表达最崇高的赞美……

此时,老胡难以平静,回想起土豆的前世今生,想到它发芽时的样子,想到它发黄时的样子,想到它遭受虫灾时的样子,想到它本该开花来显示一枚土豆之美,它却放弃了这样的自我彰显,而将生命的所有全给了自己孩子的样子,想到它在狭窄的空间里努力活着又慷慨悲壮死去的样子……然后,它竟然以这种死而复生的方式将我击倒,让我在炉灰中认得自己——作为一个人的丑陋,我在万物中的渺小与有限,让我生出了对美好的被造之物的敬畏之心。

我在那团已经归入尘土的土豆妈妈面前蹲下来,对它说:"您会开花的,而且还会结出更多的果实来!"

向 日 葵

在内蒙古采访结束的前一天,我和朋友一道去看望一位充满智慧、精神矍铄的83岁的本地老人。老人的小木屋盖在一大片玉米和向日葵间杂地的中间,不知道他老人家的房子为什么要这样盖,抑或是他老人家的庄稼为什么要那样种?房子像藏在青纱帐里,与外界隔着一道令人费解的屏障。

交谈过后,老人高低要留我们吃饭,我冲着那大片的向日葵和玉米地,很想留下来,可朋友执意不从,只好告别。

临走时我向老人要了一个大如面盆的已经成熟的葵饼。

今年春天农事尚未开始,我就张罗着想让内蒙古的向日葵在我家的院内院外落地生根。籽儿有多的,准备施一些给左邻右舍,可左邻说他不喜欢嗑这玩意儿——如果仅仅为了嗑它,种这玩意儿有何意义?右舍更不像话,说这东西不好在房前屋后种的,它的枝叶下面喜欢蹲那吊死鬼——简直不可理喻!

我一赌气,将剩下的种子全都撒到了原本准备种花生的菜地里、准备种扁豆的道路旁以及准备种南瓜的墙根下。要不是楼高房大,秋后我家的结局一定也像那位内蒙古大爷的样子——茅庐稼穑,穹隆四合。

我每天早起,第一件事就是去看看它们。小家伙们生长得很快,不到两个月,就亭亭半人高了。有几株性子急的,已经有了成年的心事,葵株的梢顶处开始育蕾孕蕊了。

记得我们念小学时,有自然课,也讲植物,老师讲着讲着,突然向一个正回头抄我作业的男同学提问:"知道葵花为什么又叫向日葵吗?"那个男同学答得飞快:"因为它会对着日头扭颈把子!"老师听了哈哈大笑,说:"向日葵扭颈把子可不是为了抄作业吧?"

一晃几十年过去了,这位喜欢扭颈把子的男同学上中学、考大学、读博士,早已成了一名在国内很有知名度的植物学研究人员,而我却一事无成,只会整日在电脑的键盘中将自己失败的人生敲打得泪花四溅。

好在向日葵在一天天地长大,我是一个极易满足的人,稍稍有点值得我高兴的细节都能打发我走向灿烂、走向开心。

在大自然的万物中,向日葵可能算是最善于表达自己心性、习性,也是最能保持自己特性的一种植物了。无论是在贫瘠的硬地里,还是在肥沃的土壤中,无论它的四周杂生攀爬有多么热闹繁俗、多么媚艳诱人的植物,它都会心无旁骛地生长着自己,特立独行,笔直向上,坦诚着甚至是张扬着自己须臾离不开蓝天、离不开光照的心性,尽可能近地接近蓝天,尽可能近地接近太阳。到了被自然律和自然限度喊立定稍息的时候,它会应声驯服在大自然的权势之下,止步安息,让自己很快进入新的一轮使命——开始对新生命的孕育。从下到上,所有的运作只指向一个目标,那就是要在自己生命的最高处围起一圈金色的花栅,它的宝宝们要在这特殊的孕育里出生、长大并成熟。借着这样的过程,更是为了让花栅里的宝宝们带着它的心意,举向蓝天,举向阳光,以表达它的回报、它的感恩。夜以继日,所有的努力都是为了完成这个平凡而又伟大的生命历程。

当早上的太阳跨上地平线时,第一眼看见的一准是向日葵等待了一夜的朝它凝视的笑脸;将爱的执着永远聚焦在那片光明之中,正午的太阳便将向日葵仰望的笑脸披戴得荣光熠熠;一天很快过去,夕阳在告别的红晕中看见,向日葵转向西边的脸盘已经低垂,默默地做好了守候漫漫长夜的准备,为在安静中得以安息,在安息中得以更新。

好多次我有这样的冲动,想观察一下向日葵在夜间是如何将自己的脸转过180度等待第二天早晨太阳升起的。然而终归只是一时的冲动,人的惰性再加上对自身以外所有事物的冷漠之常态,使得我的观察之谋划屡遭告吹。

于是,向日葵世界就有了许许多多白日的奇妙和夜晚的神秘。于是,人就有了对于大自然和向日葵的世界的追想和叩问。

造物主为什么单单让它的果实结在当顶处?它又以何样的感知、那般执着敬虔地回应着来自于天的大爱?将生命的全部高高地举过头顶,那又是怎样的一种摆上、呈献和托付?一株植物与蓝天、阳光之间怎么竟有如此紧密的关联和默契?在所有的植物中为什么只有它得到了上苍的拣选,被天与光如此亲密无隔地接纳与接待……

所有这些,苍白有限的人又怎么能完全知道!属天的答案我又何必去做无谓的追问!

然而,无声的厚重的大地却知道,一粒向日葵的种子是如何欣然地接受差遣、落进了土壤里的,这粒种子又是如何艰难地在土壤里裂开自己、"死"了自己,舍了原先的饱满和完整,蜕化成苗,钻出地面,去完成连接天地的大使命的。

当成熟的向日葵再也无法转动自己头颅的时候,那低垂下的不仅仅是它的谦卑,更是它无法承受的生命之沉重与生命之珍贵。完成了属天的使命,它知道自己来自于尘土,最终将要归于大地,但它的心意已然飞升向上,泊在了天与光中。

有了苍天,才能向上生长;有了大地,才能向下扎根……

至此,我才开始弄明白:内蒙古那位83岁的矍铄老人,为什么要那样盖屋,为什么要那样稼穑,也知道了他的智慧来自哪里。

(胡传永,安徽六安人。40岁开始文学创作,先后在《北京文学》《美文》《散文百家》《清明》《安徽文学》《江南》等杂志发表作品多篇。出版长篇纪实散文《行走天路》、散文集《沉重的乡土》、长篇小说《淠水谣》等。)

三　宝

吴　玲

　　三宝走失已半月余。萍的话犹响在耳边："每次送小猫出去就像嫁女儿一样。"我相信萍的话发自内心。流浪妈咪在生下三只猫崽后患产后风，死了。萍收养了它们。萍喂养流浪猫已逾三十载，家里像个喵星世界。她将三只猫咪中顶温顺好看的一只送给了我。

　　一个多月大的小家伙，比田鼠大不了多少，白底毛夹杂着黑色与茶色的条纹与斑块，捧在手心，棉花团似的。它非名贵品种，却是一只面貌姣好的三色猫。

　　我爱小动物，却无饲养经验。小时候，祖母曾养过一只花狸猫，小名阿黄。那时年月迫于情势，父亲在村东头另建一处茅屋，祖母从七口之家搬出去单独居住，阿黄始终不离不弃。祖母去水塘边淘米摘菜，阿黄一溜小跑在祖母前头。祖母树荫下做针黹，阿黄草丛中捕蝶玩耍。祖母看书，阿黄斜睨着眼在一旁假寐。那时我刚读小学，晚上与祖母同住。天寒地冻，早上醒来，脚背上热乎乎的一团，猫咪蜷缩在床头，呼噜呼噜睡得正酣。

　　花狸猫陪伴了祖母许多年，有一天却倏然失踪。祖母颠着小脚，村子上下、岗坡沟渠找寻个遍，嗓音喊得嘶哑，终是无果。祖母极为伤心。

　　多年后我读到一篇与猫咪有关的文章，恍然有所悟：祖母喂养的那只黄花狸猫不是失踪，它将自己抛掷于野外，独自老死了。

　　几十年如弹指，人的记忆亦随情境复活。那晚我将三宝安置妥帖已将近夜里子时。路上拿定主意，暂时将三宝藏掖书房，想好托词。家主偶尔也会发飙的。

　　我教三宝认识它的新家。猫沙盆、猫窝与食盒各就其位。小家伙怯怯躲在墙角，左右环视,惊恐万状。它太小了,不停地叫着,奶声奶气,细细柔柔,带着婴儿般的哭腔。抱它,不料齿爪齐上,呜呜挣脱。投食喂水,觊觎四下无人,方汲啜有声。连着两日,三宝仍是戒备,即使房门大开,它也不越门槛半步。

某日晨,家主忽讶异:"怎的家里有猫叫?"循声,瞅半晌,乃喜:"书房岂能养小猫?"遂移至客厅。妇笑而不答,如释重负。此后凡东方既白,舍间便响起两只"猫咪"此起彼伏的叫声,三宝叫,家主应,三宝猫小声音小,家主人健声音大。两个顽童,好不快哉。

三宝爱吃罐头、鸡肉、鱼肉,喂它玉米、白粥、蛋黄、酸奶,也照吃,且照样吃得津津有味。吃饭前小家伙必有三个标准动作:一跃上沙发,再跃立靠背,再来个回头亮相。乘你投食的当儿,又无声落地。你不用担心它会打翻食盒水罐,没有,一次也没有。这三个标准动作使得三宝的每顿饭颇具仪式感。

吃饱了,小家伙半坐半立,咂嘴弄舌,心满意足。

不到一月,三宝已长大许多,萌态十足,伶俐淘气。铃铛、小球、羽毛都是它的好玩具,一片花瓣一个纸头也能玩上半天,什么都没得玩,就玩自己的尾巴,抱着,咬着,摇着,舔着。厅堂宽大,地板光滑,三宝偏热爱奔跑,咕咚一下摔个仰八四叉,就势来个狮子滚绣球,一骨碌爬将起来,眼睛溜溜一转,接着再跑。再跑,再跌,不知摔了多少跟头。头撞到了门框、桌腿或柜子,又是咚的一声响,小东西不怕疼,也不哭,倒吓我们一跳。

高兴起来,三宝的娇憨温柔无与伦比。用身子蹭你的腿;远远跑过来拍一下你的手。你不理它,它干脆仰着头,两只爪子抱着你。你看书吧,它跳上桌子,身子一倒,不偏不倚,躺到你的书页中间。写字吧,不是挠你的脚,就是爬到你的膝盖上。你正调色,打算画一枝雪竹,一抬头,不知什么时候,它打翻了颜料,画上踩印了几朵梅花。这真是令人烦恼的时刻。赶紧收拾吧,小家伙可不管,旁若无人地斜倚在桌子一角,又是洗脸又是舔爪子理毛发,变成一个十足的花脸猫。

爬高上低是猫科动物的拿手好戏。自从沙发变成人猫共享,小家伙还要更上层楼,爬到钢琴、博物架上玩耍,批评教育连带呵斥皆收效甚微,只有将盆盆罐罐打包归拢了事。

三宝胆子越发大了。拓展了它的自由活动空间之后,阳台与书房里的花花草草可遭了殃。在花盆里刨土,跳跃,捉虫子玩,抱着花枝打秋千,直闹得花容失色,枝折叶落。有一次,竟将一盆郁郁葱葱的文竹撕咬得只剩下光秃秃的几根枝干。我们恼怒的神情显然唬住了它,刚才还是那么兴味盎然的小东西立刻缩肩拱背,毛发直竖,一边可怜兮兮地看着你，一边频频往后退，它晓得自己闯了祸。可是一转眼，又蹭到你面前，喵呜、喵呜地叫着，用那么天真无邪的眼神望着你。它的叫声娇媚迷人，长短不一，粗细有异，实在变化多端。可是遇有小情绪，你唤它，它头也懒得回，点它粉红的小鼻头，啊呜就是一口。它可是长着几颗锋利的牙齿的。

北阳台边有间茶室，仿日本枯山水临窗置景，以沙代水，以石替山，兼以绿植，三宝美目闪亮，像发现了一片新天地。此处岂能让它撒欢？可小家伙总是不长记性，咻溜就钻进去，与我们玩起捉迷藏的把戏，非驱逐、诱哄不出来。有次它高了兴，小脑瓜一动，扑上花格，家主的宝贝茶具就遭遇劫难。为此三宝还挨了一顿揍。唉，它又哪里知道，人之凭借喜好喂养它们，又为它们设置那么多禁区。

女猫三宝，四月龄大小，体重 2.1 公斤。2022 年 6 月 6 日领养自湖畔居，2022 年 8 月 4 日晚"离家出走"。它与我们总共生活了两个月差两天。

三宝，或许明天回来，或许永远不回来了。

(吴玲，安徽合肥人，中国作家协会会员。出版诗文集《囚禁的风》《缓慢的雪》《最是那一回眸》等。)

巴黎来信

石 兰

从法国回来已经三年了。又到梧桐树叶子黄的季节,女友丽新回国探亲,从巴黎给我带来一封信,说 Adler 先生去世了,走得很突然。

在巴黎我与 Adler 先生相识完全是个偶然,没想到这个偶然竟然延续到现在。窗外的梧桐叶一如当年一样金黄,我不由得想起在巴黎与 Adler 先生交往的点滴故事。

2007 年的秋天,我住在巴黎塞纳河边国际艺术城的一间画室里。那是我刚到巴黎的第一个周末,语言不通,举目无亲,初到巴黎的恐慌和孤独攫住了我的每一天。面对无数次梦想中的巴黎,我只记得契科夫的一句话:"孤独的人觉得到处都是沙漠"。

小时候我父亲跟我说过,世界上有一个词正过来反过去说都很美,但意境完全不同,那就是:巴黎的夜,夜的巴黎。

此刻的我正身处迷人的巴黎秋夜,却孤单一人倚在窗前,对着塞纳河水发愣。忽然有人敲门,来人是去年在艺术城住过 8303 房间的山东画家郭老师。他见我这样,便指了指窗外的梧桐树对我说:"等这树叶黄了,落了,你就能回家了。"大约去年他也曾有过这样的心情。

塞纳河上游船橙色的灯光穿过窗栏,将河水倒映在空旷的天花板上,波光粼粼。游船上的音乐也随风而入,宛如屋里正在上演着热闹的电影大片,即便这样也驱赶不了我独自在巴黎的孤寂。

许多年后,当我走过世界上许多国家,直到有一天我不想再走了,才明白,如果不能跟人交流,再美的风景与我何干?走再多的地方又有什么意义呢?

10 月份,我在艺术城举办个人画展,画展上遇到一位讲中文的比利时画家,用他的话讲，"我和波罗先生同一个国籍"。他圆圆的脑袋，穿件深灰色的花呢子风衣，一手提着皮包，一手握着礼帽，说话时常常把礼帽贴在胸前，不停地弯腰行礼，谦恭而热情。后来我才知道他其实是上海人。

他来回踱步看我的作品，张开双臂夸张地说："啊！你的画很美，充满东方情调，我要把你介绍给我画廊的朋友 Adler，他一定会喜欢你的作品。"我被他的热情感动着。

几天后，这位比利时先生领着我去画廊，在这我遇到了 Adler 先生。

说是画廊，其实是一个店面不小的古董店。雕花柜台上琳琅满目的艺术品古色古香，墙上挂着一些年代久远的画作，吊灯、地毯、雕花橱柜无不透着巴洛克风格的历史印迹。

比利时画家一进门，就热情拥抱住 Adler 的肩膀，头碰头在一起用法语低语。说实话，我第一次见到 Adler 先生，并没十分在意他的模样，反正不懂法语，我就慢慢地看那些艺术品，让他们聊天。

比利时画家向 Adler 介绍我，把我的画册翻给他看，并邀请他去看我的画展。Adler 很温和地转向我，一连串优雅柔和的字母从他口中吐出，可我什么也听不懂，只能静静地看着他灰色的眸子。

我在储柜里发现了一些东方的艺术品画作，还有中国画家的画册、书法等，看来老板是真喜欢东方文化。

Adler 一会儿转向我介绍店里藏品，一会儿转向比利时画家说些什么，我只顾看东西并没在意他们说什么，没人给我翻译。比利时画家把我带去的一张工笔画递给 Adler。"如果不介意的话，可以把这张小画放在店里试试销售？" Adler 小心翼翼地展开画，伏身仔细观看后转身问我们。"Ok, ok！"比利时画家爽快地替我答应着。

Adler 写收条递给我，签名字体很美，我抬头看了他一眼，正巧，他也盯着我的中式绣花棉袄。

接下来的日子，我很快走出了初到巴黎的孤单，下午常有朋友约饭局，更开心的是认识了几位国内画家朋友，并且遇到了同是安徽老乡的法籍女友丽。她早年在巴黎学法律，毕业后在这结婚生子，现在是巴黎艺术圈的活跃人物，做文化经纪人，我们在国内就熟悉。

一天我和丽逛街，沿着 16 区莱努合大街散步到巴尔扎克故居。走过一条小街时，我发现前面竟是 Adler 的古董店，就对丽说："这里有我的画哎！"她有几分吃惊地看着我:"这是16区,巴黎最贵的商业圈,能在这开店都是有钱的,你怎么能把画放在这儿的?"我拍拍她的肩膀神秘地笑道:"去了你就知道了。"

走近发现门锁着,古风式样的门牌上写着"有事稍候"。待我们回头,Adler出现了,他今天穿得挺精神,橄榄色的细格休闲上装配灰西裤,打着深墨绿色领带,满面春风地迎过来。认出我来后,他指着对面的咖啡馆要请我们喝下午茶。

点了咖啡、红茶和点心,一会儿工夫他便和丽聊得很熟了,我又一次被晾在一边,除了保持微笑以外,我不知道还能做些什么。

午后的一抹斜辉映着Adler的侧影,凸显出他完美精致的轮廓,金色的卷发透着法国人特有的浪漫气质。

好容易等Adler起身去续水,丽转身诡秘地对我说:"你猜他刚才跟我说了些什么?""什么?"我问。"他说他第一次见到你就爱上你了。"她强调说,"用的是爱,不是喜欢!那天因为不喜欢和你同去的比利时画家,才没告诉你。他说喜欢你宁静的目光和绣花红袄,具有东方神秘感的神情,那么安静。还喜欢你的画,鲜艳而热烈!"

丽兴奋地拍着我的脸:"他想让你嫁给他呢!"我被她一通连珠炮轰得晕头转向,哭笑不得地辩解道:"我不说话是因为我不懂法语啊!"她打断我的话:"放心,我帮你回了,你可是有家有孩子的人啊!但Adler说没关系,他有办法,说让你在中国住半年,法国住半年,在法国时,你把作品放在他的店里寄售,这样你就不会有寄人篱下的感觉了。"

丽一副八卦表情对着我,我也用坏笑撑她:"你凭啥就帮我回了呢?"心里却想:真是法国人啊,能想出这样的离谱计划!

窗外梧桐树叶黄了的时候,我到了快要回国的时候。Adler和朋友一起来画室做客,并送来帮我卖画的钱。我们沿着塞纳河岸边漫步,深秋的巴黎美得让人无法呼吸,黄昏的天空湛蓝得像宝石,他会说中文的朋友跟我说起Adler的家世。

Adler是犹太人,爷爷那辈移民到法国,一直在巴黎做房产生意。因为家里几代人都爱好收藏艺术品,东西太多了,才开的这家画廊,不在意赚多少钱,只想留住美好。

说这话时他双手插在胸前,灰色的眸子在夜空下闪烁。

他说自己非常迷恋东方艺术,我只要愿意,可以继续把作品放在他店里寄售,并且希望我再来巴黎开画展。

巴黎的夜幕落下来了,塞纳河左岸灯火通明。

我回国的几年中，Adler每次都按时给我捎画款，非常守信。

此刻丽坐在我对面，她从信封里抽出一叠崭新的欧元推向我："这钱是 Adler 店里给的，说是付你的最后一笔画款。前阵子我路过那，见他们店门上挂着停业的牌子，不知道是怎么回事，跑过去，只见店里只有位女人。待我说明来意后，她从抽屉拿出准备好的信封递给我，说是 Adler 交代过这笔账的。""他的生意不做了？"我问丽。她理了一下头发把脸扭向别处不看我的眼睛："不，他走了，店里女人说他死了。"丽眼里闪过一丝不易觉察的躲闪。

我望着窗外的梧桐树，眼前浮现出那个温柔的巴黎下午茶，和 Adler 深灰色的眸子。三年前离开巴黎时，我没有去跟他告别，真怕自己抵抗不住那个建议，抵抗不住对巴黎难以割舍的眷恋。我低声和丽说："不为他，只为巴黎！"

我把那个塞纳河畔的黄昏和巴洛克风格的小店一起印在了心里。

如今一切都没了，我不是说钱，是那个人，是那份守信的相约，是那份寄托着我对巴黎缥缈想象的遐想。

（石兰，安徽合肥人。一级美术师，安徽省文史研究馆馆员，马鞍山师范学院艺术设计学院教授，安徽省书画院特聘画家，法国巴黎国际艺术城中国美协访问学者。出版散文集《斑斓绘事》及画册数本。）

一个人的村落史

王全安

饥饿的童年

我的童年是饥饿的,梦里梦外都张着大大的嘴巴。

我家的桑葚树是我幸福的天堂,一有时间,我就爬上去,吃得满嘴紫红,下到地上撒泡尿,肚子还是空空如也。

在我6岁时,除夕夜的前一天,爹娘让我跟着一位同村的爷爷去外乡要饭。至今,我清楚地记得那天离开家乡的情景:我睡在架车被子上,仰望漫天的星空,一弯瘦月陪伴我恍惚入梦。

等醒来,早晨的阳光照在我脸上。爷爷告诉我,这是一个村庄,我们去要饭。爷爷一边牵着我,一边培训我怎样欢快地喊大爷大娘大婶大叔,怎样磕头,怎样说可怜可怜我很饿。然后挨家挨户乞讨,为了一个馒头、一碗热汤,我把本已经破烂的棉裤跪得更加破烂,回去后膝盖已经血肉模糊。

因为我是男孩,因为是过年,因为图个吉利,人们好像都很慷慨慈善。我们的口袋渐渐饱了,我们的胃也渐渐饱了。吃饱的感觉真爽!走路都不由自主地想挺起胸膛。

晚上,我们找了一个炕烟叶的房子住下来。大概住一个星期,晚上睡觉,白天去周围村庄要饭。要的馒头装在一个个袋子里,回家晒干,可以吃一个春天。

房东的女儿和我大小差不多,她常找我玩,给我拿吃的。她叫玉米,扎着两个羊角辫,穿红花袄,一笑一笑的。我们俩玩砂浆子,手一正一反,看看谁留在手掌的多,多的为胜。我常输,她就刮我的鼻子。我仔细分析才知道,我的手背没有她的凹。

后来，我上了小学，依然感到饥饿。记得村支书的女儿偷偷地送给我一个咸鸭蛋，我暗恋了她十几年，直到她出嫁。我的语文老师，一位上海知青，叫刘成英，因为我成绩好奖励我一块上海奶糖，这块糖甜蜜了我整个青少年时光。

读张洁的散文《挖荠菜》，我很有同感，也写了一篇文章叫《荠菜》，发表在《涡阳日报》上。我对荠菜的记忆也与饥饿相关。上初中时，远离家乡，我自己做饭吃。当时又是一位上海知青叫任美丽，她常常带我去挖荠菜，说这样可以省很多买菜钱。我做了一种叫荠菜疙瘩的面食：将挖的荠菜洗干净，切碎，放进碗里，再放面，加水，一起搅拌，最后成荠菜面疙瘩；等水开了，把荠菜面疙瘩放进去；等水再开了，放盐巴，即可吃。一开锅，荠菜的味道混合着春天的气息弥漫在身边，感觉好极了！

我的饥饿史一直延续到青春期后期。饥饿让我自卑，也影响了我的身体高度，至今还保持在小学毕业时的 165 厘米。

今天，住在城市高楼里回忆起那一段饥饿的历史，我并没有怨恨与屈辱，相反，更多的是感恩与温暖。

捡起每一张纸片

我老家的村子里，没有读书人，也几乎没有书。

我的父母不识字，在我上学之前，家里连本带字的皇历都没有。9 岁我上了一年级，老师发了两本书：语文、数学。虽然一个字也看不懂，但我喜欢一页一页翻，视若珍宝。三、四年级，我能自己读书了，可是课本太薄，没几天就读完了。老师讲课文很枯燥：解词、段落大意、中心思想，我只是机械地记笔记。等老师讲完，我就不再读那篇课文了。

我那时候想，如果有很多书读，那该有多好啊！为了找书读，我每天都低着头走路，看见一张纸片我就捡起来，从不错过。没字的纸片做草稿纸，有字就捧起来读。经常捡到一些故事片段，有头没尾的，我也乐在其中。不过，在捡书读中，也读过一些"坏"书，那些"坏"书甚至比好书给我留下更深的印象。

小学时，我就读过一部完整小说叫《大侠窦尔敦》，坐锅门前看，睡在床上看，蹲厕所里看，真过瘾！那个手持双钩的大侠窦尔敦至今印在我脑海里。初中、高中时，虽然书多些，但大多属于教材之类，偶尔借本小人书或杂志，如《初中生必读》《辽宁青年》，那就是精神大餐！

从小学到高中，我都没见过图书馆。听说大学有很大的图书馆，我决心考大学。高考落榜，我不甘心，边教书，边自学。我自学安徽师范大学汉语言文学大专、本科所指定的教材，一门一门考试，拿证。为了能进大学图书馆读书，我咬牙报考研究生。就一门英语，让我吃了好几年苦。2006年，我成了云南大学的研究生，终于美梦成真。

进了云大，我一头扎进图书馆。看着一排排、一架架的图书，欣喜若狂，我如饥似渴地读书。不管别人如何，我知道我来这里就是为了读书。在那三年里，除了完成老师指定的学习内容外，我按自己的兴趣读了300多本古今中外文史哲的经典书籍，有些还做笔记。一本又一本的书，或厚或薄，或典雅或朴素，我读着读着，常常忘记饥饿。那些先贤圣哲微笑着陪我，让我心情愉悦，视野大开，思想豁朗。

如今，教书之余，我最大的爱好就是读书。如果一天不读书，晚上睡觉时，我就会有一种辜负光阴的悔恨。看到身边那么多人沉浸在游戏、赌博、微信朋友圈中，我总替他们感到惋惜。

武 侠 梦

几乎每一个男孩子，都有一个武侠梦。

我喜欢看武打电影，崇拜李小龙，梦想成为李连杰。虽然村里放电影的日子屈指可数，但我天天跟着村里的大孩子练大洪拳、小洪拳，尊称他们为师哥。踢腿、劈叉、摔跤、倒立，在水中练憋气功，打沙袋，打泡桐树，看谁一拳能把树"打哭"，最好能把一块树皮打下来。一次不小心，我的大门牙被师哥一脚踹掉一颗，家里不让我跟着练了，我就一个人偷着练。

学校也刮起一阵尚武之风。男生谁打架厉害谁就是英雄，受女生仰慕。我虽然成绩好，但个头小，常受人欺负。我们班有个程胖子很蛮横，他哥会武，他也跟着练了几手三脚猫功夫，仗着体型大，出手狠，还仗着班主任喜欢，成了班里小霸王。那些被他打过的同学大都成了他的小喽啰。有一次，我气冲冲地要跟程胖子打架，约好在操场上，可没说时间。等我赶过去，人家已经走了。第二天，那些喽啰笑我是胆小鬼，这些家伙似乎专等着看我笑话。我低着头，小声给自己打气："君子报仇，十年不晚！"

后来，那个程胖子被我们班一位冷面女生程英教训了，也算替我报了仇。原来，程英也是习武之人，深藏不露，平时不理会程胖子。程胖子觉得一个女流之辈，竟敢蔑视他，下课时候，大家正在校园自由活动，程胖子带着一帮小喽啰，嬉笑着摸程英的脸。公然耍流氓,这还了得!只见程英一个扫堂腿,把程胖子扫得四仰八叉。很多学生偷偷笑。程胖子站起来,捂着屁股,呜呜哭着找班主任去了。从此,程胖子不敢那么嚣张了。

我一直想练成一身好功夫,不受人欺负,还能行侠仗义。可是,我苦练很久也没有长进。我自我反思:"人家高手都有武林秘籍,我连本武侠书都没有。"回家翻箱倒柜找,我终于在哥哥床底下找到一本叫《大侠窦尔墩》的书。一读,书中的英雄故事强烈地吸引着我。白天读,晚上读,锅门前读,厕所里读,一个星期不到,我就读完了人生第一部大书。我最大的收获是认识到自己生性胆小,不适合做大侠窦尔墩那样惊天动地的大事(窦尔墩从小敢在树林里追鬼,而我黑夜都不敢出家门)。我不再想当武林高手,却阴差阳错地爱上了文学。

随着读书增多,年龄增长,我认识到那些打打杀杀动手动脚的事,是粗野不文明的。所以,再遇到打架的事,我一概敬而远之,就连哥哥看电影时跟人家打架,我也没有参加。

多少年过去了,我不但没有成为一个武林高手,而且越来越文静。不过,一想起童年的武侠梦,我依然心潮澎湃。

正像河流,没有一条不是在曲折中奔向大海,人生,也是如此吧。

城 市 梦

小时候,娘常常说:"好好学习,以后不要像你爹那样跟在牛屁股后面打牛腿。"这句话,成为鼓励我上进的经典名言。当时,我不知道这句话的深层含义。后来慢慢明白,娘希望我脱离农村,脱离农业户口,成为吃商品粮的人,成为非农户口的城里人。

农村人要想成为城里人,一般有这样几条路:当兵,上学,嫁到城里,到城里买房。当兵,既要身体好,还要有机会;嫁到城里都是村里最漂亮的女子;到城里买房必须有钱;上学是留给我唯一的也是最艰难的一条进城路。

十年寒窗,真苦!更苦的是我高考落榜了!这就意味着,我成为城里人的梦想破灭了。伤心绝望的我一个人跑到内蒙古河套地区,坐在黄河边,望着浑浊的河水痛哭!也许是诗歌救了我,我忽然想成为一个诗人,诗告诉我不能跳进黄河里。

我坐着火车回家,开始走一条人迹罕至的道路:一边在乡镇私立学校教书,一边自学、写诗。不过,我一直没有忘记进城的梦想。

后来,我进了城里教书,虽然名义上是个老师,但没有编制,户口依然属于农业。我只好继续努力自学拿大学文凭。

我辛苦自考汉语言文学专业,考了专科,考本科。可是依然没有成为有编制的教师。

2000年前后,有些人可以花钱转为城市户口,小孩上学就能够与城里人一起享受优质教育。

有一个初中同学是乡镇政府的办事员。我媳妇生孩子,不知他怎么知道了,跑前跑后,对我们特别好。平时,我们关系也一般,多少年没有联系,这一下濡染地友好,让我很不舒服。几天后,我才搞清,原来,他想让我儿子办一个城市户口。我当然也很感激。他说需要400块钱。我当时一个月工资也就那么多,很心疼,但为了儿子,就先付给了他一半钱。

可是后来,迟迟不见弄好。再加上,我想去外面闯闯,就不想要了。当然,钱我没有找他退。

在社会盲目奔波那么多年,我终于认识到,还得上全日制大学才能实现我的城市梦。我下决心考研究生。光一门英语为难我好几年。功夫不费有心人,2006年,我终于考上了云南大学,成了全日制的研究生。

不幸又一次敲我的门:研究生毕业,找工作,很多单位都有年龄与第一学历限制,我又被限制了。哎,我这倒霉的命运!我只好降低自己的要求,一降再降,总算在一个小县城的高中稳定下来,有了教师编制,实现了我的城市梦。

我终于成为城里人,非农户口。可是,还没等我品尝到这个城市户口甜头的时候,政府却下了一个文件,取消农业户口与非农业户口性质区分,统统叫居民。

有人笑我说:"你追求了30多年的城市户口,追到手一看,一张白纸一场梦。"

我引用尼采的诗自嘲:"伟大的人物和河川惯走曲折的路。"

(王全安,安徽涡阳人,涡阳四中教师。作品散见于《星星诗刊》《诗潮》《散文诗》《散文选刊》《散文诗世界》《天津诗人》等。出版诗集《雪白的温暖》。)

最先锋

黄山的青苔花(外一篇)

石 砚

太平索道缆车穿云直上,我已经感到眩晕。

穿过西海的丹霞峰,大量山峰在云海中急速移动,云雾紧锁的大峡谷,瀑布从天而降。不一会儿,周围的山峰纷纷向我围拢过来,我感觉自己被不断地挤压、碾磨,瞬间被碾成齑粉,随风扬起,被吹得无影无踪。

我被囚禁在山中。

许久,我感觉一道青绿的影子仿佛从对面的山峰上纵身一跃,轻盈地落在我身边,四周的石壁裂开一道石缝。我感觉自己在眩晕中慢慢恢复了知觉,睁开眼睛,发现一大片青苔,青绿厚实,毛茸茸的青苔中开着三五朵小黄花。

现在,我所有的语言都已消失,所有的意识都是青苔的意识,在它平静的注视中逐渐复活。

我无法去看云海,去看变幻中时隐时现的山峦、怪石和松柏。

现在,我俯下身,沿着青苔指引上山的石阶小道,缓缓前行。

我甚至一直没有抬头,哪怕与山中的某一处景物稍一对视,顷刻就会迷失自己。

我心中充满了一种敬畏感,是虔诚,也是平凡卑微生灵普遍的感受。也许是我,也许是青苔,让我在这个美到极致、令人癫狂迷乱的幻境中安静下来,找到一条暂时行走的山道,也找到和青苔一起同行的理由。

行走是一种苏醒。

黄山在我之外,暂时与我无关。我匍匐在一段陡峭的山壁上,几乎是垂直向上攀爬,青苔在我身边随处可见,现在,我是和青苔一路匍匐向上。

我在无处不在的青苔世界里,黄花一路开放,在我眼前越来越大,大过气势磅礴的云海,大过直抵云天的擎天石柱。

现在,黄山在我眼前迅速打开,一幅幅水雾空蒙的水墨画。

无视山中的云海翻卷,群峰俯冲,松涛怒号,大量的青苔犹如湿淋淋未干的颜料,正在缓缓流淌,不断地滴下,落在我的头发、脸颊上,源源不断地向内心渗透。

我一直在奋力攀爬,一抬头,发现自己已经站在云遮雾盖的天都峰上。

在鲫鱼背上,我手扶被大风吹得哗啦作响的铁锁链,没有立即走过去,两边都是刀劈斧削般的灰白色岩石,下面是望不到底的深渊。

四周是空茫茫的大海,隐现在万顷波涛之上的峰顶,犹如一叶孤舟。就在我空洞中感到怅然若失的刹那,我看见右侧下方的石缝中有一大丛密密实实的青苔,我下意识地蹲下身,一边抓紧摇晃不停的铁链,一边俯身折下一朵青苔花。

这也许是世上最高处的花朵——青苔花,原来你一直在这里,从来没有离开。

天都峰上,我坐在一面背风的光秃秃巨石上,依稀看见山峰在云流中慢慢地合拢双手,浑厚的山风仿佛在反复咏诵着经文,青苔花被众峰的手掌轻轻捧起,捧在掌心。

此刻,我在山巅之上小心翼翼地捧着一朵青苔花。

在这个亦真亦幻、令人痴迷的天上人间,我不明白,为什么我眼中出现的全部都是青苔花?

我在反反复复的迷失和寻找中,一直都在苦苦追寻一种生命真实的存在。

奇异的是,我并不留恋眼前的旷世之美,如同不留恋山外那个花花世界。

当我开始对世上公认的某些美好和丑陋产生怀疑的时候,总是感觉自己生活在一个并不真实的世界之中。

抬眼望去,大量云海里的山峰和峡谷忽然消失得无踪无影,消失总是比出现的要快。为什么和这个世界一样,总是变幻不停?

变幻是一种美,不变也是一种美。

有挑夫们不断经过我,向山上走去,他们不一定看见了青苔花,他们一定看见过青苔花。

一个英国小伙子不知什么时候出现了,他背着大得夸张的旅行包,大汗淋漓。他一定是注意到我掌心中的青苔花,脸上充满了一种严肃的虔诚和迷惑的表情,我们交谈了几句——这是我在山上到现在唯一和人说出的话,在这之前,我一直在和青苔对话。

不远万里,他登上黄山,请我给他拍照后,不断地感谢。我说不用了,要谢就谢黄山。后来下山时我们一路同行,他问我附近还有什么山可以去,我脱口而出:黄山归来不看山。

我听见一种声音,好像是在风中,在云中,在石岩里,确切地说是来自内心。

我看见从谷底大量涌向山峰的青苔花,举着燃烧的火把涌向山顶,冲向天际。我的内心充满了喧天的呐喊。这种幻觉始终伴随着我,让我内心的黄山充满了一种声响和呼唤。

生在这里是一种美,死在这里是一种美——我的内心一直在低语。我明白,一路走来,全部都是来自青苔内部的声音。

天下只有一座黄山,而青苔到处都有,在热带、温带和寒冷的地区,在岩石、森林、峡谷,在农舍,在牛棚,在远隔重洋的冰原地带。

青苔,世上最古老的低等植物,它喜欢活在背阴处。虽然附着,但不是依附,它无处不在,完全活在自己的真实世界里,不卑不亢,不喜不悲——这就足够了。

我终于看见了一种存在。

世上生命的真实存在,原来跟卑微和显赫没有一点关系。

为什么我能一直感知到青苔花的存在?因为我一直在俯下身,匍匐前行。往后的日子里,如果我心中还存在着对黄山的敬畏,我想,那一定是因为山上的青苔花!

我现在所处的至境,可能是一个连魔鬼都会迅速被驯服变成天使的地方,虽然是幻觉,我仍然相信这个世界的真实存在。

我发现所有的黄山松都扎在石缝中,几乎不需要泥土和阳光。而青苔,自然生长在树皮和光秃秃的岩石上,是树木和石头的外衣。

从天都峰走下来,经过第四纪冰川的擦痕,经过无边无际的竹海,也经过大量的青苔花。

我抬头望去,黄山的群峰隐藏在云雾之中,眼里到处都是青苔花。

五庙深处

10月中旬,我乘坐中巴车从潜山县城出发。

车到水吼,车子猛然朝左一拐,我听到身体内某处骨骼咔嚓一声被折断的声响,五庙在一阵剧痛中呈现。

刹那间,我眼前千万支发红的箭矢爆闪而出,与我乘坐的疯狂的车辆硬生生剧烈对撞,空气中瞬时出现血肉模糊的焦煳味。

此刻,我感到异常诧异,为什么我第一次进入五庙竟然有如此强烈而真实的幻觉?

我闭上眼睛都能感受到蛰居在深山里的五庙层林尽染,红叶燃烧,红云翻卷。

五庙,红色之旅!

在红光村,当年安庆地区第一个农村党支部的旧址,农民赤卫队的牌匾依旧悬挂在门头上,我在偌大类似农村祠堂的屋内穿梭。看见墙上的旧的照片,我感到一种莫名的焦灼,快速离开大屋,走到广场上。

突然,我发现一个熟悉的背影,正朝着东面的山林走去。我愣了愣神,快步追了过去,直到眼前突然出现一道河流。我踏上一座钢索桥,河水发出震耳轰鸣,脚下一截截木板咯咯直响,拼命摇晃。

桥是断桥。

秋雨中的钢索桥在山风中不停晃动,脚下应该就是五庙河。我不断地极力平衡自己,抬头,刚刚出现的背影早已消失不见,幽深少人的空山,越来越响的河水,四周显得那么寂寥、空宁。

我仔细打量着尚未完工的钢索桥,发现非常熟悉,似曾相识,原来就是仿造十八勇士飞夺的泸定桥。

现在,我确信刚刚看见的背影就是父亲,他曾经来过,一直没有离去。

随军南下的父亲在这一带活动过。在仅仅数山之外的刘畈、寺前以及临江的汇口和安庆怀宁一带,到处都留下了他的足迹。大军打过长江之后他就作为留守人员,直到永久留在这片土地上,再也没有离开半步。

我独自站在空无一人的断桥边,我在这边,父亲在那边。

我不断环顾四周的群山,不断地转动,直到眩晕。钢索桥在夹雨的山风中一直摇晃,直到把我抛向五庙的半空中。

头顶上似乎传来大雁鸣叫的声音,我没有抬头去看都知道,五庙此刻的大雁声音是红色的,被秋雨打湿的声音渐渐加深,显露出深红和黑红。它们是太阳的碎片,穿过黄河,越过五庙,盘旋在长江上空,久久不愿离去。

不早不晚,我来了,我和一群大雁第一次在五庙相遇,难道只为寻找几十年前父亲的痕迹?

在岳西的响肠、太湖的刘畈,以及偏远的北中镇明珠村的将军洞,我都去寻找过父亲留下的足迹,而五庙几乎与这些地点相接,血脉相连。

我在五庙深处漫无目的地走着,也许在任何地方都可能与父亲不期而遇,我内心充满强烈的期待。

我终于明白,五庙在南下大军来临之前早已是红色之乡,作为三县交界的五庙可以说是这一方水土的红色中心堡垒,红色的记忆以及基因在这里得到最新鲜的保存和释放。

其实,我去过的周边红军的军部、渡江指挥部以及将军洞,都和五庙的山形地貌没有丝毫差别,就像天空下的旗帜和悬挂在头顶的五角星闪闪发光,到处都是五庙,都是红色之光。

接下来听弹腔,我竟然听出《十送红军》的原味,找不到徽班进京成就京剧的一点感觉。我以为跟老家的豫剧一样高亢激越,听到的分明是柔肠寸断的怀念和不舍。倒是当地产的五庙生姜令人一下就品尝出当年五庙的原汁原味,刚烈火辣,直击肺腑,异样的火焰在身体里来回乱窜。

此地是天柱剑毫的原产地,隔着玻璃杯的茶叶,五庙的群山尽收眼底,云岚蒸腾,青峰耸立,直冲云汉。

我在五庙到处游逛,内心一直强烈期待着,随便在哪一条山间小道上,茶园、生姜地头,或者在古老的祠堂深处半开半闭的木门前,与父亲突然相遇。

我只是感到有一点纳闷,为什么父亲当年来过,却只写下寥寥数语?

我多次打开父亲曾经用过的黄牛皮文件包,在他的自传中没有找到在五庙及其周边活动的更多轨迹,他明明来过这些地方,为什么讳莫如深?

我心底暗暗一惊。

想起北村小说《长征》里的情节,突然感到惴惴不安。

在那个炮火连天、转战南北,把生命置之度外的非常日子里,父亲当年14岁,当兵离开黄河边,征战苏豫皖,最后南下,聚集在宿松、潜山、太湖一带,准备打过长江。在部队短暂休整的间隙,他是不是邂逅了一位五庙的山村姑娘?是不是发生了与《长征》小说里相似的故事?

在五庙乡,我漫无目的地走着,眼前见到的任何景色都像配上了父亲的背景,不断地放大、变幻,真实而又虚化、遥远、陌生。

后来,父亲就地转业,找到我的母亲,与潜山一河之隔,后来的后来,有了我。

我知道这次来五庙,是一次命中注定。

毫无征兆地,突然出现在这里,以前竟然连五庙的名字都没有听说过。

当同行的人们为五庙这个地名纠缠不休时,我早就在内心决绝地相信,五庙没有庙,如果有也是没有!

因为现在,我的全部的意识中,只为了寻找父亲当年的痕迹,虽然他离世多年,但我感觉他就在这里,存在或者现身。

每个人心中都有一座庙。

世上的庙是一种象征,或者是一种心灵密码、一种纯粹符号。

在五庙周边,天柱山、华亭湖、潜河,依依相拥,这一片作为禅宗圣地,分布着二祖山、三祖寺,几位禅宗大师曾流连忘返。那年我来到司空山脚下,去拜访一位从台湾回来的80岁的胡老,他是抗日爱国将领、桃园爱国同乡会会长。我和他在黄昏时分沿着山下的大沙河散步。沙河上建起了一座水泥桥,是他出资为家乡修建的,他还资助了一所小学。

老人很健谈,一口乡音。他告诉我,唐朝时期的司空山有近700座庙宇。在那座孤岛上,他日日夜夜都梦见这座山,小时候随父亲爬到山顶,父亲用绳索吊到绝壁上刮朱砂。他孩子气地伸出双手,仿佛捧着沉甸甸的朱砂,那么多,那么沉,那么红。

我依稀看见远处的山顶显露出猩红的光晕,五庙四周被群山环抱,就像山民家中的火塘,一股股暖流从脚下涌来。即使大雪纷飞的时辰,五庙也温暖如春,没有黑夜,没有严寒。

一棵巨大的银杏树突然出现,破空而起。

我听到刺耳的呼啸瞬间撕破香炉尖的上空,仿佛当年五庙人举起的旗帜,挥舞着红缨枪、土铳、火把,伴随几十万大军呼啸而去,直到打过长江,解放全中国。

我看见远处山峰上,龙卷风一般的云朵倒着飞行,急速翻飞,无数云带交织、纠缠,拔地而起,瞬间把我带到半空。此刻,我眼前出现一座巨大庙宇,在金色的、红色的光晕中时隐时现,缓缓上升。

红光笼罩之中的是五庙烈士陵园。我沿着山上的石阶一级一级向上爬去。

58位烈士长眠在这里,他们一定都是父亲的战友。今天,我代替父亲又一次与战友相逢。而我父亲的遗骸在冬至前后也要迁往烈士陵园。山顶上,我环顾四周,群山肃立,众多的英魂在五庙不舍不弃,守护着皖西南一个红色小山村的永世宁静。

为五庙,为父亲和父亲的众多牺牲的战友,我默默敬了一个标准军礼!

秋雨中,白茶花一路开放,恬淡无香,清澈,清灵。

天仙河、花亭湖、潜河日夜环绕着五庙,流淌不息,与我、与天柱山脉相连的五庙遥相呼应。

五庙无庙,无神的庙宇!

(石砚,真名张宜。20世纪60年代初出生于安庆市。作品主要发表于《安庆日报》,散见于《人民文学》《中西诗歌》《青春》《安徽文学》等刊物。出版散文集《雪原之狼》。)

盛夏的道路(外二篇)

张建新

白天,道路上只有光在流淌,很少有人走动。正午,空无一人的远方地面上隐约泛动水的波纹,宛如幻境,"时光如水"这个词无时不在生活中得以印证。

我破旧的摩托车在飞奔,公路两旁田地里干草和死蛇的气味扑鼻而来,覆盖着永固村的静谧。很多年,我就这样来回奔走,不知所终。意大利画家卡尔洛·卡拉有一幅名画《夏》,一对洗浴中的男女把头伸向窗外,外面是蔚蓝大海的一角和五彩的天空,一艘旧帆船停在窗边。他们给予我的是背影,纯洁而饱含向往,但他们的面部表情我们看不到,那属于窗外的世界。很多时候,事实都是这样:道路止于凝望。

昼伏夜出的人们都沉入白日梦中,这与沉入文字中的人是一样的。梦中翻身,被谁悄悄放在你床上的石头硌痛了肋骨。为什么我会在那样的年龄,在那样破旧屋檐的走廊下,就着一张拼起来的小桌子写下分行的文字?现在想来颇具意味。如果说那时是在纸上种花,那么现在是不是担雪填井?身边很多写作的朋友放弃了写作,又有一些朋友正在陆续回来,从似水又不是水的道路上回来,有一点是相同的,那就是他们浑身一定是湿漉漉的。

作为一种存在的方式,写作能否达到海德格尔所言的在大地上"诗意的栖居"?何谓"诗意的栖居"?如果把心智挪到10年之前,那么我那时的生活仿佛是诗意的,而现在是非诗意的,这使道路显得可疑。这似乎可以去解释梭罗为什么选择去瓦尔登湖,雅米罗尔为何选择生活在别处。但梭罗最终离开和雅米罗尔的糟糕生活又告诉我们仅仅如此并不是诗意。生活里,这些悖论时刻交叉着,组成你无法绕开的十字路口。形形色色、似是而非的借口时刻印证着伟大的相对论和存在即合理,那么,似乎一切都在逼迫你走向唯一道路:放弃。

有人说,道在屎溺中。暮色降临,华灯初上,人们纷纷从各式各样建筑的庇荫里拥出来,或在街上闲逛,或围在街头的小摊上吃冷饮、喝奶茶,享受难得的清凉。歌厅里音乐轰鸣,脂粉味和汗味、酒味混杂在一起,构成另一番生活的滋味和图景。文字有时候真是毒药,它混淆着真实与幻境;而文字同时又是某种区分剂,它能帮助你分辨出哪些是你真正需要的。

树木按照自己的意愿荣枯,花草按照自己的方式开花结果。我们不能去责难放弃者,在一定程度上,人有着动物的生存本能。这是肉体之于世界的真实的基础,在此之上,人的灵魂的真实性使人与动物区别开来。不得不承认,很多时候,唯遵从于内心才是真实的。"诗意的栖居"并非是遥不可及,甚至与诗歌无关,它存在于我们俗世生活的每一颗真实的内心之中。

风随着意思吹。盛夏的道路上,药和火焰相互燃烧着。一个个梦游者、越来越多的梦游者在大地上走动,他们都酷似你的爱人。

江水为何浩荡

久居江边而不知江。

江水离我居住的村庄直线距离只有三公里左右,而我第一次看到江水,却是10岁以后的事了。江水在我记忆里投射的映像如同它的色彩一样,混浊而闪烁。每年春节,我都要随父母步行去走访临江居住的亲戚。越过一片片冻土与乡间小径,然后从一个叫计渡的渡口乘坐一条小渡船渡过大河,就可以闻到江水潮湿和带着腥味的气息了。亲戚的家与长江之间被一条高耸的堤坝隔开(以我少年的高度来衡量)。每次我都想越过堤坝去看看长江,这个要求屡次被母亲拒绝。直至10岁之后的一个春节,我独自一人悄悄地从小伙伴中离开,翻上堤坝,那是我第一次与江水面对。风很大,江水异常开阔。我站在堤坝上怔了怔,就走了下去,穿过大片防护林,坐在江边一块石头上。江水翻卷,拍击岸边的泥沙与岩石,发出巨大的声响,不断有飞溅的水珠砸在我的脸上。在空无一人的江边,我突然感到了恐惧,这恐惧有江水带来的,也有身后被他们渲染的防护林中发生的神秘故事带来的。我开始转身狂奔,气喘吁吁地逃回亲戚家里。这个场景后来被我写进诗里:"少年坐在河边的石头上,风吹拂他的外衣如欲飞的翅子。"在诗中我把江变成了河,因为那时我尚克服不了江水在心中的恐惧。

后来读到张若虚的《春江花月夜》，那是我读到的写长江诗歌中最美的一首，"江天一色无纤尘，皎皎空中孤月轮"。这与我所见的长江大相径庭，我知道那已不是我们所见到的长江，而是诗人心里的长江。如果说张若虚的江水有着无奈和忧伤，那最为潇洒超脱的还属诗歌狂人李白了，"朝辞白帝彩云间，千里江陵一日还。两岸猿声啼不住，轻舟已过万重山"（《早发白帝城》）。每个人心中的江水都在以不同的方式奔涌，或喜或悲，被各自的生活所推动。而我明白，有一点是我在今后所必须要去做的，那就是克服对江水的恐惧。

所以我再一次选择了面对江水，不是一个人，而是两个人。那短暂的三年时光，住在江边的她陪着我一起看江水、听涛声，向江水里扔石头和胡乱的言语。而最后，所有的言语都被江水冲走，我仍然是孤身一人被江水留在身边。也是那时，我认识了在江边某所中学教书的崔，我们常常就着花生米、萝卜干喝酒、写诗，看着野火一次次走过江边的草甸，目睹江鸥在空中滑翔、逐风，我对于江水的恐惧亦渐渐消弭，取而代之的是郁达夫笔下"天上没有半点浮云，浓蓝的天色受了阳光的蒸染，蒙上了一层淡紫的晴霞，千里的长江，映着几点青螺，同逐梦似的流奔东去"的感觉。

今年春天，安庆师范学院白鲸诗社举办成立 15 周年活动，我被邀请了过去。晚上狂饮之后，我几乎是被两位诗友架着去看江水。模糊的记忆中我们翻过了几道铁栅门，才来到江边。晚上的江水，确切地说应该是凌晨 2 点的江水是黑暗的，但我感觉到黑暗中它仍然如此浩荡，它不会理睬我们的到来或是离去。一个江边久居的人同样也是长久的旁观者，这是无法改变的事实。李白水中取月，是没能明白这一事实。他没能明白，因而他成了一个伟大的浪漫主义诗人。我明白了，就只能在生活的藩篱中做困兽之斗。

但江水无所不及，它浩大与激荡的源头乃是至冷至寒之物。在一个江边长大的少年耳中，它们融化的声音由孤独的演奏逐渐变成强大的和弦，他放弃了抵抗，而是加入进去，越来越多的人也加入进去，怀着困兽胸中的一江春水。

开往春天的火车

火车，一节一节的，在大地上谦卑地蠕动，它本身是没有方向的，它只是顺从了我们的方向。

整列火车的人都睡了，成为艾兹拉·庞德"黝黑枝上的花朵"。我沉默着，但并不是无话可说,问题是我应该与谁对话?

只是一转身,2008年已经过去。我们经历过巨大地震灾难的2008年已经过去,但它不会消失。车窗外边,一闪而过的青草绿树铺盖着,绵延至山的那边,新一年又已来临,我们又要去完成一次时光的转换。

"从明天起/做一个幸福的人/喂马,劈柴,周游世界/从明天起,关心粮食和蔬菜/我有一所房子,面朝大海,春暖花开。"这是20年前的海子,这是他与他的春天的对话,但不知什么原因使他最终放弃了他的春天,美丽而沉重的春天。海子的老朋友、散文家苇岸沉疴难起,在死神临近的日子里坦然而平静,忍着病痛修缮好文稿,并安排好自己丧事的具体细节,他不要墓地,不要骨灰,干净地来,又干净地离去:"土地隐没了,雪正奔向春天和光明的事物。"他选择了以这种方式与春天对话,并由此真正进入了春天。

很多时候,人们并不能真正了解什么是春天,花为什么那样开?草为什么那样绿?在某种意义上,这是一种昭示,树叶回到泥土,是为了更好地返回枝头。对于生命和生活,这是一种尊重,是一种态度,更是一种韧性与担当。

其实每个人心中都有这样一个春天,不因季节的转换而改变,不因生命的灰暗而失色。只是大千世界,芸芸众生,人们匆匆奔波、走动,为生存谋,为稻粱谋,为理想谋,难以顾及身边的春色。在路上等候朋友时,我注意到身边这棵大树,树干周围的大部分已风化成为一层层薄薄的木屑,用手轻轻一拉就会撕下一大片,然而它却拥有惊人的巨大而碧绿的树冠,毫无疑问,它活在春天里。我又想起阿炳,那个双目失明的天才,他无法看见红花碧草,但他又仿佛比其他人看得更加清楚,春天活在他的内心里,他赠之以一曲曲激越的生命强音。

新的一年到了,这或许不是季节告诉我们的,更多的是铺满山坡的小草告诉我们的。如此谦卑的生命依然怀有春天,并认真地展示生命的不屈和坚强,春天因它们而真实、而绚丽。

凌晨4点,火车到站,这是一列奔向春天的火车,它将我送回故乡。听人说,昨天家乡刚刚下过一场小雪,但这没有关系,因为我已经看见路边的小草正在寒风中高昂着坚韧的头颅,为我的内心着上了一抹生命的绿色。

(张建新,安徽望江人,中国作协会员。写诗,兼写散文随笔、散文诗、评论,作品入选《新中国60年文学大系》《中国诗歌精选》等,著有诗集《生于虚构》《雨的安慰》。)

我的叔叔柯勒律治

大头马

十来年前,我写过一篇文章,题目叫《我的叔叔柯勒律治》,写的是我师叔的故事。有印象后来还写了一两篇别的人物,也是师门旁支,不过没头一篇那样反响强烈。这些文章后来都失落在网络上了。当时读文章的人多半以为我写的是小说,对此我无法反驳,毕竟那会儿我确实不能证明有我师叔这样一位人物存在。现在,他终于自己出来说话了。这就是我这篇文章开头就要亮出的主旨:我的师叔不仅存在,还出版了一本小书,《王羲之放鹅记》。

我出版第一本小说的时候,师叔写了一篇评论叫《我的侄子大头马》,出版第二本小说的时候,师叔又写了一篇评论叫《我的侄子大头马(二)》。等出第三本小说时,他不写了。

师叔的才华就像他的名字一样繁多。可以说凡是《夜航船》里提到的,就没有他不会的。单拎出任何一项来说,都略嫌以偏概全,且成文不足百字。端的是百无一用,无一长久。只有一件事比较恒久,从我十二三岁认识师叔时,他就一门心思想要发财。这一点不仅王么在《王羲之放鹅记》的序言一开头就提到了,许多认识师叔的人也在文章里写了。那个时候,师叔用名"上下结构",简称"结构"。过了十年,叫他小柯的人多起来了,这是因为他认识的正经人陆续多了。师叔原姓柯。再后来,他开始捣鼓生意,试图将才华转化为商品,就又改了个名字,也就是印在书上的"叶行一"。我对这个名字实在比较陌生,不仅无法与师叔本人挂钩,且在现实中也没听谁这么叫过他。但无法否认,这可能正是师叔在内心的自我形象。

2004年的夏日。当时我刚上高中,还没认全同班同学,也可以放心大胆地迟到早退。一个中午,我妈通知我去她单位附近的一个饭店吃饭。与会人员连同我妈在内全是网友。那会儿王这么也没姓王,就叫这么,梳两条长麻花辫。席间还有"有时踢球"——一位当时震动一方的才子,我妈的同事"文风不正",或许还有另一位同事"尔林兔",以及我的师叔"上下结构"。我妈叫作"小空儿"。现在总有人问我,你怎么叫这个名字啊?以不能理解的语气。放在那时,我的名字简直太正常了。看看他们,有时踢球、上下结构,那可不就是当代的桃谷六仙、八大山人吗?那是一次传统的网友聚会,热闹、文雅、亲切、古典,也就是说没我说话的份。除我之外,在一众能说会道的人里头,师叔显然是话最少的那个。不过,师叔一开口就把我震住了。他说:"大头马,你好像哈利·波特啊。"我激动坏了,我的偶像就是哈利·波特啊。酒逢知己千杯少,虽然我还不会喝。言而总之,那次聚会在我的眼里就算不是华山论剑,也离五岳剑派并派、少林寺屠狮大会不远了,最不济也是聚贤庄英雄大会那个级别。

后来随时间流逝,偶像一路坍塌,我的感觉也不断调整:可能只是刘正风金盆洗手、无量剑东西宗比武斗剑吧,三分之一个正主儿还没登场呢,这后文还有我们的戏吗?这么一调整,一十八年就过去了。城头变幻大王旗,假如有第二个我都成年了。谁能想到,师叔竟然返场了呢?

年轻时,师叔是摇滚青年。假如有人最近几年才结识他,多半会觉得他的形象距离摇滚青年有点远。这也难怪,连我的师父都是差不多年过半百的人了。每次师门聚会,都是忆苦思甜,说要珍惜啊,见一面少一面了。这里要简单宕开一笔。和我师父相比,上述提及的那几位真可算文豪了。我师父是丁春秋这样的人物,有什么真本领说不上来,千秋万代的气势倒是十足,几十年来身边只有我们这几位阿谀之辈。比晚期慕容复的情状也就好那么一点。人称"花百科",百科全书的意思。师叔在这个圈子里,算是一股清流。也就是说,但凡有我师父在场,就没他说话的分。提到那些过于风雅的趣味,都是未开口已落了下乘。文艺青年在这里得不到半点尊重,只会受到嘲讽和奚落。师叔有一张20岁出头的照片,长发、瘦削,戴黑框眼镜,表情肃穆,在本圈广为流传,属于"黑历史",动辄就要被拉出来鞭尸。不为别的,就因为太符合文青的标准印象了,活脱脱就是一个贾宏声。

在我印象里,师叔的确有过一阵子的忧郁时期。那时博客刚流行,我们每个人都有一个博客,什么事都往上垒,个个都觉得自己是大人物,友情链接里放一长串彼此的地址,排名有先后,金贵得跟微博热搜似的。本质上和现在小孩写QQ空间心情日记差不多。师叔的忧郁是齐达内式的。忧郁得很神秘,很现场。他在博客写了一篇文章,题目叫"十二月以后",抒发失恋时的伤感,很快遭到围观和群嘲,后来就隐藏了。如今我连师叔博客的名字都忘了,坦白说,也记不起任何一篇他写的文章,却对这篇博文记忆深刻。那应该是师叔最接近诗人的一个阶段。后来他又失过很多次恋,都不如那次知名。再后来师叔就变了,自那之后,我再没见师叔忧郁过。

还有一种可能。那就是师叔放下了文学。

无论在文人圈,还是在老怪圈,师叔都沉静而不合时宜。和文人比他通透了点,和俗人比他又文气了。假如他一辈子都没有什么作品,也即在他爱好的事物上没有所谓的世俗成就的话,那他在众人眼里就是一个现代贬义上的文青。师叔大概怕看到自己这样的结局,早早就主动躺平,宣称自己和文学再也没有瓜葛了。我刚上大学时,师叔将自己珍藏的一套拉美文学文丛送给了我,语重心长地说:"小马,文学以后就靠你了。"

作为我文学艺术道路上的引路人,师叔有两件事津津乐道,其一是他介绍我读了朱文,其二是他介绍我听了万青。那会儿朱文根本没什么人知道,万青还只有两首歌,一首录音室作品《不可能的喜剧》,另一首是现场版本的《秦皇岛》。师叔介绍对了,朱文和万青我都喜欢得要命。天可怜见,就在短短几年内,我的偶像就从一个英国人变成了一个福建人和几位河北人。把书送我后,师叔闭口不谈文学和音乐了,而是像郭德纲一样喊口号:"我要发财!我要上春晚!"再提到文学,就如同《大话西游》里的至尊宝那样,看着自己的背影说,那个人,他好像一条狗啊。

而后师叔热火朝天地写起了剧本——情景喜剧。有一两年,师叔来了北京。在北京,我和师叔见过极少几次。其中一次是和我的相声拍档——也是我的发小——小郑一起见的,当时我们满心想让师叔瞧瞧我们的喜剧功底:我和小郑自打从小认识,对话就以相声这种形式进行,一句正经话没有,纯粹的语言艺术,常常不无感慨,别人说相声收费,咱们一个观众没有,未免也太暴殄天物,简直就是烧钱。一次烧钱时,我想起了师叔,他不是在弄喜剧吗,要不让他来听一听,没准儿我们就能走上止损的道路呢。见面约在东城一个胡同的涮肉店,我和小郑坐师叔对面,整顿饭他一句话没插上,都是我们在说,也一声没笑,我们自己笑得前仰后合。我们一面说一面笑,有时话还没出口先哐哐一阵大笑。不知道是在表演相声,还是表演相声观众。师叔的黑框眼镜在氤氲的水汽后面严肃着,沉默着,如瞿秋白,似鲁迅。后来他在文章中描述这次见面,说全程就光看着我们自己在乐,也不知道乐什么。我和小郑事后也做出评价,师叔不适合弄喜剧,太不适合了。

师叔的喜剧事业确实也没持续多久。倒未必是我和小郑一语成谶。师叔是浙江人,写的情景喜剧叫"江淮大戏院",演员说的是合肥话。合肥话是一门几近失传的方言,别说浙江人了,就是我和小郑也不会,有时听都听不懂。我不理解师叔是怎么写出的剧本。是不是也会像我们这样,在人声鼎沸的录播室、晚间八点亲朋齐聚的沙发上、深夜出租车的后座里,看着自己写的戏,突然发出一阵银铃般的笑声。

不久之后,师叔辞掉了工作,开始了新的人生:开淘宝店。

师叔喜欢手工,很多年前玩的是皮具,一直向往做个木匠,现在,他搞起了拓片,还当饭吃上了。我虽然不知道拓片是什么,但也附庸风雅买了几幅送人。自那时起,聚会时师叔谈的都是生意经,也还是抱怨,黄庭坚的不好卖,卖得最好的都是"欢喜"之类的字。我也反省了一下,我买的是"一夜暴富"。或许是衰老的缘故,师叔还成了拓片的非遗传承人。总之,很有点发财的眉目了。师叔开上了沃尔沃,身材也相得益彰起来,似乎终于融入了滚滚红尘。有一年回家,师门吃饭,聊的全是买房和小孩,师叔在角落里突然讪笑起来,说:"看看你们,十年前哪能想到是这样?"

当时我在写一个网剧,也是喜剧。本来挺顺利,突然空降一位老板,也是一位过气的歌星,拉着所有人连开两天会,说要全部推翻重来。那位棱角分明的男歌星,像选秀节目里的评委一样热诚地望着我,每一句都更近一步试图剖开我的心房:"你的人生里那个最触动你、打动你的画面是什么?是什么?告诉我,是什么?"一个正反打镜头,是我尴尬的脸。一个中景机位,是我扭成麻花的腿。一个声画不同步,我开始描述刚过去的那场饭局。一个闪回,师叔坐在角落,闷冷地自嘲,十年前哪里想到是这样?再回到一个特写,男歌星缓慢地鼓掌:"这就是我要的东西。太棒了。"

我不知道师叔成了过气男星眼中的喜剧或正剧,哪个属于悲剧。但我知道这项目肯定得黄。它果然黄了。

又过两年,我三十了。因为其他工作都没干成功,只是潦草地出了几本书,也还没游刃有余地滑入红尘,我的称谓就成了作家。像我这样的作家朝阳区起码有两百万个。光是百子湾就有五十万。又有一次我回家,酒足饭饱,大家都醉得面目模糊,师叔突然对我说,小马啊,师叔这辈子有一个梦想,就是出一本书。我十分动容,当即借着酒劲打包票说,这事就交给我了。说完又想了想,谨慎地补充道,等我红了。

为此,在我持续的潦倒中,偶尔想起这件事,总会更加埋怨老天的不公。

师叔的故事原本可能到此就打住了,以一个平淡、和煦、略微伤感的结局。没想到峰回路转,师叔不声不响地出了一本充斥着我不认识的字的小说。

更出乎意料的是,这是一本极为成熟的作品,让我很难把它和那个二十年前的贾宏声、如今的SUV(运动型多功能汽车)、我的师叔"上下结构"联系在一块。如果不是因为师叔对这本迟来的处女作过于自谦,认为这只不过是一个开始,我会评价他大器晚成。如果不是因为举贤还是得避点儿亲,我会认为这是完全值得进入当代文学视野的独特作品。抛开"仿古""伪笔记体"等标签,抛开书中真假虚实的历史与知识,这种创作本身就是一种浑然天成的虚构,以一种在现代与古典间拿捏得当的语言,以强烈的文本意识、精心挑选的材料,淬炼出一部非常完整的、高度和谐的小说——我当然认为这是小说,是那种我非常想写但写不出来的小说,看似简单,实则包含了许多年的练习:对知识材料、生活体验、语言文本的掌握,以及那种独属于个人的创见和质蕴。

由于我个人对古典文学的陌生,在这里,我不敢围绕这部作品谈论太多,以免暴露自己的不足。但我知道,这本书确实只是一个开始,师叔的第二本书已经在创作。这意味着他之前说的话根本就是放屁,他的梦想压根就不是出一本书,而是能出几本出几本。对此,我既期盼又有些紧张,师叔搞起文学的同时,贫穷也将枯木逢春,距离他重新变成一个穷鬼还有多久?让我们拭目以待。

(大头马,1989年生于合肥。主要写小说和剧本,作品发表于《收获》《十月》《花城》《上海文学》《小说界》《戏剧与影视评论》《中国作家》等刊物。曾出版中短篇小说集《谋杀电视机》《不畅销小说写作指南》《九故事》等,长篇小说《潜能者们》。)

嵇康与阮籍
——竹林七贤的流量担当

林天湖

262年,刑台上的嵇康神情泰然自若。他仰头看了看太阳,估摸着距离行刑还有一段时间,便向兄长要来了琴,奏响了《广陵散》之绝唱,随后从容受戮。

一年之后,同为"竹林七贤"之一的阮籍郁郁而终。

嵇康——在云端放歌

223年出生的嵇康,直到262年被杀,一生几乎都活在司马氏专权的压迫中。司马氏三代前赴后继,构建了一个日益完善的专制体系。它深邃、幽暗、险象环生——简直如同沼泽一般。

239年,傀儡皇帝曹芳上位后,曹氏在政治斗争中渐现颓势。明眼人不难看出,想要通过入仕图谋远志,只剩下投奔司马氏这一条道路。

也许有人会疑惑,既然官场黑暗,为何不干脆退居乡野,著书立说?他们当然可以这么选择,如果不怕自己饿死的话。掌权的司马氏怎会想不到文人们的小心思呢?高昂的农业税、社会底层的地位、劳苦的生活……这足以劝退绝大多数想要以归隐田园自求安稳的文人。如此,退无可退。

文人们望望身后的荒野,那里枯黄一片,寸草不生,只有远方的劲风在呜呜。即使险如沼泽的政治生态让他们战栗,手无缚鸡之力的文人也只能强摁住内心恐惧,寄身官场风云。

然而,有一个人却不死心,他就是嵇康。

"我就偏看不上在官场里混的,既然归隐田园还要处处被压迫,那好,我干手工业去。"

于是乎,后人对嵇康的描述中多了一条"性好冶"。要论嵇康对于打铁是否有兴趣,也许是有的。不过在这兴趣的背后,大约也是嵇康选择的一种生路。他想借此远离官场,过自己的清净日子。

司马氏势力终究是算漏了,他们没有想到,阻断了为农的道路后,居然还有人能另辟蹊径来一波"荒野求生"。最关键的是,这人做得还挺不错。

在人人自危的魏晋,就此出现了一幕名场面:嵇康在曲水环绕之处挥舞着打铁锤,友人向秀在一旁帮忙拉风箱。

苦是苦了点,可是嵇康本人乐在其中。每天大汗淋漓、蓬头垢面的他,可以仰头对着天空高歌:"至少我还拥有自由。"

为了这自由,他放弃了世俗的权势,放弃了相对富贵的生活,甚至刻意埋汰自己英俊的样貌。据说,嵇康容貌极佳,堪用龙凤称之,若是稍加打理,在常人中必然鹤立鸡群。只不过他本人不以为意。"头面常一月十五日不洗,不大闷痒,不能沐也。"他自己说,这是性格懒惰、动作迟钝所致。不过,归根结底,大概还是"自由"二字。

嵇康用他怪异的行为和独到的生存方式,将自己成功地与世俗割裂了。在暗潮汹涌的海洋里,他宁愿让自己成为五十五赫兹的鲸。

"我自乐得逍遥,与尘世互不相扰,如此甚好。"

也正是他的割裂,让司马氏起了杀心。官场留不住他,压迫吓不倒他,劳苦也击不退他。他只是在世上活着,以自己的方式,循着自己的节奏。作为意图掌控一切的势力,最不能容忍的便是嵇康这样不可控因素的存在。

但即使是死亡的威胁,也没有乱了他的方寸。嵇康只是释然地笑着,将自己的绝响送上了高天。他的一生,过得像是一位在云端放歌的仙家。在旁观中寻逍遥,在决裂中求自在。

嵇康之死,亦是高天之歌的落幕。他本人大概也是知道的。不然,便不会叹息"《广陵散》从此绝矣"。

作为乐曲的《广陵散》流传至今,可作为精神的《广陵散》一去不返。从此,几乎再没有人有勇气与现实划清如此的界限。

今天我们看着嵇康的人生轨迹,唏嘘之余,更生出几分敬意。我想,这便是人类内心深处对天空的向往。只是如今的我们,高举着双手仰望天空,却再难以高飞。奔波劳顿中,若能保留一缕真我,便算是莫大的荣幸了吧。

究竟是世界失去了强风,还是我们失去了勇气？不得而知。

只是我们,都是在地面苦行的人。

阮籍也一样。

阮籍——在地面苦行

出生在210年的阮籍,其显赫的家世在一定程度上决定了他的一生注定要与官场相连。阮氏家族与司马氏家族私交算是不错,与曹氏亦有勾连。

于是,在两大势力的角逐中,阮籍成了一只颠来倒去的皮球。

242年,他被迫出任曹魏集团蒋济的掾属。247年,任曹爽的参军。公元249年,司马懿杀掉曹爽,阮籍又被迫出任司马懿的从事中郎。

身怀惊世才华的他,是一位优秀的执棋者,可是被押上棋盘的他,终究成了棋子。

他的仕途一路高升,司马昭掌权时期,他甚至与司马昭的心腹钟会一同受封为关内侯。

如此,阮籍可谓身处权力旋涡的中心。

可是,他并不开心。

他深知,自己的出身使自己躲不开权力,但与此同时,他也清楚,高度权力的背后隐藏着巨大的危机。他恐惧着这个一生都无法远离的东西。

他想要在权力的支配与自由的引导之间达成一种平衡,并以此自洽。事实上,他也确实做到了。

而这个方法就是耍赖。耍赖的具体手段,就是大量饮酒,以醉酒之由装疯卖傻。所以,当司马昭想要与他商谈自己的儿子司马炎与阮氏家族的婚事之时,一进门看到的便是一个瘫在地上烂醉如泥的人。他想,没办法,那就改日再来吧。这一改,就延期了六十多天,最后只得作罢。

阮籍的态度很明显:我并不想和你们有太多的交集。不过他拒绝的方式可谓是相当委婉。饮酒至大醉,对于一个平日嗜酒的人来说本就是常事,司马氏家族与其私交不错,也不会存心去找他的麻烦。

谨慎的阮籍同时意识到,过多的婉拒亦会导致司马氏对自己信任的降温。因此,他每逢宴会必参与,与司马氏族人共饮,以示亲近。这当然是走个过场,对于长期在政治圈中浮沉的双方来说,绝对是懂的都懂。长此以往,也便成了一种默契。时人都说,阮籍这个人,好酒又狂放。司马昭却意味深长地笑笑,说:"阮籍这人最大的优点就是谨慎。"

司马氏掌权者不准备动阮籍,并不代表其手下人不会。纵使阮籍平日极其谨言慎行,却依然被担心自己地位不保的司马氏家族心腹们所嫉恨。例如钟会。作为对权力有着极高欲望的人,他自然不能容忍有这样一个人与自己平起平坐。因此,要论谁最想构陷阮籍,他绝对能排上名号。

可是,问题来了,他观察了半天,愣是没看出阮籍有什么把柄。

可见,这阮籍还是有两把刷子的。

虽然在官场上得以苟活,但对权力的恐惧和疏离已经深入了阮籍的骨髓。在这个尔虞我诈的泥潭里,他一直感到苦闷而孤独。

据说,阮籍曾经驾车出行,并不掌车,任由拉车的马自由行动,待到无路可走,方下车痛哭。在鲜有人迹的角落畅快地哭泣,成为他排解内心愁绪的一大方法。

这路子,我们今天看来也是熟悉得很。城市公园的树林内、深夜的湖畔……到处都有泪光闪闪。道理是一样的,可阮籍面对的绝望,那种深陷旋涡、面前皆是死路的绝望之感,我们今天又能有几个人真正深切地领会呢?

"哭穷途"的阮籍,使着"青白眼"的阮籍,就这样在黑暗时代的痛苦深渊内挣扎,迷茫地维持着自己的人生。直到263年的一天,他再也不用为此烦恼了。

阮籍的一生,其实便如同我们大多数人的一生。对现实不满,却对改变现状力不从心,于是将内心的苦楚压抑在强颜欢笑、虚与委蛇的外表之下。无法飞上高天,就只能这样在地面苦行。

人终究是大地的孩子,地面的岁月大约是必经的历练。只是,苦行于地面的同时,也当铭记我们拥有展翅的权利。愿有朝一日,羽翼凝成,且待风来,听凭风引。

(林天湖,2002年生于合肥,现为安徽大学历史学院学生。在报刊和网络上发表过若干随笔、小说和读书笔记。)

皖地风

古皖册页

黄亚明

竹 瀑 流

　　山中新雨,日起如窑火被层绿暗捺而不易见。碧绿、颓绿、薄绿、老绿、暗绿,一山长绿,层层叠叠,犬牙参互。在天柱山峡谷中的诸多兽、人、鸟行迹若青青苍苔,闪动着水渍的时间不谙世事,因而兽影人影鸟影如同披拂了一层苍苔,几千年的时间集结在万类动植物身上……瀑声沸沸,飞流而下或者而上。

　　人总误解飞瀑是飞流而下,包括李白。在此山时间却是飞流而上的,挣脱了时间和空间,每一种方向都可能且不意外。峡谷上下落差两百余米,岩崖及植被或如新肉清白,或如花雨晴红,或如油画旧驳,表皮和茎干成色乌褐翠冷。瀑之海里集聚了乌泱泱的人群,在怒放,在饕餮,在回溯——允许重新来过,恍如原始的生命上游之地。这是吴楚女性气质的上游之地。我喜欢女性的潺湲之美。

　　有瀑如"之"字形,油润的水流在岩崖上反复书写撇捺,内蕴古漠的丝竹之音,九曲回环。"之"的金文大篆体、汉仪小篆体,别有韵格,如杯中生芽叶,或茶园托柔枝。甲骨文"之"字拙奇,宛若游鱼出新水,在怀素《自叙帖》、赵孟頫《行书二赞二诗卷》中,"之"字均得神奥大意,出神入化、无心挂碍,其翩翩起伏的曲线有莫可名状之异美。

　　"之"字瀑所呈现的各式姿容乃峡谷造化所得,绿意蜿蜒流泻令人酡醉……岩崖挤

105

出的苍深水潭,却被一瀑数十年数百年拓开疆域,人在潭边亦是在时间之内神游,噫吁兮,如蜉蝣逍遥。周遭悬崖如斧劈,亮痕犹在。泉水似在云端,起步即是凝白氤氲一片,从百米高处鼓起飒飒声浪。瀑分四五大柱,势若北海奔龙贪婪怒放,旁有马鬃般细长银瀑扯下,落瀑处旋起无数银针或曰苍雪,在无垠的吴楚山地激动成响水槽。

有人写过响水,农家夜宿,听了一夜的泉声泠泠和待产女主人痛苦的呻唤,水声吟声如同金质油菜铺满乡夜,又如凉意滑过的午夜梦境。

瀑布虽白耀恢宏,却印证了中国古诗的夸饰和炫才,李白称天柱山中的瀑布为"巉绝",在我看来,或是微醺后在茫茫河流中突见一山兀立,视野从平阔之水转换到野生的山色,在心理学上构成即兴的惊叹。李白《江上望皖公山》,古今诗选里亦有将"秀木"写作"秀水"的。

李白在皖河或长河或长江的"江上远望",可见天柱山雄巍峙立争气负高,但若干水瀑只如莹然白线嵌山,其声亦不可闻,视野所及,满山披绿的树木将飞瀑遮蔽匿藏,繁绿轰鸣才是第一印象,故诗中用"秀木"为宜。

竹之海亦倾泻轰鸣,像从虚静地底突兀暴动而锐起——单独的一竿状似小镇少年青葱挺拔,而几万竿几十万竿包裹纠缠叠压交织,林间光线晦明难辨拖拽散落。独坐幽篁中,在微风的带动下自有各式各样枯朽的落叶清鸣,数丈高野的阴凉似要将世界隔绝……又隔而未隔。

泉水寂静,轻盈跃动,黑鹊拖得长长的鸣叫哀婉,画眉"哇、哇"是对同伴的警示,"啾、啾啾"是对人入侵领地的屈服,"咕、嘟咕、咕",尾巴上下摆动,它的少年心事在对美女抒情,"呜呜呜""呜呜呜",张开双翅,在和教授江飞、和县佬魏振强约架?苍竹超挺蓊郁,弥漫的新鲜笋味与枝叶互荡而崩流出的清韵,广阔褐壤中去年因山火焚烧而遗下的黑痕,在强化一种既悲凉又甜蜜的情感。

竹海,毛竹之海。毛竹,又称孟宗竹。孟宗是三国人,《二十四孝》里有他"哭竹生笋"的故事。《楚国先贤传》载:"宗母嗜笋,冬节将至。时笋尚未生,宗入竹林哀叹,而笋为之出,得以供母,皆以为至孝之所致感。"正值暮春初夏之交,山间新笋亭亭,老竹疏冷,竹叶偃仰,陡生旧事不再的迷离之思。

遍山是竹。遍山是竹。竹子。竹子。竹子。文同的竹子,倪云林的竹子,柯九思的竹子,徐渭的竹子,郑板桥的竹子,罗聘的竹子,李方膺的竹子,生意十足、劲辣多姿的墨竹。王维的竹子,柳宗元的竹子,杜甫的竹子,王安石的竹子,黄庭坚的竹子,朱熹的竹子,涓涓于线装册页间突起一枝,逸气横生。入夜,在谷顶的桃源湖,星汁甘甜。餐足酒饱,绕湖行行止止,大夜如肥硕浓繁的糯米陈酒颜色,铺排在陋旧黑香的篷竹上,湖中倒影恍惚似山精狐媚在等待书生手谈。

通计一山,有深涧数十,青龙涧、飞来涧、幽涧、东关涧……深寂不可与人语。有飞瀑数十,丫字瀑、黑虎瀑、雪崖瀑、激水瀑、飘云瀑……恣肆堆垒,风露浩然。有奇竹不可胜数,在一个特殊的时间和空间,扎进饥渴、苏醒的竹简式的古迈血管……如同王安石题刻诗"穷幽深而不尽,坐石上以忘归"。忘归即是归心,心灵的自我流放。

长河之上

少年时,我一度误将冶溪河听成野鸡河,她的美艳令人感觉孤单乏力。野鸡的含义充满古怪、忧伤的暗示:野鸡,雉也,雄者冠红尾艳华衣雄服。野鸡亦是我乡对随性女人的蔑称,事实上雌雉虽娇小却尾短,羽毛灰褐——但一提到野鸡,蔑视的男人常常双眸火星放亮,似厨中的菜籽油欲倾浇而下。"雄雉于飞,下上其音。"(先秦无名氏《雄雉》)叫得那么欢实是唱给谁的颂歌?冶溪河我二十余年来过七八十次,沿河的鸟叫(也包括雄鸡的求偶之音)一向如糯米粉,洒下安抚人心的阴凉。几百棵老枫杨枝遒叶绿,晃动得使人几近失明……今日的黎明,往昔激壮的河水已被深雾笼罩,水流以及枫杨、垂柳与天地一体,仿若凝滞。影影绰绰中,像人间暮晚的街道突兀起无数买卖牲口的摊铺,各种各类各条各个各界的兽色或褐黑或泛青,在等待诡异的山精或诚恳的麦穗来挑选认领。我真的闻到了新麦香,勾了魂似的从天空的漏斗里一丝不苟地漏下来,并被时间和深雾减损了几分。当油光细滑的阳光被东面的司空山从云缝中拎出来时,一切变得像与熟悉的邻居即兴攀谈,他们携带着睡眠的温热,陆续行走在巨阔的田畴料理农事。水气因此绵绵消散,清亮的水光晃映上岸边;茶农耷拉着猩红的睡眼将熬夜赶制的新茶送往河对面的集市;远处的东方红水库沉淀一夜的绿会不会开始一天之中的第一次漾动;联庆村一进七重的清代祠堂正在修整,门前冠盖如巨伞的枫杨上(春风吹荡树下荒凉坟包上的塑料红花和黄表纸,一枝映山红在旁边兀自新鲜怒放),静悬的晶亮露珠业已滚溅一地,就像我不能踏进同一条冶溪河。这就是生命燃烧的源头,长江支流皖河的支流、长河的一级支流之一——冶溪河醒来时的翠绿情形。翻过马踏岭,是我的血脉故乡黄泥坡。我用手丈量地图,她发源于皖鄂交界的西坪村,离黄泥坡十多里,流经联庆、桃阳等民居村落,在梅子林入太湖县境,至潜山县与怀宁县交界的石牌镇汇合皖水、潜水形成皖河干流。长河之上,自源头至狮子岩六公里的上游段,坡降达45‰,狮子岩以下,坡降为8.4‰,所呈现的锐角和山势相依。这么多微小的泉水噼啪汇聚,一路奔突,裹挟两岸的徽剧、黄梅戏、岳西高腔、潜山琴书、太湖曲子戏和孔雀东南飞的传说,像酒坛被众多的酒仙加冕,之后从安庆步入长江温软的怀抱。我觉得她是一支少女挥动的山楂树枝般的手臂,羞涩、沸腾,充满陌生的、原始的、农业的质感。我叫她冶溪,或者野溪,在野之溪,清声亮彻,构成"雉雊麦苗秀,蚕眠桑叶稀"式的汁甜液美的花木中国……

大 风 歌

翻开1985年的文物普查记录:琥珀嘴高出平畈几米,断面文化层自然深裂,达2—3.5米,上层以灰陶为主,下层以平沙红陶为主,在断沟底部发现石杵、石斧等磨制石器。据标本和文化堆积层分析,上层为殷商时代文化遗址,下层为新石器时代文化遗址。发黄的纸页在潦倒中辉映别样锦绣,陶石之音依然动荡如金阳晃晃,而它此前是静止、专注的蕴,万年前的大风吹动先民的木叶,呜呜呜呜呜,大风在泥土的内部筑陶成巢,鸟飞起落……一个原始部族或村落的肌理涌起古陶的斑斓红鳞,老陶如唇,天地律动的声响,沉寂,泛起,沉积,浮起……

大别山顶上,几朵白云停在上面,草木是站立的风,石头是凝固的风。青铜枝下,整个琥珀村沉入乳白色的雾中,白墙和白雾不分彼此,只有黑色屋顶浮在上方。黑黑白白,像许多人的一生。

溪边的枫杨和坡上静静的土坟,如此安宁。叶子翻过来翻过去,像许多人的一生。

莫名其妙

在天柱山之偏僻后山,远观山峰百态。满山郁郁苍苍,像青雨一样密实,山被阔绿淹没,山几乎无主。青雨一样密实清冽的是竹海,雨滴硕大。青雨一样密实的竹海,竹海一样清冽的青雨。在盘山道看竹海,脑海中突然冒出两个词:雨滴硕大,莫名其妙。雨滴硕大本来就莫名其妙,因为竹海,确实青雨一样密实清冽。青翠发冷的竹枝、半黄半绿的竹竿和麻色长笋之间,小车拖拽着的盘山道,像根胡乱堆放的清凉丝绳,欲捆绑群山中几百类鸟百十层次的胡乱鸣叫,叫声堆叠,和潜山人的呓语一般。暮春的潜山市(2018年8月前尚称为县)在芭蕉肥叶下像短促又时而悠长的旧梦。蝉鸣交杂,程长庚(1811—1880)呓语在芭蕉肥叶下,像京剧《捉放曹》的老生出场,他认领山峰一个。张恨水(1895—1967)呓语在芭蕉肥叶下,像《金粉世家》的金粉剥落,也认领了山峰半个。坐标:龙潭乡万涧村,竹喧如海,从清末到民国,到2020,他们演绎艺术的后山之巅……莫名其妙。艺术就是莫名其妙。艺术也是龙潭万涧。一副《春山图卷》(元代商琦)似要从云烟中扑来——五月潮湿的青雨在反复灼烧山脚田畈,拥挤,喘息,阳光在我们黝黑的肌肤上划下金黄的稻痕,新凉的,疼痛的……冲动在人心深处的艺术的广袤山河。

云　深

皖西南松杉尤多,有一种街头修补自行车摊的旧时风味。松杉如修车匠,伸出众多的翠绿把手,年年在山中自行修补野性,一座座山被修补到静谧得令人涕零。董其昌说:"画家之妙,全在烟云变灭中。"烟霞伴,心中闲。松杉之魅既是云烟,亦是古老的闲情。车行石关乡,沿河公路旁有勃勃高大的两行松杉,黑黝黝的松杉蔽日,红黄的松针铺满十几里路。两山夹岸,山上未名的春花脆响响竞放,如洪荒之地的寂美。松杉是春山艺术的"耕烟人"。所谓烟霞痼疾在于偏执到如黛玉小口咯血。松杉印证了古中国的绘画术"松下问童子""云深不知处"等之类。艺术就是偏门,自问自答,未经驯服。艺术就是别裁,黛玉葬花是一条路,松杉掩映是另一条路。

米　红

米白。米粒盈白。皖西南的糯米糍软、晶亮,间杂小尺幅的放荡,在五月茶庄村的内部吞吐金红之光。

我看见墙上所绘黑白线条如木刻的五道工序:选粮、冲淋、蒸饭、发酵、储存,简简单单,一粒米却由此向死而生……

据传古南岳天柱山有二龙十三泉,其中如午夜月流的琼阳川泉,尤为清冽,以之浸当地老品种糯米(未经基因改造的纯种,红壳圆粒,富含淀粉,产量甚低),泡发后上甑桶敞盖旺火层层蒸,待凉后(20℃左右)沥干放进大缸,一层糯米撒一层酒曲,压实并掏洞,洞中亦撒酒曲,置于暖地一日一夜,酒液即自洞中溢出……

"味轻花上露,色似洞中泉",唐人姚合《寄卫拾遗乞酒》的清寂诗句,被一山脆响矮壮的绿茶枝传送四方。茶庄位于天柱山之南,泉水所携的激荡清气,是涂姓家族所制糯米封缸酒的乳源,在古皖的吴楚缓冲地域发烫般隐喻着古典的想象和忧伤。而对于甑桶,它是复杂和粗糙的传统乡愁的异常呈现。

一粒米,莹莹米白而至酒色,芳香扑鼻,醇稠如蜜,其间所经历的冰之火和火之冰炙炼,类似"酒入诗肠风火发,月入诗肠冰雪泼"(杨万里诗)。是的,火发雪泼。它与周遭的天寺、林庄、风景、白水、合甲村构成一个海拔三五百米的高地帝国:大蒜、葱、栗子、山莓(我乡称为四月苞或大麦苞,耀红到肥亮铿铿,充满童年酸甜异趣)以及镁盐、花岗岩、含钾岩石暗藏隐秘的脐带关系和精神桥梁,这些晨霜、烟灶、乌瓦屋顶、枝杈和乡村隐秘生活酿造的落日盛宴,集体灌入山中饮酒人的体内,浓凝,颜热……

芭蕉二三

芭蕉一身绿,绿火晃满了头、脸、手、脚。在查济,绿火之力蔓延到整个皖南,丘陵、山地以及无法言明的宛曲溪涧,似乎是横琴在野。芭蕉是琴弦之一,弹奏古老的岑溪、许溪、石溪,鸟声出溪。我所至的是许溪,溪水说是深碧也可,说是清澈也可。溪水昼夜在翻刻云影,群山如黑绿木刻,岸上古民居如黑白木刻,岸边有农家老头老太洗衣、洗菜,宠辱不惊,宠辱偕忘。在水边的一株芭蕉映照之下,溪水仿佛窝藏了泾川万物,自足而骄矜,她沉淀的绿的质地、层次,肆意勃发,使我久居山野的内心有置身中国南方的惊悸和肃然。

在对岸,另一株芭蕉似绿云扑面,绿得寂寂。几乎无人打探,静享山水之气的沐浴和浇灌。亦似被遮蔽的风暴,我不知何时它能鲜活爆发。旁有一门户,墙角浸了青苔,瓦缝生出蕨草。不知是元的、明的、清的,还是民国的……壮烈的绿色荒凉。

一路晃过青檀树,大木构架,石雕砖雕木雕,榫卯结构,晾晒场,石臼,青石板水槽,烘纸的泥墙,草木灰的清香,青砖小瓦。查济的迷途小巷和清溪之旅,在旅行即将终结的弯曲墙角,突兀出一株枯黄的似天火烧熬过的芭蕉!像渐熄的冷火灰烬。

落日将至,像冷火灰烬中的星粒!那些枯叶,散落于无数民居。仰头所视的,是所有花的灵魂在夜空中狂欢和聚会,和老茶罐一样的月亮,构成山峦和音符战栗起伏的大地钢琴,茶汁般奋勇溅出……

(黄亚明,安徽岳西人,中国作协会员。小说、诗歌、散文散见于《诗刊》《作品》《青年文学》《散文》《雨花》《天津文学》《西湖》《散文选刊》《散文海外版》等。曾获孙犁散文奖、安庆市文艺奖、安徽省社科奖等10余种奖项。)

传说中的上格城（外一篇）

张明润

我看见上格城，一座在时间里静静崩塌的古城堡，只在乱石山岗留下寂静荒凉的遗址。

"遗址"——是由历史的风沙所铸造出的一个词，空幻，庞大，让人瞬时肃静。

"在县东四十里，本魏将曹仁筑。"这是安徽省太湖县志对上格城的记载。

寥寥十几个字，将时间一下就拉回到1800多年前的三国时期——212年，曹操南下，其部将曹仁在此修筑上格城，屯兵练马，以防御吴兵。

古代的城堡多与战争相关，上格城亦不例外——抵御或防御，仅此而已。

在冷兵器时代，地势往往决定成败，城堡多建于险要的关隘。上格城所依据的地势，正具备这样一种天险——在太湖县小池镇一带，丘陵绵延，却冷不丁矗立这样一座山岗，它背依山丘，面临石霞河，居高临下，地势险要，易守难攻，乃兵家必争之地。

这座山冈原来肯定不叫上格城。或许，原来的名字早就被人遗忘。现在，它就叫上格城。

就这样，一座城堡，命名，抑或改写了一个地名，一直沿用了近2000年。

上格城，这样一个地名，曾在我脑子里萦绕了很久——

上格城离我老家那个村子不过两三华里，也是村子到一个集贸古镇的必经之地。村里人说到"上格城"这个地名时，因为方言的语速过快，听上去很像是"上郭城"。在我小时，我就一直把"上格城"误说成"上郭城"。那时，我曾无数次经过上格城，但每次都是从它的外围经过，一直没从城门走进去，看一看这座古城堡的核心部位。

我说的外围，指的是那条陡峭的山路。

从城下石霞河的那座石桥尽头起步,向左一拐,就踏上了那条陡峭的山路。山路就像一把锋利的剪刀,在峭壁上斜着剪开一条缝隙。那时,我常经过这里去山冈的那一边走亲戚。路的一边,是山冈的壁沿,壁沿上有黄土、岩石以及灌木。另一边则是峭壁下的万丈深渊。我小心翼翼地紧贴着山冈的壁沿走,不敢斜眼看另一边的深渊。

这种小心翼翼,纯粹是儿童对险境的一种害怕心理,与古时发生在这里的战争无关。因为,我那时还不知道这里曾经是古战场,这里曾经血肉横飞、刀光剑影……

后来,我从大人嘴里知道了一些上格城的传说,这些传说多少与战争相关。但大人嘴里那些传说的趣味性,在我脑子里几乎消解了战争的残酷——

传说,很久很久以前,上格城里住的都是兵。有一个将军的腿特别长,他坐在城头,伸出双脚,一直伸到那峭壁下的石霞河,借石霞河清澈的河水洗脚……

传说,很久很久以前,城外的兵攻打城内的兵,久攻不下,却不甘心撤走,他们料想城内的兵快没吃的了,快支撑不住了。但他们发现,城里的两只狗每天都准时在城头吃饭、啃骨头。他们甚至能闻到那骨头的香味。终于,城外的兵撤走了。他们想,城内连狗都有饭吃,都有骨头啃,何况是人?再攻打也没指望了——其实狗吃饭、啃骨头,是城内的兵用的计,他们是真没吃的了,真的快支撑不住了。万幸的是,城外的兵中计了,被两只啃骨头的狗骗了。

……

"很久很久以前",这是一个模糊概念,我们常常被时间骗了。

"很久很久以前",这也是传说的讲述者惯用的开头语。也许,在述说传说的人的心中,时间的准确性并不太重要,重要的是传说本身的趣味性。

或者说,是传说所附加的趣味性,消解和模糊了时空的某种属性。

当然,不仅仅是指这座城堡,几乎可以适用于所有的地方。

除了时间模糊,老人在讲述上格城的传说时,那些"兵"也很模糊,他们说不出那些兵属于哪个朝代、归于谁的手下,只是笼统地将其区分为"城外的"和"城内的"。

"城外的""城内的",这种笼统的称谓,同样有一种消解的意味。在历史这个锈迹斑斑的名词里,抵触、对峙,相安无事。

后来,我从太湖县史料里对上格城的记载中知道,作为史上军事重地,上格城从曹仁在此屯兵御敌起,就战火不断,烽烟频起。史可法的明军与张献忠的义军曾在上格城展开激战,史可法的明军战败,义军攻占了城堡;1859年盛夏,太平军英王陈玉成在上格城一带与清军进行了激烈的拉锯战,在次年的决战中,陈玉成的太平军终寡不敌众,上格城陷落……

与史料记载相映衬的,还有当地的一些地名,比如广峰寨、应家寨、何家寨、烟囱岭、放马包、营盘岭等,都无不深深打下了当年上格城纷争的铁印。

我还从史料中了解到,上格城,唐武德间为青城县治,古城有东西两门及南北两碉。城门皆为砖拱,大西门还有城楼,六柱支枋,飞檐翘角,整个城占地一平方多公里,城内廊、亭、台、庙、祠堂等俱全,城墙的青砖每块重14公斤左右……

我至今无法理解,为什么许久我都没依据史料的记载走进上格城的核心,却总是走在它的外围。同时,也总是记着小时老人讲述的那些趣味性很浓的传说。

一直到两年前深秋的一天,我才终于跟随一队人马走进上格城。

秋风有一丝肃杀,阳光淡淡的,似乎很适合所谓"寻幽访古"。

我跟随大家在城堡的遗址前溜达。一个多时辰里,那些残垣断壁、废弃的砖瓦、砖瓦上长满的青苔、残留的石碑,以及石碑上模糊的文字……在我眼前一一呈现。

有同伴说,似乎看到那些曾在这里奋力拼杀的将士,听到了如雷的呐喊、如雨的马蹄声……还有人诵着清初太湖县人陈于谦所作《上格城吊古》:"古戍凄凉驿路东,断烟荒草落残红。黄沙空掩征人骨,战马犹嘶野树风。旧垒几家忘帝力,山城半壁籍天工。孤臣心事同流水,千载兴亡感慨中。"以及当代太湖县人周磊先生所作《太湖上格城》联句:"临蔓草荒烟,犹怀野火残烽,故垒萧萧嘶战马;对秋山红叶,恍听霜天晓角,戍楼隐隐现旌旗。"

不知为何,此时,我脑子里却浸满了小时老人们讲述的传说。

也许,不管是感慨,还是传说,都与古时在这戍守和拼杀的将士无关。后人也无法真正走进属于他们的城堡,那些砖瓦、箭矢和文字,永远只属于那个时代的将士。

我们是从古城堡的北门进去的,转悠一圈后,仍然从北门出来。

走出城门的那一刻,我转身回望,站了许久。也许这一瞬间比这座古城堡更久。

我知道,我并没走进上格城,仍然在它的外围。

而这里说的外围,不只是城外那条具象的、险峻陡峭的山路。

山路似逶迤、蜿蜒到天边。上格城在我眼中变得更加空茫和遥远。

天鹅的姿态

寒冬。旷野的风很大,很冷;湖边的风更大,更冷。

此时，我们站在安徽省东至县升金湖的湖岸上，迎风而立。

我们是来看天鹅的。升金湖是著名的国家级自然保护区，这里有许多稀有的珍贵鸟类，如白鹤、黄嘴白鹭、白额雁、鸳鸯等，小天鹅也是其中的一种。

我们都没见过天鹅，只知道一些关于天鹅的故事和传说，看过人所演绎的天鹅舞。在我们心中，天鹅是神的化身，美丽、高贵、纯洁的象征。我们都想见到现实中真正的天鹅。

然而，我们还是没有看到天鹅。

是因为天寒的缘故吗？

而当地人说，寒冬，其实正是看天鹅的好季节。

但我们站了很久，也没有看到天鹅。看来，要想看到天鹅，是需要机缘的。

天鹅去了哪里？

这里是天鹅的家园，家园很大，我们不通天鹅语，无法与天鹅用手机联系，我们只是匆匆而来的过客，或者说是看客。天鹅也没有给我们留言说自己去了哪里。

也许，天鹅是去串门了，或者去干别的事去了。

总之，天鹅有天鹅的事情。我们无法知道。

现在，我们只看到，眼前的湖水很瘦，准确地说，是河水很瘦——冬天，湖水下沉了，露出了原本窄窄的、弯弯的河道。瘦瘦的河水如一条很长的丝带，牵引着人的目光。

河边有很深很宽的淤泥，淤泥黏性很重，使得我们的目光在投向河流的远方时，有些拖泥带水。但如同不能阻挡河水流淌一样，淤泥也不能阻挡我们远眺的目光。

河水不断地向前流淌，流去一些，跟在后面的水继续流淌。就是很瘦的河水也是如此。水，是永远都流淌不尽的。由此，我们的目光所及，一望无际，苍茫悠远。

远处，有几只鸟在河边迈着碎步，似乎在寻觅什么。有人惊呼，天鹅！

但本地人告诉大家，那不是天鹅，是鹤。

鹤，同样激起了大家的热情，我们一齐向那边走去，想近距离地看看鹤。

然而，也许鹤看到了人影，听到了人的脚步声，突然，都展翅飞远了。

我们无法飞远，脚下的淤泥甚至让我们举步维艰。

但我们看到，随着鹤的飞远，天地似乎更苍茫，河流似乎也更长。

鹤为什么要飞远？

我们停下脚步，仍然在河堤上迎风而立。似乎每个人都在思索着。

迎风而立,这似乎是故作姿态。但,这里的鹤,还有我们没能看到的天鹅,生活在这里的各种鸟类,以及水牛、野草……却一定不是故作姿态。

我们一直没有看到天鹅,但记住了我们站立的这个地点的地名:八百丈。

八百丈,这只是一个地名,但它使我们给天鹅的姿态留下了足够的想象空间。

在这尘世,真正的天鹅,永远在八百丈之外。

(张明润,安徽太湖人。在《诗刊》《清明》《安徽文学》《诗歌月刊》等发表文学作品100多万字,出版散文集《头顶上的亮色》《仰望大地》和长篇小说《花窗下的光与影》。)

千古知音——钱谦益与徐霞客

李平易

公元1641年。风雨飘摇中的大明王朝已经进入了最后的倒计时,西北李自成的大顺军征逐于饥荒不断的北方广大土地,在将原本分散的农民起义军统一到自己麾下后,其队伍越来越壮大,推翻大明王朝取而代之已经成了他们的既定目标。各路人马攻城略地,所到之处,官府溃散,民众路迎。关外的满族人早成气势,正厉兵秣马,计划着攻破山海关,入主中原。

但在东南形胜之地,仍然偏安一隅,朝廷招降了实力最强的海盗郑芝龙后,借助其力量使得沿海一带平安无事。虽然北方的坏消息不断传来,但总的说来这里同北方的危卵之势迥然有别,似乎仍然是一个因自然条件优越而形成的安乐乡。百姓安居乐业,文人聚会吟诗结社,文化繁荣,坊间琴棋书画之业昌盛,一切仿佛都还处于歌舞升平之中。战乱发生在遥远的东北和西北,大概不至于影响到他们的正常生活吧。正月里,虽然冷风稍觉刺骨,但在水网密布、水上交通发达的杭嘉湖平原的大河小河构成的航运圈内,走亲访友的舟楫穿梭不停,人们谈笑风生,享受着新年之乐。一些考究的船舫上,自然少不了饮酒赋诗的、弹琴唱曲的,走在路上的人会时不时停下来看着水上舟船里的热闹。

就是这个正月,在杭州西湖,浓妆淡抹总相宜的偌大湖面同春、夏、秋三季比较起来还是显得有些冷清。然天气晴好的日子,赏梅之人倒也络绎不绝。湖面上横躺着一条"不系之舟",这是一艘画舫,温暖的船舱里一男一女正在依依惜别。这男人是位长者,已是花甲之年,他是大名鼎鼎的钱谦益。女子却年华正好,全身洋溢着青春气息。她来历不凡,称呼也多多,这会儿叫作柳如是。这二位都是画舫主人——徽州来的商人汪然明请来的客人。汪然明虽是商人,却也是风雅且有侠气之士,专喜结交名士才女,而且他还热衷于当红娘,乐意看着自己面前的一对对才子佳人结为百年之好。这船中一老一少二位正是他想了许多点子才"撮合"到一起的。年前,柳如是女扮男装造访钱谦益之虞山半野堂,两人相见恨晚,柳在其家流连吟唱,过了一个愉快的春节。眼看这两人情投意合,这位才女的蓝颜知己心中自是得意。于是他索性建议两位相见恨晚的朋友同往新安一游,这一来一往,当有月余时间厮守在一块。不料柳如是身体有恙,并不想远去新安,因为之前她已经同汪然明去过一回了。汪然明感觉挺遗憾的。可是钱谦益听了汪然明道出这个想法,倒是欣然愿往。对于疑惑的汪然明,钱谦益据实相告:刚刚听到人说,江阴有个叫徐霞客的朋友因病去世了,这人对功名毫无兴趣,却游遍天下,他同其数度交往,还曾收到其在西南边陲寄来的文稿和信函。早年徐霞客尝试远游时,黄山是他的首选之地,曾经一游再游,两人见面交谈时,徐霞客亦曾一再赞叹黄山的雄奇峻伟。新安山水本是钱谦益熟悉的,那里是自己"偕隐密友、诗中同道"程嘉燧等人的家乡,诗酒之余,常从他们嘴里冒出对新安山水的赞誉之辞。他们曾邀请他去游玩,他也确实去过,但于黄山,心向往之却又畏惧其险峻,几番犹疑,还是未上得山去。他听说徐霞客去世的消息后,虽然同柳如是在一块甚是惬意,但徐霞客的身影老是晃在眼前,给自己的文稿和信函的内容回忆起来也历历在目。他想正好受主人之请,再往徽州一回,了却登黄山之夙愿,也可体会一两分故去的友人几十年跋涉之险。听了这番话后,汪然明明白就里,释然于怀。柳如是乃识大体有胸襟之人,知道男人不能躺在脂粉堆里,钱谦益本是有首辅之才、广交天下豪杰之人,两人既已情定终身,暂时分别又何妨?于是这二位分手,老钱去往徽州,小柳则往苏州有事。

徐霞客,在他活着时,就是一位远近闻名的高士,一位奇人,他的亲人、族人、邻里,乃至远处的名士与同好都传颂着他的名字。他是位罕见的旅行家、地理学家、考察学家。他去世 130 多年后,其《游记》刊发于世,自此盛名不衰,印了无数回,就连《四库全书》也把他的著作全部收入。他的地理考察和其所记,在任何时期都是一种正能量,有助于匡正世道人心。而在今日,旅游业成为当今人类一大产业,旅游成为人们的一种生活方式时,提到徐霞客,更是人人感到亲切,他是"大家的朋友"。对于黄山、黄山市人来说,他说的"薄海内外无如徽之黄山,登黄山天下无山,观止矣",使得他成为此地的形象代言人了。

"徐学"可以算作是一门显学,如今徐霞客当年的行走路线一直有人在重走,他的生平事迹、其家族的繁衍、先辈和后辈的种种故事一直都在被人们研究着，探索着，争论着，商榷着。

而人们所赖以研究的母本，第一自然是徐霞客自己的《游记》和诗文，第二则是钱谦益所写《徐霞客传》和他的另一个友人陈函辉写的《徐霞客先生墓志铭》。

钱谦益则是一个十分复杂的历史人物。其漫长的一生，命运多舛。他出身于江南常熟县的富裕人家，少负才名且还另类，常轻车裘马、奇装异服。一生为才名所累，深陷于明末的党争之中，年轻时北上赴殿试时分明就要到手的状元名分正因为名气太大而丢失了(被指为东林党首之一)，只得了个探花，也就是钦点第三名。也正因为出仕不利，他漫长的一生除了学问文章，门生几遍天下，坐牢的次数几同于当官的回数。他初在北京奉事而不如意，很快就以丁忧守孝之名南归，在自己的庄园里与可心之人读书研磨学问喝酒做文章，这一流连就是十好几年。这些至朋好友中，有一位关系十分密切的就是徽州籍的画家程嘉燧。十多年后，他的名气在江湖上更加响亮了，因此又被召往北京，这回担任了礼部侍郎。但是这把椅子还没有坐热，又因为受猜忌而入狱。直至明朝灭亡，他就近在南明短暂的南京小朝廷任了几天礼部尚书，成了迎降清军的要员之一。以后，他还被胁迫北上当了清廷作为点缀的官僚，时日也极短暂，没几天就"称疾南归"。南归后不久又曾被逮作北囚。后来，乾隆当朝时，发现钱谦益的诸多诗文里有对其先祖的大不敬语，又知其在投降后长期暗助反清事业，坚持抗清至死的瞿式耜、郑成功都是他的弟子学生，乃怒火中烧，下旨禁毁钱氏所有著作，于《明史》中将其列为"贰臣"。从当时一直到现今，300多年过去了，钱谦益为人津津乐道的有学问文章，有他在文化传承和诗文创作上做出的努力和贡献，也有对他在朝代更迭时所做选择的道德评判，但更多的还是他和曾为名妓的柳如是的爱情佳话，至于他后来长期支持其学生郑成功的反清事业，也至多附在爱情佳话的后面，那毕竟是没有成功的事业。钱柳姻缘一直是躺在脂粉堆里的无数种晚明野史中的最佳故事。以至于20世纪真正的国学大师陈寅恪晚年穷极心力写就了三大本的《柳如是别传》，为其故事发幽探微，虽说"著书唯剩颂红妆"，字里行间倒也渗透着为钱谦益辩诬的用意。

钱谦益的无数文章中有一篇《徐霞客传》，写到了徐霞客平生最崇仰的人是黄道周。这黄道周也是钱谦益的好友。至于徐和作者也即钱的关系，似乎要言不烦，点到即止。无非雨中交谈，远途寄书，何人介绍，听何人说其消息，云云。为人作传，不可喧宾夺主，文章大家自然会如此处理。钱谦益自己的黄山游记里提到是年去往黄山是因为

118

友人维翰着力劝勉,同时也是为了前一年好友程嘉燧爽约未能成行,今次弥补尔。然而,我也要借着钱柳佳话辨析一回了,这不早不迟的黄山之行,真的只是时间的巧合,还是钱谦益获知徐霞客已辞世的消息,为了却夙愿同时也为纪念这位特立独行之世外高人乎?正是两情相悦时,他真舍得分开,当为心中有事,并非友人几句劝勉之话就放足行矣。退一万步,他至少有这种念头在心中挥之不去吧。

其实钱谦益因仕途不顺,并没有像有些为官者有着宦游的经历。且其虽然喜欢游玩,但探险的精神、吃苦的态度是看不出有多少的,他的足迹像是一柄扇子,大抵不脱太湖平原、杭嘉湖平原圈子,数度来往于北京则似为扇子的长柄,到徽州游历于他而言已经是出远门了,登黄山自然就是历险。他自己说曾上泰山而未至顶——那还是来往于北京时一次顺道而为。黄山光明顶应是他在漫长的一生中所登临过的最高处。

但钱谦益来到徽州倒有着宾至如归之感。他极要好的朋友、他尊称为"松圆诗老"的程嘉燧是徽州人,李流芳的老家也在徽州,还有这位喜欢名士和名姬的富有商人汪然明。因为有佳山水,招待周到,特别是柳如是同其情定终身,刚刚在其家过了春节,又同游西湖,让他有着青春重返的感觉,所以这次游历徽州、黄山,钱谦益创作了大量的记游诗,成为他一生山水诗歌的巅峰之作。如《天都瀑布歌》《莲花峰》等,清人赞为"此山名作,向推虞山",今人也评论"黄山游履,晚明为盛,记游之诗,以牧斋为最工"。

在汪然明的老家休宁商山,钱谦益就抑制不住自己的兴奋发声为诗了:"绮窗阿阁赤山湄,想像凭阑点笔时。帘卷春波尘寂寂,歌传石濑响迟迟。清斋每忆桃花米,素扇争题杨柳词。日夕汀洲聊骋望,沣兰沅芷正相思。"这首诗题名为《响雪阁》,那里是柳如是曾经到过的地方,触景生情,他自然会念及佳人,所谓"素扇争题杨柳词",这说的就是柳如是很得文人雅士的宠爱。也正因为内心的满足,他的新安、黄山之行灵感多多。有些人从徐霞客留下的游记和诗文里没有看到徐霞客对黄山太多的赞叹,不承认徐霞客说过"观止矣"的话。但是我们仔细读一下钱谦益的黄山游记和一组诗歌,可以说他为徐霞客对黄山的概括做了注解。如果说脍炙人口的"五岳归来不看山,黄山归来不看岳"两句民谣没有出处,我说出处其实是有的,钱谦益在游记小序中借朋友之口作的"历东南二岳,北至叭哈以外,南至落迦、匡庐、九华,都不足伯仲",就是一种极好的归纳。

其游黄山所作诗文,真真是为徐霞客代言也。

在钱谦益的《徐霞客传》中,有关徐钱交往的文字有下面一段:

(1633年恒山)归,过余山中,剧谈四游四极,九州九府,经纬分合,历历如指掌。谓昔人志星官官舆地,多承袭傅会;江河二经,山川两戒,自记载来,多囿于中国一隅。欲为昆仑海外之游,穷流沙而后返。小舟如叶,大雨淋湿,要之登陆,不肯,曰:"譬如涧泉暴注,撞击肩背,良足快耳!"

这一段十分生动的文字历来为研究者所好引用,也显示出了文学大家钱谦益文章的功力。

有人说,这段文字其实是记载了钱徐两次相会的场景,访余山中和小舟畅谈处于不同的时间和地点。作这种分析的人应该是想到既然两人的关系如此密切,仅仅见了一面似乎说不过去。我倒想,这两位互相欣赏的一位"半野"、一位完全寄情山野的高士,相距既然不远,何至于仅见了这一面?比如,他认识徐霞客是因为"闽人刘履丁",刘履丁又是如何介绍二人相识就没有交代。钱谦益是在为徐霞客作传,传主一生事迹、品格是文章重心,不可能仔细铺排自己同传主的关系。在写徐霞客的人际关系时倒是着重写了其同大儒黄道周的亲密关系。在钱谦益笔下,徐霞客同黄道周的共同语言更多,因为黄亦酷爱山水,而且精通天文历算,是性情耿介的当世大儒,徐推其为当时天下第一人。其实钱谦益自己同黄道周关系亦匪浅,在徐霞客遣子北上看望蒙冤入狱的黄道周之时,钱与黄也多有信函往来。传记重笔于黄道周,其意在于揭示徐霞客的风骨与节操。至于自己同传主的关系,除了上面那段记叙,则还提到徐霞客远游西南时,不远万里寄给他文稿《溯江纪源》。这隐隐一笔,就体现了自己在徐霞客心目中位置之重。这篇地理考察文献,凝聚了徐霞客远游西南及从前数十次外出旅游考察时纠结于心终于解开了的心结:找到浩浩长江之源。其时,徐霞客一路多遇凶险,同伴遇害,仆人逃跑,并且带走了被他视为至宝的黄道周、钱谦益等人的往来信函,其实他能不能平安回到家乡尚不能确定。钱谦益焉能不知朋友所托之重?

他在叮嘱毛子晋刻书时写道:

徐霞客千古奇人,《游记》乃千古奇书,惜其残缺,仅存数本。仲老携来,思欲传之不朽。幸为鉴定流通,使此等奇人奇书,不没于后世,则汲古之功伟矣。诗集序可附藁(稿)来,另写登梓。未刻经目并云栖经,直乞一看。

唯念霞客先生游览诸记,此世间真文字、大文字、奇文字,不当令泯灭不传。

有此等评价,说钱谦益是徐霞客的千古知音,不为过也。

(李平易,安徽黄山人,中国作协会员。1979年开始发表作品,散文《黑发二三寸》被收入《1991散文年鉴》。)

那些年，驶往滁州的夜航船

郑心一

一

明正德七年(1512年)的冬天，京杭大运河里，一条普通的小船，尾行在千百支南下的船队里，缓缓南来。一个多月的水上路程，对别人来说是够熬煎的，但对这叶小船上的两个乘客来说，可不是这样。他们一路讨论，欢然前行，论到精彩处，那个白面修伟的年轻人，竟然高兴得在船上跳了起来，把船老大吓得不轻。这个年轻人名叫徐爱，坐在他对面年纪稍长的是他的老师，也是他的郎舅——王阳明。这回从京城结伴南下，是因为两个人都接到了朝廷的调令，王阳明从吏部郎中升迁南太仆寺少卿，衙署滁州，徐爱升任南京兵部员外郎。

他们一路讨论的是王阳明的"知行合一"。作为一个已经享有一定功名的学者，徐爱一直为读不懂儒家经典"大学"而苦恼，因为按照最权威最有话语权的朱熹的理论去解读"大学"，他总是不得其门而入。这让他着急，觉得很丢人。当他的老师王阳明剥衣见笋，逐层解说自己的"知行合一"的学说，并用此去轻扣儒家经典之门的时候，徐爱仿佛看见月光下一扇扇丹漆金辅的大门徐徐打开，顿时觉得胸脯洞明，豁然中开，"闻之踊跃痛快，如狂如醒者数日"(《王阳明年谱》)。事实上，对老师的学说，徐爱也是有个接受的过程的，始"骇愕"，继"渐知"，复"始信"。尽管船舱是狭小的，但好在时间是宽展的，足够王阳明向这位最得意的大弟子传道授业解惑了。而今天，我宁愿相信，正是在这条船上，在和徐爱的交流、碰撞中，王阳明对自己的学说有了进一步的廓清和理正。

就是这样的一段水上历程，王阳明的"知行合一"进一步清晰成形，也开启了徐爱记录王阳明思想学说《传习录》的写作。而《传习录》之于王阳明,犹如《论语》之于孔子。这完全可以称得上是中国思想史上最重要最激动人心的一段夜航船。大概谁也不会想到,这艘驶往滁州的夜航船会用一盏烛火、一只火炉,照亮和温暖后世几百年。

打开时间的纵轴,在那些年里,一条条小舟分别从不同的地方驶向了同一个坐标——滁州。

二

782年的夏天,在帝都长安一座普通的官舍中,即将远行的韦应物,从载着行李的车上下来,绕着家院前的一丛竹子看了又看,尤其是对新发的十几竿竹子更是爱恋不舍,他对家人说,不要让小孩子攀折坏了,等我回来的时候再来看它们。这是韦应物用诗歌记录下的他离京赴任滁州前的一个场景。后来,他由陆路转水路,乘船一路朝东南而来。从诗人途中写下的几首诗来看,他大略是从洛阳入黄河,至开封转运河至淮河,经由淮河过商丘、宿州,再到盱眙。他走的这条水路,早在十几年前就有人走过,那是他的滁州前任李幼卿。李幼卿是771年(唐大历六年)出知滁州的,正是他首开琅琊山门,不仅刊山披茅,凿溪引泉,更首建了琅琊寺的前身——宝应寺。说他是琅琊山的开山之祖也许并不为过。宝应寺、琅琊溪、庶子泉……这些破荒开张的景物,让一路心怀忐忑的韦应物多少有了些安慰。尤其是"庶子泉"几个字的篆铭,它们的书写者是被称为李斯之后千古篆书第一人的李阳冰,这三个字,则号称是李阳冰篆书第一帖,所以更让韦应物心驰神往。

两千多里的路程,可不是一蹴而就的。韦应物在日逐一程的行船上,写下了几篇重要的诗作。途经洛阳的时候,他特地弃舟登岸,去10年前曾经住过的寺庙同德精舍看看,不由得怀念起逝去的爱妻。经过睢阳,他想起两位抗击叛贼安禄山的大英雄张巡、许远,不禁感叹悲慨。在开封的大梁,他的小船停了下来,原来一帮过去的朋友听说他路过此地,特地在岸边摆上酒菜款待他。一场充满相互戏谑的欢宴总是那么短暂,这边兴犹未尽,那边的船已经解缆催发了。

"昨日次睢阳,今夕宿符离。"两地将近四百里的水路,哪怕是星夜兼程,一天也是到不了的,只不过是反映行船的快速罢了。

在这次舟行中,有一篇诗作,历来为人们所重视,那就是《逢杨开府》。杨开府是谁,不知道,也不那么重要,重要的是,韦应物在这首诗中回顾了自己的半生经历,从曾经的世宦子弟,因为蒙受恩宠而无赖耍横,到经历人生跌变,焚香苦读,持心修炼,淡泊致远。这首诗写得侠气动荡,却又在平实中令人辗转动容,艺术成就极高。在新旧《唐书》中,都不曾留下韦应物的只言片语,正是这首诗为今天的我们提供了了解他、研究他的宝贵资料。

他的船到了盱眙,停在了城外孤零零的驿站,所见之景是浩浩风波,雁飞芦白,人归城暗。此时正是夏末初秋,雁飞芦白怕只是诗人的心境写照吧?天涯逐客,孤馆清寒,"西北望长安,可怜无数山"。好在盱眙离滁州已经不远了,那些写在滁州山水里、照耀千古文学圣殿璀璨华彩的诗章,正在静静等候他的到来。

三

欧阳修是喜欢走水路的。他第一次被贬夷陵(今宜昌夷陵区),就是宁愿绕道几千里路,从荥阳,经汴河至淮水,再到运河,进入长江。具体的路线是荥阳—开封—宿州—泗州—淮安—宝应—扬州—仪征,入长江,一路沿江而上。

宋庆历五年(1045年)深秋,欧阳修从任职地定州东南的阳城淀出发,前往滁州。这是他人生的第二次被贬,他走的仍然是水路。他的船只在河南荥阳的北部进入汴水。

"汴水流,泗水流,流到瓜州古渡头。吴山点点愁。"欧阳修不可能没读过白居易的这首诗,今天,他的船只正是顺着这条水路而来。因为忠贞刚直而被政敌以阴私手段攻击得遍体鳞伤,家中又连丧妻子儿女,他早已身心疲惫。天上新雁南飞,岸边柳黄霜白,越过船头的雁叫声,惊破了愁梦中的诗人。他用诗歌记录了这一场景和心境。他的滁州之旅,就是这样拉开序幕的。

欧阳修文朋诗友、弟子门生遍天下,同时,宇内景仰他的人又何可胜数?按说,沿途会友燕集是免不了的,可是欧阳修却没有留下诗文,也许是他新遭贬斥,不愿连累别人,也许心情穆郁,不想参与这样的应酬。

至于欧阳修为何喜欢水路行舟,这在他之前的一篇文章中找到了答案,那就是写于滑县的《画舫斋记》。几年前,他在滑县的时候,把自己的馆舍命名为画舫斋,他在文章中写出了缘由:水行,波涛汹涌,蛟龙出没,每有性命之忧,不是趋利的商贾或者身不由己的谪宦,谁愿意冒此风险?但是江湖又是逃避尘世的暂隐之地,而风平浪静、一日千里的畅快,又是陆途汗漉颠踬无法比拟的。人只有履险蹈难之后,才会经得起各种风浪。

在我们所能读到的文化典籍中，不论李白、杜甫，还是欧阳修、苏东坡……舟船，几乎就是他们一生的脚杖，而江河，则是他们人生的卷轴。或轻逸飞动，或沉郁拙厚，或激越磅礴的歌咏，很多是从浪花风涛里唱出的。

两年后，欧阳修离开滁州，临别写了一首诗，这首诗里他的笔下没有了雁鸣、霜白、客愁，而是花明柳青、弦管美酒。来时的悲绪化成了别时的欢歌，这中间是一段滁州山水和欧阳修相互成就的绝唱。

四

滁山不通车，滁水不载舟。这是欧阳修说的，大家之言，似乎无可辩驳，但我是一直怀疑的。

同时代，比欧阳修小20多岁，曾经在滁州做过通判的韦骧，任满离滁的时候，就是由滁河进入长江的，"十里之间五六湾，行舟终日绕青山"。他在《出滁口入江峡》中写道："逆风吹浪雪花翻，舟出滁河浩荡间……路通淮右千源水，望断江南一带山。"

正是连接滁州的千源之水，让滁州这座山水小城，屹立于唐宋元明清的文化高地，吸引了四方文人仕宦乘着一艘艘夜航船，欣然来谒。

今天，像曾巩兄弟、文徵明父子这样参仰滁州人文自然的故事太多，人们早已闻惯而无新趣了，而我在历史文本的缝隙间看到的一些逸闻，倒是在心头留驻。雍正十一年（1733年）二月，33岁的吴敬梓，怀着痛苦沉郁的心情离开家乡全椒，乘小船经襄河、滁河入江，"百里驾此艋艇，一日达于白下"，从此他在六朝烟雨、秦淮月色里，开始了自己坎坷蹭蹬的一生。一部《儒林外史》是他人生的宣言，也是他与世务和道统的悲壮决绝。与此相悖逆的是他的儿子吴烺，一次又一次从金陵过江，到浦口经张家堡，乘着夜行船，回到滁州赴考。吴烺在《归里杂感十首》里写道："小船一叶当中坐，望见乌衣夕照红。"现实生活的负累，毕竟硬过梗梗的颈项。那时的清流河里已经满是南来北往的帆影。

明人张岱在他的名著《夜航船》里写道：天下学问，惟夜航船最难对付。夜航船关涉的岂止是天下学问，人世的际遇、迭代的兴衰，无不在夜航船头灯火的明灭中，或尊显，或寂灭。

（郑心人，资深媒体人，作家，滁州市散文家协会副主席。）

关外一眼

张道德

关外是何地？书本上解释挺多的，而我只对一种说法有印象。若干年前，因为断断续续看过《闯关东》一剧，大概知道所谓关东，即山海关之东的广大东北地区，我因此在脑海里对关东的理解即是这片地理区域。

想来，闯关东的历史似乎并不遥远，迄今也不过百年之距。从晚清到民国的100多年间，大量老百姓为了生存而自发地由关内向关外大迁移，尤以山东、河北等地人口迁出居多，堪称"人类有史以来最大的人口移动之一"（《中国人口地理》）。可以想象，山海关，曾经是多少人的伤心之地、希望之所，无数个家庭因生活所迫，经年累月地前赴后继，上千万人如过江之鲫，一阵阵、一拨拨越过关口，奔向地广人稀的东北地区，祈求扎下生存之根。

历史的钝痛，往往也是时代的烙印。我们的眼光很容易聚焦这个"天下第一关"山海关。

在我有限的认知里，山海关这个地名是充满神秘感的。初中历史教科书告诉我们，万里长城西起嘉峪关，东至山海关，绵延一万多里长。山海关的雏形源于隋朝所建的榆关，大规模建设始于明初，开国大将中山王徐达和军师刘伯温奉朱元璋之命，于1381年在离渤海不远处修建了此关隘，因这个关隘北倚战略要地燕山山脉，南接浩渺无垠的大海之滨，故命名为山海关。在冷兵器时代，此关确有"一夫当关，万夫莫开"之作用，素有"边郡之咽喉，京师之保障"之称，曾经为拱卫京师、抵御游牧民族的入侵发挥了屏障要塞作用。然而，自秦始皇修筑长城以来，物理的隔断终非永恒的护国之策，山海关长城亦非例外。史书记载，1644年，也即山海关建成200多年后，李自成的农民军、清廷的摄政王多尔衮,为争夺天下,不约而同地把队伍齐聚山海关。所不同的是,彼时的明朝守将是辽东总兵、平西伯吴三桂,他率数万之众驻守此地。本来他是奉崇祯之命"入卫京师"的,却在最紧要时刻"冲冠一怒为红颜",打开关门,引清军入关。经"石河大战"后,李自成的农民军溃败,清军由此入关南下直取中原。至此,300年明朝江山加速崩盘,取而代之的是中国最后一个封建王朝清朝。山海关,最终没有阻挡塞外的铁蹄,却为中华民族大融合又一次书写了新的历史篇章。

从晚清到新中国成立,山海关长城曾被数次血染,既有外战,也有内伐。1900年,在八国联军的淫威之下,腐败的清政府俯首在《辛丑条约》里割地赔款,山海关作为战略要地,很快被各列强踩在脚下。20多年后,国民党政府统治乏力,大好河山陷入军阀割据之势,直奉两军先后两次混战于山海关内外。1933年初,日本侵略军进攻山海关,驻守此地的是东北军守军何柱国部,他召开高级干部会议,进行作战部署,并发表《告士兵书》:"愿与我忠勇将士,共洒此最后一滴血,于渤海湾头,长城窟里,为人类张正义,为民族争生存,为国家雪奇耻,为军人树人格。上以慰我炎黄祖宗在天之灵,下以救我东北民众沦亡之惨!"经三日激战,守城官兵击退日本侵略军数次进攻,412名将士喋血关城,居民死伤近4000人。守军一营营长安德馨身先士卒,裹伤杀敌,壮烈牺牲。山海关抗战虽以失败而告终,但它打响了长城抗战的第一枪,揭开了华北抗战的序幕,在中国抗日战争史上书写下了光辉的一页。

山海关,一个朝代更迭的出发地,一个抵御外辱的英雄疆场,一个引无数英雄竞折腰的虎门要塞。

偶然的机会,我来到了山海关的脚下。

面对高大的箭楼上"天下第一关"五个雄浑的大字,我注目良久。谁写的已经不重要了,重要的是,这道雄关曾经让多少人望而却步!我绕到城墙的背面,抬头只一眼,却宛若撞上了一座山,"山"骄横地兀立在眼前。据说城墙高达14米,顶宽15米,可"十人通行,五马并骑"。站在墙根之下,感知了什么叫"堵得发慌",想必,金大侠笔下再牛的飞檐走壁神功,在城墙面前也只能俯首了。眼前的砖块既长又宽,那一层层、一块块斑驳而又布满洞眼的厚砖,密密实实,挤挤挨挨,数百年来手牵手、肩并肩,风霜雨露,相依为命,不禁令人肃然起敬!几百年的岁月浸泡和战火的熏染,城墙早已衰颜黑面,无处不在的青苔是时光老人留下的脚印。我用手指轻轻抚过砖面,以为会抠出点什么,然而指头所经之处却坚硬无比。600多年前,谁家窑工烧出如此坚硬的泥砖?谁的双手曾将其砌在这荒野之上？而600年来，谁的枪炮在砖块上留下了或深或浅的弹坑？又有多少双眼睛曾经注视过这里？他们看或不看，都是一道拷问心灵的选择题。

登上城楼，北望连绵燕山，莽莽苍苍隐向远方。在燕山的腹地建有清朝著名的行宫——承德避暑山庄。此行宫在康雍乾时期实际上成了清政府在北京之外的第二个政治中心，曾名盛一时。然而"时也，命也"，乾隆之后不过数十年，封闭的国门便被西方的坚船利炮数度轰开，泥足巨人轰然倒下，一系列不平等条约悉数签下。到了1860年，英法侵略军攻下帝都北京，一把大火烧了圆明园，犯下了世界文明史上的罕见暴行，老迈的清朝面对一帮海外强盗，毫无还手之力，咸丰皇帝领着众臣仓皇而逃，躲进了燕山脚下的承德避暑山庄苟安一时。硝烟还未散尽，咸丰皇帝便在又急又气中一命呜呼！可谓江山破碎风飘絮，关外偷生也不得。古人言"燕山雪花大如席"，那年的冬天，山海关的天空一定是混沌的。

从城楼往南看，几公里之外的大海波平浪静，著名的"入海石城"老龙头依稀可见。明代蓟镇总兵戚继光，为防止蒙古骑兵趁海水退潮或枯水期从海边潜入而修建了这座海上石城，是山海关防御工事的重要组成部分。只不过，挡住了蒙古铁骑，却没阻挡住清兵的跨越。当清政府完成了长城内外上下一统之时，老龙头便成了帝王将相、文人墨客观光览胜的绝佳之地。然而清朝末年，已如朽木，一碰即碎，八国联军很快占领了山海关，老龙头首当其冲，城池随即被炸毁，文明又一次被强暴践踏。直到新中国成立30多年后，在"爱我中华，修我长城"的呼唤中，山海关人民重修了入海石城、澄海楼、宁海城等建筑，使老龙头重现了当年雄姿。

我靠在老龙头城墙的垛口边，身后是碧波万顷的大海，海神庙静静地侧立一旁，默默地守护着出海者的平安。此刻，我们共同谛听海浪的轻轻呼吸，祈祷这样的宁静可以永恒。

老龙头这片海域属于秦皇岛区域，这里曾是秦皇求仙之地，也是"魏武挥鞭"之所。八月的海风轻拂，海浪微涌，但我没有看到"秦皇岛外打鱼船"，一片汪洋之中，倒是有几艘客轮迈着绅士一般的步伐，正向远方缓缓驶去。

山与这海之间，那么远，却又那么近，一道城墙箍成了楼的模样，就让山与海在这里牵手相连，从此山盟海誓，永不分离。

历经沧桑的山海关，如今已是世界文化遗产之一，它曾经是"卑微者"眼里狭窄而又漫长的通道，更是征伐者刀光剑影、铁马冰河的生死场。这里留下了民族艰难跋涉的脚印,也书写了永远不老的关外传奇。

山海关,只是万里长城短短的一段,其修建之初,源于秦筑长城以来奉行的中原农耕文化"防守"之策,防游牧民族的侵扰,守土地家园的安宁。然而,历史告诉我们,防来的安宁都是短暂的,走出去探索新的世界才是永恒的主题。几千年中华文明史,就是农耕文化与其他文化的不断融合发展史。汉武帝凿开时空的丝绸之路,由此西域文化注入中原,大大促进南北文化的取长补短。北魏孝文帝穿汉服、说汉话、改汉姓,其改革具有划时代性,为民族融合创造了基础条件。大唐盛世,国力强盛,万邦朝贺,各民族文化交流互动、兼容并蓄,连外国人也可以来长安做官。清人入主中原后,也是学汉语、读经典,用汉制管理国家。

中华文化自信,从筚路蓝缕中走来,在风云激荡中锤炼,贯通天地,源远流长,任何一道关,都是阻挡不了其传承发展的。如今,陆地、海上同建新丝绸之路,中华文化翻山越岭、通江达海,远播四方。

山海关,早已不是一道难以跨越的关口。关外、关内,都有最美的风景。

(张道德,安徽肥东人。部分文章发表在《人民日报》《清明》《安徽文学》《时代文学》《当代人》《中国铁路文艺》《青春》《散文选刊》及《散文》[海外版]等报刊。出版散文随笔集《我心我诉》《草木本心》《所遇所得》等。)

属于芜湖的乡愁

陶妍妍

一

暑假里,小朋友提出申请:"我还想坐一次绿皮列车去芜湖玩。"

我特地上网查了,发现动车通车后,从合肥到芜湖的绿皮列车发车时间,不是深夜就是凌晨,哪一班都不合适一日游。

我和他都有点怅然。交通越来越发达,可有些生活中的小乐趣,仿佛逐渐丢失了。

前年夏天,我们正翻着蒲蒲兰的列车绘本,他突然吵着要去坐绿皮列车。35 摄氏度的高温,一家三口临时起意,坐绿皮列车,去芜湖吃红鸭子。

火车票 23 元,就可以奔赴百里之外。那天,无论是去还是回,没有一趟绿皮列车准点。热烘烘的候车大厅,混杂着方便面、关东煮和乘客们的汗味,大家却心安理得地坐在铁皮凳上,刷手机的刷手机,发呆的发呆。仿佛只要买了一张绿皮火车票,就已签下了心理保证书,上书三个字——"从前慢"。

大概晚点了半个小时,才终于登车。小朋友第一次见识面对面的绿皮座椅、天蓝色的窗帘布、不锈钢垃圾托盘……一双小眼睛滴溜溜乱转,新鲜劲还没过,我就意识到自己准备不足。

有人开始嗑瓜子,还有人剥茶叶蛋,更要命的是,对面的姐姐居然吃起了桶装方便面。他开始只是小心地用眼角偷偷瞟,慢慢地,不自觉地用湿漉漉的小舌头舔嘴角,最后,忍无可忍地对我吼:"我也要吃方便面哎。"

"瓜子花生烤鱼片,啤酒饮料矿泉水",小推车哪里去了?我还等着"把腿收一下"呢!

过了好久,那辆窄窄的小车才推进我们车厢。可惜,没有方便面卖。

失望的情绪还没过,又来了一位列车员,雄赳赳气昂昂地站到车厢中间,掏出一套塑料质地的七巧板,开始单押双押三押,360度旋转推销她的神奇小板板,尽量让炙热的目光撒向每一位乘客。她嗓门洪亮又笑盈盈的样子,彻底把我看傻——姐就是女王,自信放光芒!小朋友也彻底被征服,完全忘记了方便面的事。

还没回味完这场脱口秀,火车到站了,一家人下车,转乘双层观光巴士,欢乐芜湖一日游正式开始。

二

小朋友坐在双层巴士的第二层,兴奋地东张西望,我想起了自己第一次经过芜湖的光景。

1999年,刚上大学的我,经过一个多月的军训,与同宿舍的小姐妹结下深厚友谊,十一假期,她邀请我与她一起回宣城玩。

那是我第一次坐过江的轮渡,渡江的地方叫二坝。依维柯(一种中巴车)直接开到船上,那辆拉满了汽车的轮渡船,突突突向江岸的客运码头驶去。中巴车上很挤,但我坚持要下车,站在船边张望江水。那天的江风很大,空气中弥漫着大江大河特有的水腥味儿,江面上的船只非常多,拉沙石的、拉煤的、运钢锭的——我第一次真正感受到"川流不息"的含义。

玩了几天的我,从宣城独自回合肥。闺蜜的父亲买了一大包霉干菜烧饼,让我带在路上吃。不知是否因为独自一人有点紧张,再过江时,我居然没下车,老老实实坐在位子上,一边看着窗外翻滚的江水,一边嚼着霉干菜烧饼。车下轮渡才发现,我一口气吃了大半包。

印象中,芜湖的江面很宽,比之后经过的铜陵、安庆、武汉、九江等地的江面,都要宽许多。后来才知,芜湖是长江自出海口逆流而上,最后一个可以通航万吨级海轮的大港,也是长江水域的第五大港。20世纪初,主要靠水运的年代,芜湖曾是长江通商的巨埠之一,被誉为"万货之会"。

就像一道菜有"锅气"一样,一个人身上,也带着生他养他的土地特有的气息。故乡,既赋予我们基因,亦是我们的底气。记得刚进大学时,我就发现芜湖的同学特别出挑、灵活,打扮得也十分洋气。后来她们说芜湖又叫"小上海",我一下就明白了——这座城市像上海一样海纳百川,这座城市的人也像上海人一样精致有风情。

芜湖长江大桥2000年正式通车。之后我虽多次去往宣城,参加闺蜜的婚礼、宝宝的百日宴、奶奶的寿宴,但再也没有坐过轮渡,过江开车不及十分钟,"天堑变通途"。

芜湖市里原有一座沿岸码头,现在变成滨江公园,标志物是一座始建于明万历四十六年(1618年)的中江塔。

古人把长江从九江至京口(镇江)一段,称为中江。芜湖处于中江段。据说,早在东晋、南北朝时,这一座小塔就成了长江、青弋江船只夜航的灯塔,也是船只进入芜湖的航标。而这座中江塔,更是芜湖的地标。

三

1999年,我只是经过芜湖;2000年,我才第一次真正来到芜湖。

芜湖有一所著名大学——安徽师范大学,她是安徽建校最早的高等学府。据说,安师大的前身,是1928年创建于安庆市的省立安徽大学;后几经搬迁,合并更名,于1972年经国务院批准,正式定名为安徽师范大学。

发小H自小爱读《南方周末》,他的梦想是当一位仗剑走天涯的调查记者。复读了两年,终于考入安师大新闻系。我们常通信,信里除了大段大段对各种时事的看法,他总提到镜湖、赭山、吉和街,提到甜丝丝的红鸭子和鲜掉眉毛的虾籽面。

他说他们学校的图书馆在赭山顶,他最快乐的时光,就是一大早气喘吁吁地爬进图书馆,看各种书,偶尔从窗口看树顶,就能判断季节的轮转。而我就读的那所大学,地势平坦得像一张饼,最好吃的只有红油水饺,让人愤愤不平。

2000年深秋,我和闺蜜小S商量,要不我们一起坐火车,去芜湖吃虾籽面吧。

穷学生并没有吃到虾籽面(或许是因为季节不对?),但确实吃到了红鸭子,还有好几顿芜湖麻辣烫。

白天跟着他蹭大课,晚上下了自习,他带着我们穿过镜湖,一路向西,穿过充满腥气的水产市场,再经过高耸的天主教堂,一直走到江边。

那是我第一次见到芜湖天主教堂。那晚的月亮很圆很亮,就挂在教堂的钟楼之上。风很冷,吹得江面波光粼粼。我们伫在江边只站了一小会儿,有人开始打喷嚏,另一个人说,快回去吧,宿舍该关门了,于是急匆匆往回赶。

我和小S各凭一张嘴,打听到中学时同学的宿舍,见面一阵大呼小叫、左拥右抱,笑嘻嘻要求留宿一夜,然后就亲亲密密地被拉进别人的蚊帐,说了半宿的话,在不知不觉中熟睡过去。

我坚信,这一切的记忆都是真的;但不愿相信,那居然是20年前的事了。

20年前的我们,对这个世界如此乐观,对远方有着英雄主义的想象,对解决困难有着势在必得的信心。那,也是一个人一生中的黄金时代吧。

四

20年后,我提溜着孩子,跟着手机导航,穿过依旧泛着腥味的水产市场,去找晓马红皮鸭子店。

一抬头,居然看见芜湖天主教堂。

这座教堂的正式名称是芜湖圣若瑟主教座堂。1887年,由法国人设计建造,是华东第二大天主教堂,规模仅次于上海的徐家汇教堂。教堂背山面江,一对钟楼之间,还有一座5米高的汉白玉耶稣像。我终于在白天看清这座建筑的宏伟,隔着20年的岁月,对那个圆月之夜的记忆,做出了完整的补充。

天主教堂背后的那座山,叫雨耕山,名字真是美啊。说是山,更像面江的一片高地。

因长江通航,自1887年起,英、法、西班牙等国便在芜湖兴建起大量的西洋建筑,其中最显眼的,就是雨耕山顶上的英国驻芜湖领事官邸。现在,这里已被改造成一家颇有情调的西餐厅,沿木质楼梯拾级而上,站在临江的阳台上,仿佛轻轻拨开时光的珠帘。

1935年,芜湖天主教第二任主教蒲卢从国外募捐,在雨耕山建立了安徽私立内思高级工业职业学校,之后的安徽工程大学、安徽机电职业技术学院、合肥工业大学北区、台湾内思高级工业职业学校等,都是从这所学校分设而出的。内思工校早已不在,老芜湖们也多是只知雨耕山上有过一所机械学校。如今,这里早已不再教学,内思楼依然伫立在雨耕山上,青色的砖墙、红色的木地板、木质的百叶窗……历史仿佛从未走远。

2012年,芜湖市政府开始打造中国雨耕山文化产业园,原本连很多老芜湖都不太了解的历史碎片,被不断打捞出来,细心拼凑,一个曾被孙中山先生赞誉的"长江巨埠,皖之中坚",慢慢开始恢复百年荣光。

我们常说,一个人的底气来自于他的见识与经历,一座城又何尝不是?

我有次和企业家朋友聊天,说芜湖产业很有意思,除完备的汽车产业链、世界500

强企业海螺水泥外,食品行业也出奇发达。三只松鼠、溜溜梅、蜜之源蜂蜜……都是芜湖企业。

他笑着说:"你不知道吗?芜湖是近代'江南四大米市'之首,可是有过'堆则如山,销则如江'的繁荣景象。"

想起来了,我在滨江公园里确实看到了一组有关米市的雕塑作品。

"四大米市"是中国历史上因大米集中交易而形成的粮食交易市场,分别在江西九江、江苏无锡、安徽芜湖、湖南长沙。因均在长江以南,又被称为"江南四大米市"。

其实,在上千年历史里,芜湖一直是座默默无闻的小城。主要在近代一次次抓住发展机遇,一是1876年《中英烟台条约》将它列为通商口岸;另一个,就是依托李鸿章的扶持,发展出了芜湖米市。

良好的气质与气度,往往需要丰厚的物质做基础。仓廪实而知礼节,衣食足而知荣辱。一座城,一个人,都是一样的。

五

刚上班那会儿,报社曾推出一期策划——《芜湖出美女》。摄影师在街头的那组抓拍,给我留下很深印象。

芜湖街头,女孩大多肤白貌美大长腿,回眸间万种风情。摄影师信誓旦旦:"真的就是在街上随手按快门的!"码头城市的姑娘确实有灵气,性子也泼辣。依我多年的识人经验:与水亲的人,没有不爱拼的;与山近的人,没有不能忍的。而我们这种生长于江淮分水岭的人,在农业时代吃不饱饿不死,只能老老实实土里刨食,好听点叫忠厚,难听点难免有点呆。

奇怪的是,我的芜湖女闺蜜居然不少。她们的统一特征当然是漂亮,另一特征则是能干。

我还认识一个芜湖男生,他是我去西班牙旅游的地接。个头不高,白白胖胖,戴着一副金丝眼镜,笑眯眯的。爱穿夹克,因为兜多,什么都揣在口袋里。领着我们坐火车周游西班牙,全程夹克打天下,手里唯一拿着一只挂了小熊的伸缩杆,还不怎么用。他解释,西班牙小偷多,特别爱偷游客,他总想掩饰这是个旅游团。可是我总怀疑,他就是懒。

有一天,他带我们去参观马德里皇宫,皇宫里有件艺术品,上面镶嵌着上百种宝石。

他和我们聊,最开始喜欢哪一块,后来喜欢哪一块,现在觉得哪块石头特别美……那语气,并非羡慕宝石的价值连城,而像一位地矿大学教授,深深热爱着矿物的自然之美。后来我才知道,他爱古玩,舅舅是国内的古玉收藏大家。

另一天,他领我们去参观圣家族大教堂。明明已经到了,硬拉我们到湖对岸拍照。过了一会儿,他开始召集大家,先从教堂的背面开始讲解。那一刻,夕阳正好洒在背面奶黄色墙体上,无数的圣经人物在高迪的神思下,会聚在这座伟大的教堂上,他一点点解说着那些神话故事。他带我们步入教堂内部时,光恰巧从玻璃彩窗洒了进来。我去过世界上非常多的教堂,但没有任何一座,有那一刻圣家族给我带来的震撼大。他轻轻说了句"好好感受",就到正门外等我们了。

后来我才知道,他是个芜湖的富二代,家族做房地产生意,他和太太来西班牙留学,因为喜欢这个国家的艺术,决定留下来。他们在马德里有几家中餐厅,但他并不热爱餐饮行业,只要碰上合意的深度旅游团,就会出马,其实是为了自己再逛一遍博物馆。

有一天我们闲聊美食,聊到西班牙的火腿、吉拿棒、鸭腿饭……他突然说:"不知道这两年有没有虾籽面了?"顿了顿又说,"其实西班牙海鲜饭也很好吃,一整只龙虾,量好足。"

可是,他还是想吃一碗清汤寡水的虾籽面,那是属于芜湖的乡愁。

(陶妍妍,80后,曾出版《谈情说爱》《青少年不可不看的100部电影》等,供职于纸媒。)

金蔷薇

若有所思

文 河

隐 匿

隐匿有种富足感和安全感。

隐匿性的作家有狄金森、卡瓦菲斯、佩索阿等。从某种意义上说,卡夫卡也是。

由于受社会习俗的严格约束,中国古代善于吟诗作赋的女性,绝大部分作品不出闺阁和庭院,在这种强制性的隐匿中,也会有怡然自足的乐趣。当然,我个人并不赞成这种社会约束。李清照是一位罕见的诗词女皇。朱淑真其人存在的真实性,至今仍受到学界的质疑。薛涛、李冶、鱼玄机、柳如是等人,是属于逸出社会习俗之外的那一类,摇曳生姿。今人整理发现,明清女性,尤其是江南一带的女性,创作的诗词数量相当惊人。在当时,她们大多属于一个个相对隐匿的文学后花园。

陶渊明呢,把自己的整个生活隐于田园。

《左传》《列子》等书的作者是隐匿的。我仿佛能看到《金瓶梅》的作者,俯视着后世神魂颠倒的读者,露出满脸得意之色,暗自窃笑。《红楼梦》后四十回的作者仍在和红学家们玩捉迷藏的游戏,并且看来要永远玩下去。

孩子喜欢捉迷藏,隐匿的快乐等同于发现的快乐。最初的生命隐于子宫,最初的人类隐于洞穴。隐,包含着一种原始情结。

我偏爱那类隐匿性的作者,纯粹、自足,他们的生命似乎有着更宽裕的精神空间。

纯　真

很多人都会有身不由己之感吧,你做的有时并不是你真正想做的,你说的有时并不是你真正想说的。久而久之,习惯成自然,人便变得不真了。甚至,就连你想的,也并不是你真正所想的了。

我们容易欺骗别人,更容易欺骗自己。

只有真正的真,才能产生真正的善,才能产生真正的美。赤子之心,体现的就是一种纯然无饰的真。而在现实中,内外如一,是要付出相应代价的,甚至是悲惨的代价。所以,在生活中,能始终保持纯真之心,很难。

所有伟大的作品都是由纯真的心灵催生出来的,如屈原、司马迁、陶渊明、李白、杜甫、苏东坡、曹雪芹……为了求真,托尔斯泰晚年离家出走。托尔斯泰公开表示不喜欢莎士比亚,但和哈姆莱特一样,安娜的心灵始终有一种无法调和的紧张之感。也许可以说,安娜是哈姆莱特的远房表妹。

纯真是一面永不染尘的镜子。

我那清澈细腻的感受力哪里去了?一滴纯真的水珠接触湖面时,刹那间,浩渺的湖心不易察觉地悸动了一下。一缕阳光穿过一颗纯真的露珠时,整个世界一下子变得明亮了。

平　凡

风行水面,雪落故园。

先从匈牙利作家凯尔泰斯·伊姆莱的《船夫日记》写起。这是一本具有大理石般坚硬风格的作品,布满思辨的美丽花纹。奥斯维辛似乎已经慢慢被人类淡忘了,但奥斯维辛却一直在凯尔泰斯的心底述说。即便没有战争,没有其他种种人为的邪恶,苦难还会存在。

人可以通过苦难来升华自己,但我们还是祈求一生平安。没有苦难,是我们的幸运,问题是,我们并不总是安于平凡。能把平凡的生活安然地过下去,实际上是极不容易的。喜新厌旧是人的天性——人只有老得不想折腾了,不能折腾了,对未来不抱任何希望了,才会怀旧、恋旧的吧。

安于平凡,就已经是对平凡的超越了。

从文学上来讲,漂泊不定的杜甫固然伟大,然而,隐居一隅的陶渊明同样伟大。理解陶渊明,需在中年之后。才高如苏轼,也是在中年之后,贬谪黄州时,才成为陶渊明的异代知己的。

是啊,天空这么蓝,难道我们不应该好好活着吗?

读唐人常建的诗歌集,笺评中倒读到另一位诗人杨敬之的两句诗:"碧山相倚暮,归雁一行斜。"念念不忘。

天空暗下来的时候,也是回家的时候。

加缪手记

加缪在其手记中写道:"陀思妥耶夫斯基说,要先热爱生命,再去爱生命的意义。没错,如果对活着的爱消失了,任何意义也安慰不了我们。"

热爱生命,其实就是热爱生活。

但有些人,尤其是年轻的有理想主义倾向的人,恰恰相反。他们似乎只热爱生命的意义,却漠视生命。当青春逝去,他们却又回过神来,对自己已经拥有或即将失去的东西(包括健康、性欲、舒适度、安逸感等),甚至爱惜到了吝啬的程度。他们再也不去热爱生命的意义了,精益求精地经营着自己的小圈子,生活得心安理得、四平八稳。

整个人变得狭隘而浑浊。

孤 独 感

那些具有强烈孤独感的作家和诗人:尼采、卡夫卡、里尔克、佩索阿、齐奥朗、本雅明等等,他们被世界拒绝,但也拒绝融入世界。

孤独感应该是一种舶来的感觉,或者说是一种嫁接过来的现代性的感觉。在近代社会之前,在我们古老的文化感受中,与之类似而又不同的,只是一种人生的寂寞和惆怅。

风 格 化

朋友约我一块儿看郁金香,说有好几百亩。

我说,不去。

不是不喜欢郁金香,是不喜欢风格化。寻常一树花、一丛草,不经意地长在墙角、阶前,这样才最有意味儿。

篱边几丛菊,散散漫漫开着花朵,秋风淡淡,幽香细细。这样的菊,才有风神。园艺师培养各类品种,敲锣打鼓地举办菊展。那些菊花,个个肥头大耳,一副踌躇满志的样子,好像陶渊明发了横财或做了贪官。真无趣。

美女好看,但美女若时刻强调自己是美女——当然,也还好看。

只是,不可爱了。

40岁以后,作为一个男人,看待女性,我觉得可爱真的比漂亮重要。

风格化的事物,到了最后,自身总会变得很夸张。比如,一种风格化的情感,只能用于逢场作戏。真正的情感,如盐融水。比如,父母对子女的关爱。

契诃夫和海明威的短篇小说,相比之下,我还是更喜欢前者。

好的诗文,是不会自我限定的,而是自我生发,在时光中不断舒枝开花,从而超越了时代。比如,《诗经》、陶诗、《红楼梦》。

若有所思

外面阳光明晃晃的,车水马龙,很繁忙的样子,似乎人人各有所去,各有所为。天气变暖,外面已是繁花浩荡了,而室内窗台上的那盆鹅掌柴,也新发了数叶。一枝寂然,翠色欲滴。

独坐书房看莫言的小说《生死疲劳》。莫言的语言总是透出一种民间式的喜乐活泼、尘土飞扬。即便叙述最残忍最严肃的情节时,也隐隐透出一种欢快的气息,一种土生土长的欢快性情。他笔下的荒诞近乎胡闹,是带有民间的戏剧性的。是的,干吗总要那么严肃深刻呢。

很多人之所以严肃,是因为太吃力,不能游刃有余。其竭力显示的深刻,仔细一看,原来只是一种封闭式的幽暗,并没有太大的精神空间。

其实,越是在地狱之中,越是应该笑一笑的。

如今,不喜欢冷僻的人,不喜欢高寒的文。

《圣经》里有美酒、筵席和情爱,但好像总是听不到任何笑声。而《论语》中,春风沂水,其乐融融,是有笑声的(后来的理学家板起面孔,表情生硬,那是另外一说了)。此处也并没有要比较孰优孰劣的意思,只是偶然想起了读这两本书时的不同感觉。

我又想到唐宋词里的惆怅。归根到底,这还是由于情感的宽裕,对这个尘世,因有所爱,所以,才有这种意犹未尽的余绪。若无所爱,便无所感,亦无所憾。

惆怅不同于忧伤,惆怅是微温的。冬天,河面结了厚厚的冰,砸开冰面,冰下的水,并不是想象中的凛然。

美中不足

到了某种程度,美似乎反而成了一种限制。

以前,在文字中、生活中,追求美。现在,总觉得美的前面,还应该有些什么。那些东西,深沉而无言。

陀思妥耶夫斯基的《白痴》中,有个著名论断:"美能拯救世界。"但后来,美的化身、女主人公阿格拉娅却被毁灭了。这个论断,原来是理想性的。

整理书籍,翻出多年前读过的《苔丝》。书页间有很多勾画的痕迹,其中有一句:"生活中能引起他注意且认为有价值的东西不再主要是由于它的美,而是由于它的悲怆动人。"这话是说安琪儿的。现在突然读到,还是一愣。我觉得它说的也是我。

《红楼梦》的续写本中,天下大雪,日暮泊舟,贾政与宝玉相逢。乍一相见,贾政大吃一惊,看宝玉脸上的表情,却是"似喜似悲"。

生活中,有一些境界、有一些时刻,似喜似悲,非喜非悲,亦喜亦悲,超越美,超越语言。

美中也会有着不足。

文学花园

英国文学中的花园,草皮多,精巧准确,带有浓浓的书卷气和一种抒情的几何学,适合恋爱和调情,类似简·奥斯汀小说中的场景。俄罗斯文学中的花园,果树多,粗朴,散乱,面积大,乡土味,一种立体的通风性能极其良好的伦理学,适合约会和求爱,多见于契诃夫、蒲宁的作品。中国文学中的花园呢,花多,无论古典的还是现代的,有两种东西必不可少:假山和水池。曲径通幽,荫翳斑驳,有华丽的私密性,一种生理性的自然主义和美学观,适合相思和偷情,如《牡丹亭》《红楼梦》。至于《西厢记》中的普救寺,当然是一个典型的改头换面的后花园。

女性化的、内向的作家更喜欢描写花园。

猜　　想

现代思想化身的尼采嫉妒耶稣，服膺陀思妥耶夫斯基，对歌德却怀有敬意和温情。卡夫卡对歌德也是。是歌德身上那种古典和现代精神的平衡和谐对他们产生了一种内在的吸引力吗？而这种平衡和谐正是现代人身上所缺乏的。这是我一知半解的猜想。

从《浮士德》和《歌德谈话录》中，我能看到歌德身上有大片的开阔地带。这是现代大多数作家身上所缺乏的。

好的东西

好的东西就像李商隐的诗句所言，"深夜月当花"。一花如梦，于是成了灵河岸上三生石畔的一株绛珠仙草，似假非假，似真非真，让人欲信还疑，及疑却信。

极致的美总是超越理性判断，纯粹是一个生命的渺无边际的感兴。初恋般，灵犀一点，却又只是一个风动影摇的恍惚。比如庄子的《逍遥游》、屈原的《九歌》、王羲之的书法《兰亭序》、李太白的诗、曹雪芹的《红楼梦》。没有强烈如盛夏的光影，却妙色无限，如初春的草色，遥看近却无，纯净得近乎空白，其实一切又都明明白白在那儿，整个春天的繁华富丽尽蕴其中。

惊　　艳

所有让人惊艳的事物，都不可能持续太久。一顾倾人城，再顾倾人国。惊艳中有动荡、刺激，蕴含着某种不安。艳，不易亲近。朴素才能令人不离不弃。惊艳要转入朴素才好。

魏晋笔记小说里的遇仙，开始都是惊艳的，结果一年半载，莫不是思乡情切。天上一日，人间百年。谁知回去一看，却早已是星移斗转，换了人间。

再惊艳的日子，过久了，终是平淡。再惊艳的人，对久了，终是熟视无睹。

开始如同照花前后镜，花面交相映。后来，只是镜子。再后来，连镜子也蒙了尘。

归　　宿

《歌德谈话录》中的场景多发生于歌德的书房或其他私人领地。《卡夫卡谈话录》

中的场景则多发生于卡夫卡的办公室或其他公共场所。我们不妨把这当成一个隐喻：现代知识分子已无立足之处。平稳坚实的心灵基础慢慢出现裂缝，直到走向漫长的崩溃。

卡夫卡说："今天穿得最暖和的只有那些穿着羊皮的狼。"

陶渊明的田园和王摩诘的山水早已丧失殆尽。精神和情感上的大观园也已坍塌荒芜，不复存在。正应了《红楼梦》中那帮小儿女谈禅时所言："无立足境，方是干净。"故而现代精神的实质——对归宿的寻找即是归宿。

爱是一件艰难的事情

曾经读过诗人鲁西西的一首诗，其中有句子："我的村庄啊，无比宁静。这种宁静，它让人慢慢老去。"有点惊心和悲哀。忙中偷闲的阅读，写点微不足道的文字，聊以自慰。我就是这么一个在这种宁静中生活的人。

做一个陶渊明或雅姆式的人，也是好的。但前提是，你要真切地爱上这种宁静的生活。我自问：你是真心爱这种生活的吗？若爱，为什么常有被剥夺之感？

现在，只有俄罗斯小说还能深深吸引我。读托尔斯泰《高加索俘虏》，再一次被托翁的纯净自然打动，有莫名其妙的感动。一个叫季娜的小女孩，太可爱了。

爱是一件艰难的事情——里尔克曾说。我深有感触。对这个世界真正的爱，包括爱这个世界不洁的一面。爱它的美，这很容易。爱它的不洁和丑陋，这需要多么宽广的胸怀和多么巨大的勇气啊！一切人性和神性的伟大都包含在这样一种爱里。

我爱这个世界吗？我爱得还远远不够。甚至还谈不上爱。

极　　端

如果作为一种巨大的心灵力量，极端高贵与极端卑劣都极难达到。这需要把复杂的人性高度浓缩和概括。但做天使要比做撒旦更为容易。天使的背后是整个价值体系在作支撑，撒旦则需要冒天下之大不韪。极端的人物（而不是类型人物），只可能出现在那些强力作家的笔下——莎士比亚、陀斯妥耶夫斯基的艺术世界里的人物，尼采的"超人"。也只有强力作家，其心灵才具有那种伟大的自我分裂。

观　　念

这个世界被各种各样的观念绑架着，绑架得太久了。

然而,世界还是观念性的。

我想到《尚书》上的一个比喻——"若朽索之驭六马"。绳子糟了、朽了,六马奔腾,向"无数个方向飞奔"(福克纳小说中的一个奇妙句子)。

观念即是朽索。

然而,观念却不会"断",永远不会。从人类诞生那一刻起,观念就产生了。

观念更新,更新的观念仍是观念。

说到底,这个世界还是离不开绳子。

(文河,安徽太和人,主要写作诗歌和散文。出版散文集《城西之书》《清晴可喜》等。)

才情第一——从潘军的画说到文人画

唐　跃

进入8月,天热得火,潘军也火。8月的头一天,他编剧兼导演的40集电视连续剧《分界线》在江苏卫视首播,到了中下旬,他的第一部画集《泊心堂墨意》将由安徽美术出版社出版发行。

要说能折腾,而且折腾得很优雅、很漂亮、很像样,潘军绝对是无与伦比的。

原先知道他,因为他小说写得好,堪称中国先锋小说的代表性作家。比如《重瞳》,以项羽心灵独白的方式展开叙述,曾经名列"中国当代文学最新作品排行榜"的榜首。又如《流动的沙滩》,讲述了仿佛不可能同时存在的不同时段的同一个人奇迹般会合的故事,入选"中国当代文学教学研究参考资料"。

后来知道他,因为他的华丽转身,成了红火一时的话剧编剧和影视导演。如话剧《合同婚姻》由北京人民艺术剧院首演,哈尔滨话剧院、美国华盛顿特区黄河话剧团复演,又被翻译成意大利文在米兰国际戏剧节公演。另一部话剧《霸王歌行》由中国国家话剧院首演,参加第三十一届世界戏剧节演出,获得优秀剧目奖。而他自编自导的长篇电视剧《五号特工组》《海狼行动》《虎口拔牙》等,无不反响热烈。我问过他,怎么想起来转身的,他说,不曾转身啊,还是在安徽大学中文系读大三时,就自编自导了独幕话剧《前哨》,获得了全国大学生文艺会演一等奖,比写小说早了不少。

再后来,也就是这几年,不断看到他的画作,并从500多幅作品中选出200多幅,于是有了即将面世的《泊心堂墨意》。前些天,潘军来肥校看画集大样,我再度提起如何转身的话题,谁知他的回答照旧,还是不曾转身。他说,他学画很早,属于从不拜师的自学,初中时为县文化馆画过大幅宣传画,又为剧团画过海报。1975年高中毕业去农村当知青,挨家挨户地去村里人家写生。两年后恢复高考,他报考浙江美术学院,成绩优良,体检合格,但是政审不过关,他的父亲那时尚未摘掉"右派分子"的帽子,他为此难过了一个秋天。算起来,比写小说、编戏剧都要早得太多。

起步早晚并不重要,潘军能够无师自通,在不同的艺术表现领域之间自由穿行,姿势优美,着实有些令人匪夷所思。有人问过他,何以这样多变、善变,他解释说,毕生追求自由散漫。是的,自由散漫的人,往往想到哪干到哪,却不能保证干到哪成到哪,像潘军这样想到就干,干则能成,还要拜才情过人所赐。有好几部电视剧,潘军自编自导不说,倘若哪个角色找不到合适的演员,他也敢披挂上阵,若少了过人才情,谁有这份胆量?在《五号特工组》里,他竟然出演历史人物戴笠。又如《分界线》,他出演一位大夫,还拉上前来探班的吴琼扮作妻子,一副才华盖世、随心所欲的姿态。

还是书归正传,回来读画。

潘军说他追求自由散漫,作画上也留下了明显痕迹。他一不拜师,只是自学成才;二不临摹,只是在很小的时候临过《山乡巨变》等几本连环画;三不在意"术有专攻",不论人物,还是山水、花鸟,没有他不敢画的。

但是,不管如何自由散漫,潘军的画总是可以归类的,比如归入写意画。他的画不求形似,不拘规范,重在表现笔下物象的神韵和内涵,也就是"以形写神",符合写意画的典型特征。即如《横看成岭侧成峰》,不必追究画中景物像不像庐山的某处风景,重要的是,能从这片山水之间看到作者的感悟,以庐山变化多姿之貌,言人生整体局部之理,既是向别人阐释,更是在宽慰自己,透露出获罪之身、终有转机的一丝异样的悲凉。再看《广陵散》,不必追究画中人物像不像嵇康,重要的是,能从这个人物的眉宇之间,看到"龙性谁能驯"的矜持和傲慢。中国文人的狂狷自嵇康始,嵇康死后,阮籍佯狂避世,刘伶、向秀、阮咸被迫入仕,王戎、山涛之流卖身投靠,一代骄子就此分崩离析,奏鸣着令人心碎的"广陵绝响"。

再往后说,可以把潘军的画归入文人画。何谓文人画?近人陈衡恪写过一篇《文人画的价值》,说得十分简洁明了:"即画中带有文人之性质,含有文人之趣味,不在画中考究艺术上之工夫,必须于画外看出许多文人之感想。"由此看来,文人画在两个方面把写意画推向极端:一者,先前说写意画重在表现笔下物象的神韵,与这里说的"必须于画外看出许多文人之感想"意思接近,都指向画家的主观情怀,写意画对此做了充分强调,文人画更进一步,以此作为不可动摇的基本准则。再者,先前说写意画"不求形似"和"不拘规范",这里一不做二不休,索性说什么"不在画中考究艺术上之工夫",在文人的情感怀抱里,"工夫"似乎可有可无了。如此说来,我更愿意把潘军的画归入文人画。你看他画《八大山人》,突出的是朱耷身上那种"遗民"交织"贵胄"的傲骨和不甘;他画《赤壁赋》,强调的是苏子的悠然姿态以及"月出于东山之上"的气氛;他画《人面桃花》,用的则是"第一人称",画家与崔护融为一体,画面上的少女成为画家的回忆,又把画家的感慨直接题写上去,尽情抒发着主观的情怀。

话再说回来,把潘军的画归入文人画,并不意味着他的画果真没有"工夫"。首要的作画工夫是造型,即便是不求形似的文人画,也需要造型基本功作为内里的支撑,先要画得"似",而后追求"不似"。潘军画的那些古代人物面目无从查考,说不好造型准确与否,但他画的为人们熟知的现代人物,如鲁迅、梁漱溟、黄宾虹、齐白石、于右任、张爱玲等,倒是一眼就能够认出来,可见造型能力不差。其次是笔墨,潘军没有拜过师,没有接受过系统、严格的笔墨训练,但他研读广泛,古往今来,莫不涉猎,不仅读经典的画作,也读精到的画理,对中国画的笔墨有了深刻认知。再仰仗过人的才情,把研读的积累转换到画面上,虽然看不出清晰的笔墨师承线索,倒也运笔成风,洒墨成趣,点线纷披,晕染自如。比如那几幅以山水为题材的《笔墨意象》,与其说用笔墨表现山水,不如说笔墨与山水互相表现,甚至不妨说用山水表现笔墨。我们评述文人画的"工夫"时,千万不要掉进陈衡恪挖的深坑,仔细品味他的话,并没有文人画完全不讲"工夫"的意思,只是说"不在画中考究"。那么,为什么不去"考究"呢?因为文人画家缺少系统操练,造型功底和笔墨套路在画上的呈现不那么清晰,又被"才情"所冲淡,所稀释,便愈加模糊不清了。有人用"放浪形骸"评价潘军的画,也是说他才情过人,从而随性扫笔、率意泼墨,恰如明人张陶庵所言:"古来之妙书妙画,皆以无心落笔,骤然得之。"

在先前提到的那篇文章中,陈衡恪还有高见,便是概括了文人画的所谓四大要素:"第一人品,第二学问,第三才情,第四思想。具此四者,乃能完善。"这里说的一、二、三、四,或者都有道理,给出的次序却未必准确。"人品"放在首位,肯定不尽妥当。就说那位董其昌,不仅最早提出文人画的概念,还梳理文人画的脉络,躬行文人画的实践,说到"人品",则要打上一个大大的问号。有些史料形容他"淫奢如董卓",也有铁粉为他鸣冤,但明代万历四十三年(1615年),松江地区发生了轰动一时的"民抄董宦"事件,董其昌怎么也甩不了锅,他在乡里横行霸道,应是铁案。"学问"对于文人画的意义不言而喻,但放在次席,有待斟酌,绝不像"才情"和"思想"那样直接制约画作的风貌。

至于"才情"与"思想"孰先孰后,我以为"才情"的作用更加显著。我常常郁闷,看到许多名家大师表达的思想我也拥有,苦于缺少才情,不能把拥有的思想无拘无束地以恰当的艺术创作形式表达出来。所以我的次序是:才情第一,思想第二,学问第三,人品第四。

我不想捧杀潘军的画,而他才情过人,画里才情逼人,应当是恰如其分的评价。才情过人,换句话说,就是才情横溢,才情多了、满了、胸中存不下了,往外溢出来了,于是成了一幅幅的画,这就是潘军的画。

(唐跃,退休公务员。以前忙于公务的时间,现在用来读点书和码点字。)

一切都是奇迹

程耀恺

我在阿尔维托·曼古埃尔的《阅读日记——重温十二部文学经典》一书中读到毕加索这句非常俏皮的话：一切都是奇迹，一个人在洗澡的时候没有在水中溶化也是一个奇迹。

想想也是，只要你留意，一切都是奇迹。

一个婴儿喝牛奶长大而没有变成一头牛，这也是一个奇迹。

泥菩萨和一群人结伴过河，急湍如箭，猛浪若奔，人一个一个被水冲走了，泥菩萨却安然无恙，这也是一个奇迹。

鸟宿池边树，人居广厦中，忽然狂风大作，雷电交加，人在床上辗转反侧，鸟在巢里安之若素，这也是一个奇迹。

卡西摩多牵着爱西梅拉达的手乘地铁，售票员问：去哪儿？答道：巴黎圣母院。售票员笑了：巴黎多好玩，圣母院没意思，干吗不去热闹的地方偏要去不好玩的地方？这也是一个奇迹。

在泗水边一座古城吃早餐，要了一碗稀饭一块大馍，大馍两块钱一个，结账的时候收我四块，问，为什么？老板说：你不长眼啊，这馍上分明有个印子，不是两个馍难道还是一个馍！仔细一看，才明白，原来在上蒸笼前用筷子在馍的中间轻按一下，一个馍就变成两个馍，这也是一个奇迹。

无论做什么菜，小葱总是少不了的，然而在菜肴的名称里，小葱一直都是隐姓埋名的，唯独跟豆腐掺和到一起，便有了"小葱拌豆腐"之说。小葱终于从幕后直到前台了，这也是一个奇迹。

青梅与竹马结婚后不久,一场车祸夺去了竹马的生命,青梅终日以泪洗面,郁郁寡欢。五年后青梅与大椿再婚,大椿待青梅很好,可青梅心里只有竹马。两年后青梅诞下一子,一点也不像大椿,倒像从竹马的模子里脱出来似的,这也是一个奇迹。

许多地方都喜欢在自己的地名前加上"大美"二字来作旅游广告词,以招徕游客,某天这些地方先后接到宇宙法庭的传票,据说案由是侵权。一打听,原告是"天地",天地有大美而不言,这话讲了几千年了吧,你一个小小的去处,也大言不惭地自称"大美"?于是各地的头头脑脑们聚到一起商量对策,异口同声地说"大美"有什么好的,不如改为更人性化的"好客"。结果一夜间,普天之下,率土之滨,都拿"好客"二字作前缀,好客东山、好客西溪、好客北苑、好客南街……要找一个不"好客"的地方玩玩,还真的比登天还难,这也是一个奇迹。

宠物狗穿金戴银不说,头上簪花嘴上抹红,它有一百条理由看不起素面朝天的流浪狗。二者偶遇,宠物狗便不无讽刺地问道:外面的世界很精彩吧?谁知流浪狗居然反唇相讥:若是脖子上没有那根绳索,你的世界不仅精彩而且高贵。这说明流浪狗也找到一条看不起宠物狗的理由,这也是一个奇迹。

猴子到井里捞月,李白到长江里捞月。猴子一伸手,月亮就破碎了,李白则喜欢完整的月亮,于是人与月一起沉入江底,这也是一个奇迹。

蜘蛛征婚,所有昆虫都避之唯恐不速,唯有蝴蝶鼓动双翼姗姗而来。二者约到咖啡店里相亲,蜘蛛说,你羞花闭月,怎么愿下嫁我这五短三粗的黑三郎?蝴蝶说,相公此言差矣,你是个网络高手,将来的世界是网络世界,你是个巨大的潜力股,我一百个放心。蜘蛛与蝴蝶就这样结为伉俪,这也是一个奇迹。

一个孩子生于富贵之家,请了月嫂,雇了保姆,奶奶、外婆不离左右,四个人伺候一个小皇帝。爷爷、外公自然插不上手,好在二人都是作家,于是爷爷天天记《爷爷手记》,外公日日写《外公日志》。等这小皇帝长大了,《爷爷手记》与《外公日志》都看了,两本书中连妈妈的影子都没出现过,孩子很纳闷,便把二位作家请到一起问:当我来到这个世界上,我的妈妈哪里去了?这也是一个奇迹。

老师给学生上鲁迅的《从百草园到三味书屋》,书上有七八种植物,一个学生举手问老师:皂荚树是什么?老师反问:你说呢?学生说:您没说,我怎么说呢?老师有点窝火:鲁迅没说,我怎么说呢?!这也是一个奇迹。

一位朋友,渭南人,哲学副教授,买了一辆某牌轿车,由八百里秦川到秦岭里兜风,堕岩,吓个半死,恰为巨树兜着。厂家闻讯赶来,赔了新车,付了慰问金,拍了许多照片。大难不死的朋友的照片与毫发无损的车子,都进了汽车厂的博物馆,这也是一个奇迹。

一条小鲫鱼在月光下的水面跳舞,莫名其妙地刮起一阵旋风,把鲫鱼吹到岸边路上,落在一条车辙沟,顷刻成了涸辙之鲋。河里的小鱼小虾们见此突变,不免幸灾乐祸,说:看把你嘚瑟的。小鲫鱼正在暗地伤心,突然听到上游传来哗哗哗的水声,原来是一家化工厂趁夜偷偷向河里排放污水,河里的小鱼小虾们躲闪不及,全都呜呼哀哉了,唯有小鲫鱼躲过一劫。见此,侥幸暂活的小鲫鱼不由得为伙伴们流下眼泪。翌日清晨,一个女孩上学,看到奄奄一息的小鲫鱼,就把它带到小学前面的池塘里。小鲫鱼在池水里游了两下,回过头来,向小女孩说声谢谢,小女孩点了点头,想必听懂了,这也是一个奇迹。

电视台记者到小学采访,记者姐姐问孩子们:谁是你们的感恩对象呢?异口同声答道:爸爸妈妈。又问:爸爸妈妈的感恩对象呢?齐答:爷爷奶奶。又问:爷爷奶奶感恩谁呢?可能因为没有人见过爷爷奶奶的父母亲,所以一室皆茫然。记者姐姐告诉孩子们:老祖宗。这时一个小男孩举手提问:老祖宗的感恩对象是谁呢?这下子轮到记者哑然了。此时那个小男孩还没坐下,怯怯地说:听爷爷说,所有人都要感恩大自然,是大自然中的草木养活了我们人类,是这样的吗?这也是一个奇迹。

小伙子好逸恶劳,就到崂山道士那里学穿壁之术。经过练习,穿越率高达百分之百,毕业。回到自己居住的小县城,盘算何不偷一次银行金库,好买房买车娶媳妇。等到夜深人静,伸头施行穿壁术,却被弹了回来,头破血流,仰卧于地,隐约听见墙壁开口把话讲:你只学会穿越土墙、砖墙、混凝土墙,此处是铜墙铁壁,你火候不到,活该。这也是一个奇迹。

村中有位大仙,四处为人捉鬼,收费。有个叫凡人的同村青年问他,途中若遇鬼,如何驱赶?不说。凡人设酒杀鸡作食,大仙乃告知:遇鬼,只念"黑糊喧天放光明"咒,鬼便退避三舍。是晚凡人装鬼,伏在麦地里,大仙由邻村捉鬼回。凡人撒了一把沙土,大仙口中念念有词:黑糊喧天放光明,黑糊喧天放光明……又撒沙土,又念咒。凡人猛然站起,缟衣茹藘,大仙三魂吓飞两魂半,拔腿便跑。凡人则穷追不舍,直到大仙气绝倒地。乡人传说,两把沙土要了大仙命。这也是一个奇迹。

一棵石榴树结了一辈子石榴,虽然籽大味甜,却默默无闻。树的主人为它抱不平,于是悄悄把石榴都摘下了,再把野葡萄挂满一树,拍了照片,配上"石榴树上结葡萄"的醒目标题,发到网上。于是,点击率飙升,参观的人更是络绎不绝,石榴树一下子成了网红,树主生意兴隆。这也是一个奇迹。

一家子,大女儿到美国读书,嫁给一个美国人;二儿子到英国上学,娶了一个英国媳妇;三女儿到俄罗斯留学,嫁给了一个俄罗斯人;小儿子未婚,去普罗旺斯看薰衣草,在花丛里遇到一位姑娘,两人一见钟情。人家法国人脑子里没有票子车子房子这些概念,只在意家庭背景,一问方知,中、俄、英、美都有了,单缺一个法兰西,于是说:好啊,舍得一身剐,敢把联合国请进家。这一家子的老爸乐了,看来这秘书长之职,舍我其谁!这也是一个奇迹。

一个人穿了隐形衣在大街上散步,夜色迷蒙,人影散乱。渐渐地人影稀少,再往后,人迹全消,只剩下穿隐形衣的人独往独来。这时街上的摄像头们松下一口气,谢天谢地,平安无事,我们也可以打一会儿盹了。这也是一个奇迹。

为了写《断桥的虚与实》,一连好几天我都在白堤那一带转悠,忽遇一青衣女子向我施礼,我问:有什么需要我帮忙的吗?那青衣女子说:老伯家里养了仙草吧?我问,何以知之?她说:从你身上的气味推断出来的。我只好如实相告,确实养了两盆霍山石斛。青衣女子说:我家相公许仙急用,来不及远涉万里去昆仑盗取,先就近向老伯借用一株,大恩不谢了。话音刚落,倏尔远逝,内心不免怏怏。晚上回到外东山弄,推门一看,窗台上两盆霍山石斛,兀自少了一盆,想必已为那青衣女子取走,心下暗喜,救人一命,胜造七级浮屠。这也是一个奇迹。

骑车在霍邱城西湖的大坝上夜行,月黑风高,一只老狼尾随而来,我走狼走,我停狼停,吓得出了一身冷汗。蓦然记起手电筒,一按,夜幕下就出现一根亮闪闪的金箍棒。于是洋洋得意继续骑车,狼则小心翼翼地跟着。我累了,跳下车,按手电,似在摇晃金箍棒,狼见状,急退百步。再骑,再停,狼始终不敢近前,直到有人烟处,老狼叹了一口气:好狼不跟人斗。说罢,一去不复返。这也是一个奇迹。

据《杂草的故事》(〔英〕理查德·梅比著)介绍:1964 至 1971 年,美国向越南喷洒了多达 1200 万吨的橙剂。臭名昭著的橙剂是一种混合物……被用作落叶剂。美军使用橙剂是为了让整片雨林树叶尽落,从而使越共的部队无处藏身。这一行为可害苦了大量越南百姓,并且已经被《日内瓦公约》所禁止。……40 多年过去了,这片森林没能从当年的破坏中恢复过来。当年生长着茂密雨林的地方,如今只有一种叫作丝茅的坚韧草类。丝茅是东南亚森林一表植被的组成之一。每当树木落叶,丝茅便会旺盛地生长一小段时间……当越南的森林因为被喷洒橙剂料而永久性落叶后,丝茅便疯狂地长满了整片林地。人们一次又一次地焚烧丝茅,却似乎只是一次又一次地助长了它们的长势。人们尝试在这片土地上种植柚木、菠萝甚至是强大的竹子以遏制丝茅,却一次次地失败了。于是丝茅不出所料地被当地人称为"美国杂草"。最近丝茅躲在美国从亚洲进口的室内盆栽的包装里潜入了美国,如今正在美国的南部各州肆虐。作者说:不得不说这种复仇颇有些诗意。我却以为,这也是一个奇迹。

(程耀恺,图书阅读者、散文写作者、草木爱好者。从科研单位退休,现居合肥。)

散文是一种"挂霜"的文体

潘小平

散文是一种"挂霜"的文体，比起其他文体来，它在审美上，更倾向于简净与深刻。

对于现代通行的四大文体——诗歌、散文、小说、戏剧，我个人一直有这样一种观点：那就是诗歌、小说和戏剧，都是直接移植于西方文体，与中国传统意义上的诗歌、小说和戏剧，不仅在理念上，而且在审美内涵上也有着明显的断裂，唯有散文，与古典散文一脉相承，在审美经验和审美意趣上，保持了与中国古典散文的延续性和一致性。散文是四大文体中，唯一没有中断传统的文体，虽然现代散文以白话文取代了文言文，但与古典散文相比较会发现，它的审美要素并没有改变——现代散文对气息、气韵的要求，对深远意境的追求，对简阔美学的偏好，都属于古典散文的范畴。中国的文学传统，最早来源于文章传统——中国古代，是文史哲不分家的大文学传统，无论是老庄、孔孟还是《左传》《史记》，提供的都是深远简净的审美意象，追求的都是一种沧桑和辽阔。

这就是为什么我说散文是一种"挂霜"的文体——散文天生需要凝结，需要沉淀，需要提炼，需要结"霜花"，需要有"秋气"。所谓"秋水文章不染尘"，说的就是散文。它与诗歌正好处于人生的两端：如果说诗歌是少年，可以热泪滂沱，可以热血澎湃；散文则仿佛是人到中年，有了感触，有了历练，除净了浮丽和火气，"满目绚烂"都"归于平淡"了。散文不但不再需要激情，它甚至也不再需要抒情，在中国的文章传统中，散文从来就不承载"抒情"的功能，此所以苏轼《后赤壁赋》"江流有声，断岸千尺；山高月小，水落石出"融情于景，归有光《项脊轩志》"庭有枇杷树，吾妻死之年所手植也，今已亭亭如盖矣"寓情于物，就是这个道理。

这之后才有所谓的"现代散文"，而此前很多年、很多人，虽然使用白话写作，但本质上仍然是古典散文——追求清劲、阔远,讲究意味悠长、气韵生动。读一读孙犁、汪曾祺的散文,杨绛、黄裳的散文,甚至杨朔、秦牧的散文,就知道他们如何在文字与审美上,完整地承接了中国文学古老的文脉。我的散文当然也属于这一类散文——与以周晓枫为代表的新生代散文肆意穿行于感觉与冥想之间,文字中充满了对"传统范本"的挑衅和背叛,属于截然不同的审美范畴。所以我所谓的"散文是一种'挂霜'的文体",也仅仅表达了我对传统散文的个人化理解,新散文文本中,不是已经有"语瀑"出现了吗?

(潘小平,安徽省散文随笔学会名誉会长,安徽大学兼职教授。出版散文随笔《季风来临》《北方驿站》《前朝旧事》《读书的女人不会老》《无用之用》等,报告文学《一条大河波浪宽》《大别山上》,历史小说《翁同龢》。担任《皖赋》《潮起江淮》《惊涛》等多部纪录片、专题片撰稿。作品曾获中宣部"五个一"工程奖、中国电视专题奖、中国优秀纪录片奖、安徽文学奖等。)

日常生活（组章节选）

崔国发

拔 萝 卜

其实我们早就有了拔的念头。

萝卜是萝卜？泥是泥？

拔是一种动作。拔，让萝卜的真相大白于天下，让普天之下的庄稼，都了然知道：萝卜与泥，究竟构成了什么样的关系？

一切并非在我们的预料之外。

拔起萝卜，带出泥。

齐刷刷的一片，或者更多。

形而上：长出地面的，是一些斑驳的叶子。

形而下：萝卜就存在于泥土中间，它们陷进坑中已经很久了，只是你未及时发现——

红萝卜，青萝卜，白萝卜。

它们纠缠在一起，非关涉爱情；它们不离不弃，也只是相互利用。

你说，还有什么样的事情，不可能悄然发生？

拔出来！萝卜，守着难言之隐，

你无法想象，它们是如何躲藏，潜滋暗长，迷失于自己伸展的根系。

周围的土已经松动。

不要以为别人容易被蒙蔽,拔了萝卜,窟窿在——

拔的动作,让曾经不可一世的萝卜不寒而栗;让曝在阳光下的泥,有根有据。

它们也万万没有想到:阳光,谁也不能逃离,它目力所及的犀利。

一定有许多公开的秘密。

沙地里拔萝卜,一定要拔得干净利索。

如果我们像跛子一样地歪扯,就会给萝卜的侥幸逃脱,留下一些可乘之机。

切 洋 葱

一刀切下去:鼻翼,在洋葱的内心里,找到了至真至浓的气息。

裹紧的灵魂,一层一层地出窍。

甚至来不及躲闪——

一种激情,在骨髓的脉跳里释放出,咄咄逼人的能量。

该怎么切呢？

打开岁月的痛与伤。我已习惯了,它的清白与隐藏。

一刀,又一刀地切开:

洋葱块,洋葱片,洋葱丝……不只是解构出的事物的碎片,不只是自我包含,

我看到了,洋葱内部的深层结构,

并且找到了,心灵敞开时,留下的那一道诱人的切口。

切开来了:一点点地融入,它的味道弥漫,

无论是鼻子发酸,还是呛出的眼泪,都是因为爱,因为深深地呼吸,

因为深处最真实的秘密,

或苦与难。

切开来:我已经领教过了,它的辛辣,它的内敛,以及在最本真的展开中现身的此在。

即使是叶烂皮干——

那颗心,也不会死。

剥 竹 笋

大千世界有许多假象,竹笋可算是一种。

从一开始,它们就把自己隐匿得很深。

埋伏在地下的根,一旦暴露在地面,便立马显现出虚伪的本质。

一层一层地剥:皮,还是皮,以及它们所包藏的肉身。

我不明白,嘴尖的竹笋,

它们何以如此热衷于包装,打扮,虚荣,然后把自己拔高成一个个

饱学之士?

腹中空空。

现在你已经看清楚了:剥竹笋即是在做一道道减法。

剥竹笋,其实就是一个打假的过程。

一瓣一瓣地剥:皮再厚,也只能被我们剥得

体无完肤。

或许,这就是竹笋的宿命。

(崔国发,中国作家协会会员。著有《黎明的铜镜》《鲲鹏的逍遥游》《黑马或白蝶》《审美定性与精神镜像》《中国散文诗学散论》《散文诗创作探微》《诗苑徜徉录》等多部作品。)

室生幽兰（外一章）

陈 俊

一小节誓言,忍住巅峰的寂寞,才能把香气竖直。

现在,要放开微笑,只对一个人。

要一种天真的状态,要一种封闭的完美。

她是含羞的,又是热烈的。

充满房间的指肚,丝绸般柔滑。

抚摸,植物的眼神。陶醉,植物的爱。含蕴,无言。

那么长情地瞄了你一眼,电光石火,就劈焦了你的春衫。

有别于谄媚。一盆低调的兰草,在室内竖起一丛小小的静,小小的雅,小小的洁。

在疫情肆虐日子里,久困室内,一个开出幽香的身体,必然清除了杂念。

也一定藏着不为人知的快乐和忧郁。

其实在一个小范围,在一隅,她是低调的知足的,也是张狂的不羁的。简单而偏执,清雅且锋锐,安静又绵长

——坐禅顿悟,直击菩提。

——本自具足,不少欠缺,不假外求,不可增减,不用修为。

平庸的恐慌

久处兰芝之室不闻其香,那不是忽略,而是适应。

春天是短暂的,快乐是短暂的。

越香烈浓郁越要舍得耗去生命的精华。

平庸的恐慌,不可控制地朝自己的香气里陷落。

这不仅是警示。也值得警惕。

绽放不都是欢喜,也有凄凉。

绽放需要不断耗尽真诚。

因为真诚,断了后路。

一份藏匿于心的是割舍。

或许是一种痛苦,或许是一种希望,或许是真正的绝望。

(陈俊,曾获第四届中国曹植诗歌奖。已出版诗集《无岸的帆》《体悟本真》,散文集《静穆的焚烧》《风吹乌桕》,散文诗集《行吟与雕冰》《杨塘纪事》。)

生锈的钉子（外一章）

胡世远

从朽木上拔出一根生锈的钉子。

仿佛昨天的风，正刮过地上的落叶。那木头之上，敞开的空洞似乎在等待什么？是时间久了，还是野草忘记了我，突然间就变高了。

高悬的玻璃映照出影子，在明亮之中，在玻璃面前，你我都是透明之人。

高举着一面镜子前行。照见道路，善意地提醒别人。

随时随地看清自己的嘴脸，至于能说出来的和无法言语的，在时间里重复，滴水穿石般磨砺自己，给此生一个清晰的交代，在空气中。

用熟悉的身体和轻盈的灵魂。

用一种无所不能的信心作为支撑，然后拒绝借口。

鸟儿的心思如同我们的隐藏之物，来自陌生而遥远的天空，带来振翅的声音。我们经常在梦中，被如此不甘屈服的欲望叫醒。

一根生锈的钉子，就在眼前触手可及。

随手拿起它，不，准确地说，是它在牵引着我。

关于去处，成为纠结的话题。

最终，一枚钉子用它的锈，赦免了我。

腐烂与回声

流水继续着它的行程。

被时间吞没的，除了时间本身，还有爱和徒劳。

现在，你我只是生活的影子。

为一切可能的存在而存在，即便是颗流星，也要闪烁在夜空之上，至少我们留下了足迹。当失去成为生活的一部分，无法逃避的节奏，像只惊慌失措的麻雀。

它不是礼物。

一直在流淌。从那个故去的人的眼角，在我看来，这泪水就是海洋。

水鸟带来日子的声音，石头上的水滴，像汤圆一样，发着光。

树叶摇晃，仿佛刚从梦中醒来。

幻想着余生，会遇见更加美好的事和更加心仪的人，显然这极有可能。曾经的经历早已化作持久的爱，一盏很长时间不亮的灯，获取无垠的未来。

明亮的花园里，同样可以装下许多光明的事物。

一枚硬币的两面，代表着不同的命运。这也许是我，正在快速地旋转，而今，恐惧和猜疑不复存在，为了一切造物的和合共生。

这世界多么安静，我们把自己，交给风。

（胡世远，原籍安徽霍邱，现居沈阳。曾获中国曹植诗歌奖一等奖。）

安排一场大雨为我接风洗尘（外一章）

潘志远

路上天还好好的，一到黄山就大雨倾盆。

这是它的盛情和好意吗？

想我一个普通的游客，没有来头，没有靠山，没有谁提前打一个招呼，没有一个小小的包裹，完全是随心所欲，甚至连天气预报都没关注，就冒冒失失地来了。

没有占卜日子，查看皇历。

没有一点准备，只临时几个人结伴。

年过半百，两手空空，只带来一腔游兴。

不像是慕名而来，更不像是专程。

是专程的节外生枝。

是慕名的心猿意马、鬼使神差。

……还带着西递浓烈的村味，黄山没有嫌弃和怪罪，不由分说，就安排一场大雨为我接风洗尘。

够意思了。水墨黄山更有水墨气息。

够好客了。妩媚的黄山，因为云雾缭绕，变得更加妩媚。

干燥为之一扫，暑热为之一扫，疲惫为之一扫，先前对老天的怨怼为之一扫……

松、石、泉都像是新的，墨迹未干。

画，尚未完成，云，还在东一笔西一笔地添着。

人也在添着，远超过栩栩如生。

天仙下凡，你仙袂飘飘。

我一身道骨。

仿佛是应邀前来,与仙人对弈……

白马大峡谷

漫山绿色植被,是山的裙裾吗?

被风吹拂的刹那,我看见了山的肌肤:一抹黄色,表明它们是华夏后裔、炎黄子孙。

峡谷是脉络,潺潺的清泉是流淌的血液。

血液哗哗,唱响一首古老的生命歌谣。

裸露的山岩,是山的骨骼。

不朽的骨骼,坚挺着山永不坍塌的脊梁。

此刻,暮霭沉沉,山色隐隐,远处山口一星微弱的灯光,牵引着我的归程。

一步一个脚印下山。在山的怀抱,山伸展着绵亘的胳膊,一路护送,生怕我有什么闪失……

山风拂面,我依依不舍。

山泉洗耳,我恭听万籁之声。

(潘志远,安徽宣城人。作品散见《文苑》《青春美文》《青年博览》《辽河》《作文新天地》等,曾参加第十四届全国散文诗笔会。)

庐州·古城谣(组章节选)

丛林嘟嘟

1

合肥,古称庐州,因淝河而得名。

千帆过尽,朝代更迭,这座具有 2000 多年历史的古城,始称于隋朝开皇三年(583 年)。它以"三国战城,包公故里"闻名于世。

30 年前,第一次出远门,便是走向这座心中的古城。而后,我一次次抵达,一次次离开;一次次离开,又一次次抵达。

岁月的渡口,芳草萋萋。

离开这座城,记忆的年轮绕了一圈又一圈,仿佛又回到了原地。

这一次,是抵达,亦是心灵的回归。

2

春去秋来,太阳从远古的南淝河、东淝河上慢慢升高,岁月见证,淳朴的庐腔激活了沉寂的三河古镇。

沸腾的早晨和人声,静谧的一人巷,令我产生幻象。沿着青石板铺成的古街巷,抚摸斑驳苍老的墙壁,我似乎来到了一处熟悉的陌生之地。

站在三县桥,远眺白墙青瓦,听万年台飘来的庐剧《十八里相送》,我知道自己是真的到了庐州了!

古河,古桥,古巷,古战场,小桥流水人家,诗意在清澈的河面抛出一道漂亮的弧线时,我已置身于河面画舫之中。

3

仿若时光逆流。古老的庐州一派世外桃源风光,男耕女织,青衣小生,和谐质朴。春花秋月,所有孕育的情感以纯净自然的方式,抵达夏季的八百里湖天。

岁月悄无声息,如你所见,张集乡刘河湾的两株中堂牡丹,穿越了160余年的光阴,演绎了花王和王后的传奇故事,它们一株叫魏紫,另一株叫姚黄。

春天总会有两朵相似的花儿翩翩起舞。

通往春天的路径还有桥头集爱情隧道。

第一眼看见它,就想在那儿停一会儿,拍拍照,沾点儿小幸福。

春花凋零,轨道锈迹斑斑,但不妨碍走近爱情隧道的人,都有一个幸福的前程。

(丛林嘟嘟,1988年开始发表诗歌,作品散见于《作家天地》《散文诗》《散文诗世界》等刊物。)

八斗岭

一个父亲的抉择

张子影

这件事,过去40多年了,父亲一直都不让我说。但每年一到黄沙季,我和母亲都会想起。

事情发生的那年,我才7岁。

那一年,我和母亲跟着当飞行团团长的父亲换防到了一个新机场。从富庶温暖的杭州到了荒凉的西北,环境的巨大落差,连我这个小孩子都深有感触。这期间发生了太多的故事,有些是我知道的,还有更多是小小年纪的我完全不能了解,也更谈不上理解的。这里原是个停用的训练基地,因为战备形势的需要,紧急恢复使用。机场条件很简陋,除了必要的战备设施之外,营房后勤各方面的基础保障能力都处于逐步建设状态。飞行员们住的家属院,是一幢苏式的办公楼改建的,每层都是里外两间的套间,房间里没有上下水,也没有厕所和厨房,公共水房在每一层的尽头,水房内水池的水台很高,窗子也很高,有宽大的阳台和走廊。这座办公楼中间高两边低,像一架伸展着翅膀的飞机,所以,我们都把这幢家属楼叫作"飞机楼"。

现在回想起来,那天整个事件发生前,我好像有预感,因为那天一大早,我就跑到飞机楼前的大杨树下,仰着脖子看树梢。

当团长的爸爸带领飞行员们驾驶新歼击机去高原执行轮训任务,去了一个半月,今天要转场回来了。

　　妈妈三天前就在家大搞卫生,她先是把大床小床上的铺盖枕头全都拆洗了,换上一套干净的,又指使我和姐姐把家里里外外打扫了一遍又一遍,地上洒了水,扫得纤尘不染,窗子擦得像没有玻璃,桌子、凳子、柜子、写字台等,所有家具台面都用加了消毒剂的水擦洗了一遍,弄得家里到处都是消毒水的味道。

　　我和姐姐对妈妈这样的举动见惯不怪了,家里的卫生是三天一大搞,两天一小搞。这还不算,只要爸爸外出飞行一段时间不回来,在回家之前,妈妈一定会再大做一次清洁。

　　飞机楼的阿姨们早都得到消息了,家家门窗大开,户户窗明几净,都在等着自家的飞行员亲人们回家。

　　妈妈显然也在等爸爸,一早起来打开门后就一次又一次地看天、看温度计。

　　快到正午了,已经到了爸爸返回的时间了。我的心里感觉到阵阵不安,说不清这种感觉是怎么来的,桌上的电话还是一声不响,机场上空也悄无声息。

　　姐姐早早去了机场的外场,她是准备在那里第一时间迎接爸爸的。此刻我看着她用一种慌张的姿态飞快地向飞机楼跑来,她的小辫子都跑散了,边跑边大喊:"妈妈,妈妈,不好了,气象预报说突然要来大沙暴,好多人都到机场去了……"

　　电话铃声突然响起,妈妈一把抓起电话,我站在门口都听见了电话里一个很大的声音:"陶医生,有紧急情况,机关全体人员立刻赶到机场待命。"

　　妈妈大声答道:"是!"

　　放下电话,妈妈迅速穿好军装,戴上帽子,回身拎起书柜上的医药箱,就冲出了家门。

　　几乎在妈妈出门的同时,我看到,西边的天,一大块灰黑色的浓云压了过来。要下大雨了,妈妈没带雨衣,我抓起门后挂着的雨衣,跟着追了出去。

　　刚跑出大门,迎面就感觉到一阵风呼地刮过来。起风了,风在地面上瑟瑟游走,画出一个个小圆圈,卷起地上的落叶沙沙响。风里还带着沙,扫在脸上麻麻的。西边那团灰黑的浓云沉沉地压了过来,天空变成了奇特的金黄色。

　　我抱着雨衣,抄近路跑到机场边。这里是通往机场指挥区最近的入口,一道铁丝网把机场内外场隔开,路口有一个草绿色的木制岗亭,站岗的哨兵叔叔有枪。果然,我还没有接近岗亭,那个背着枪的卫兵就走了出来,向我伸出手,做出制止的动作。我站住了,心里有点害怕。

外场是大片空旷的野地,风大了,阵阵狂风卷起沙石枯草,让人睁不开眼。我正在着急,一辆白色的救护车快速驶来,在我身边停下了。

车门开了,妈妈在车内向我招手:"快上来。"我马上上了车。

救护车内还坐着好几个穿白大褂戴白帽口罩的医护人员,我认出了常给我看病的梅医生。车内人人静默,妈妈低声叮嘱我,到了机场不能随意走动,一切行动要听指挥。我当然是明白的,就频频点头。

救护车迅速向机场里开去,路上越过了大小各种车,径直开到塔台前停下。

塔台下站着几个手拿望远镜的空军军人,都戴着袖标、胸牌,一个戴袖标的人打开车门,检查了车内人员,除了我,给大家每人发了一个胸牌。

团政委从车前匆匆走过,妈妈跳下车就奔向他,我紧跟在妈妈身后。

"吕政委,现在什么情况?"妈妈大声问。

"沙尘暴突然来了,团长他们的飞机马上要回来了。"吕政委迎上来大声说。

"气象分队之前没有预报到有沙尘暴吗?"我能听出,妈妈的声音很焦急。救护车上的分队长也下来了,又有几个戴着军帽的人过来,吕政委向大家简要说明了情况:气象分队之前做出的预报,沙尘暴是在另外一个区域形成。但是两个小时前沙尘暴突然转变了行进方向,就现在的情况分析,风暴的中心或者次中心很有可能会部分经过本场。由于沙尘暴的风速和风向会随时变化很大,难以估计准确到达的时间,因此,很可能还会提前抵达。

"能不能转去备降机场?"一位戴军帽的中年军人脸色严峻地问。

"来不及了,我们飞机的编队在航线上就遇到了风暴,为了避开云团已经绕行了。沙尘暴来势快,变化也快,后面航路上的情况不明,再转场油量也不够了,现在最好的选择是尽快落地!"

听了他们的话,我的心紧张地咚咚跳起来。

我和妈妈站的位置是在塔台门前。塔台是机场的指挥中心,一共有四层,从一层到三层都有巨大的落地窗,里面有各种气象通信雷达设备,三层是指挥室,室外有个半圆形露天瞭望台,塔台最顶层上架着雷达天线和风向标。这会儿那只红色的风向标正在飞快地旋转着。

天空中响起一阵可怕的呼啸声,风力更大了,天色从金黄转成了灰黄。

几个戴红袖标的军人，边跑边挥动小旗子喊着："沙尘暴要来了，大家快到屋里去！"

我和妈妈跟着大家进到塔台三层一侧的休息室，休息室正对着指挥室，里面的说话声、电讯铃声听得一清二楚。今天的指挥员是赵副团长，他守在控制台前，头戴耳机，手持话筒，正在连续下达命令：

"全体注意，我是指挥员03，各就各位。"

"通知民航，让出空域。"

"七分队，所有人员坚守各自岗位，配合完成编队转场任务。"

"一分队，每分钟通报一次天气情况。"

"气象报告，云团正在聚集，本场现在风力5级。预计沙尘暴中心风力会达到7到8级。"

"各部门注意，检查跑道，准备接机。"

透过指挥室的大玻璃窗，我看到，随着指挥员发出的命令，机场内的人们都在快步奔跑。有好些车辆：红色的消防车、白色的救护车、棕色的牵引车、绿色的云梯车、大卡车、小吉普车等，分别从几条道路上过来，飞快地朝一个方向开去。

天色又变了，灰黄色的天空变成了深褐色，好像是谁在天上罩了一块无边无际的厚重的幕布。风越来越大，越来越狂，一股股狂风接二连三地全都打着旋来去，卷起的阵阵黄沙密密匝匝地打在脸上，生疼生疼，听得到屋顶和窗子被打得噼啪啦地响。远处的戈壁上腾起阵阵黄色的烟雾，烟雾越升越高，越来越多，不断地向空中飘散，天地间渐渐变得混沌不清了。

报告声清晰地传来："气象报告，沙尘暴中心距离本场80公里，预计12分钟经过本场！"

还有12分钟沙尘暴就要来了！我不敢吱声，听见自己的心像擂鼓一样使劲跳起来。

"报告：第一架飞机已经临场，高度4000，速度480。"

"03收到。"

话音刚落，天空中传来了飞机的轰隆声，只见一架银色的飞机穿过厚厚的深褐色天幕，突然出现在机场上空。那么熟悉的姿势，那么熟悉的飞机身影，我毫不迟疑地猜出：是爸爸的飞机！

果然，指挥员赵副团长手持的话筒里传来了爸爸的声音："03、03，我是201，我进场了。"

　　201正是爸爸的飞机代号，这是爸爸的声音！爸爸回来了！爸爸是编队的带队长机，他当然是第一个回来的！

　　我和妈妈冲上了半圆形的瞭望台，这里已经站了很多叔叔，大家都既紧张又关心地朝天上看着。妈妈用手捂住了嘴，我拼命地向着空中挥手："爸爸——爸爸——"我希望爸爸能早点看见我，快点平安落地。

　　指挥室里传来赵叔叔的声音："201，我是03，我看见你了，跑道已经准备好，你可以降落，可以降落。"

　　赵叔叔的话筒刺刺拉拉地响着，可是这几句话我听得很清楚。我在心里说：爸爸，快点降落下来吧，我和妈妈都在这里等你，沙尘暴马上就要来了呀！

　　爸爸的声音又响起来，这声音听起来时断时续："空域情况复杂，能见度不好，编队通信可能有状况，我暂不降落。重复，报告03，201暂不降落。"

　　什么？爸爸不降落？为什么啊？我的心一下子揪起了，揪得好痛好痛。身边的妈妈也一下子抓紧了自己的手。

　　赵叔叔对着话筒说："03明白。编队注意，编队注意，我是指挥员03，本场空域情况复杂，由03和201共同指挥。"

　　气象连续在报告："沙尘暴中心距本场70公里，预计还有不到10分钟经过……"

　　空中响起了一阵飞机声，又一架飞机穿云而出。

　　"204请求降落。"这是另一位叔叔的声音。

　　"204可以降落，高度、速度……"赵叔叔发出了一系列指示。

　　"204左转45度，对准跑道，注意左侧大侧风。"这是爸爸的声音。

　　在爸爸和赵副团长的共同引导下，这架飞机顺利地在跑道上落下。

　　狂风呼呼地响着，也就是一眨眼的工夫，仿佛有一只看不见的大手，突然关闭了天空中的开关，天地间一片昏黄，满眼都是黄沙，几步之外就看不清了。在那一刻，小小年纪的我突然明白了：天气变得这么坏，在空中的飞行员叔叔们很可能根本看不到跑道，在塔台指挥的赵叔叔也看不清天上的飞机，无法正确指挥，所以爸爸放弃降落，放弃个人的安全，停留在空中做小半径盘旋，为的是在空中协助地面塔台的赵叔叔，共同指挥、引导其他飞行员叔叔安全降落。

可是，沙尘暴已经越来越近了，爸爸越晚降落，危险就越大。

穿过40多年的岁月云烟，我依然能看到当年的我，看到当年迎着狂风站在塔台上，流泪不止的我，还有我的母亲。父亲在我们的头顶上方，我们看不见他，但他的声音清晰可闻。

爸爸的飞机在天上盘旋着，指挥室里响着他和赵叔叔的声音。在他们的指挥下，又有一架飞机安全降落在跑道上。地面上等候着的机务叔叔们立刻开着牵引车上前，把飞机拖离主跑道，固定在机窝中。

黄沙已经完全把机场遮盖了，天像是倒扣着一口厚厚的黄沙铸成的大锅。十几米之外就什么也看不见了。我看不见爸爸了，但我知道，爸爸的飞机还在空中盘旋，因为我不断听到爸爸发出的一系列指令。爸爸的声音还是那么镇定，那么清晰，像平时的晚上坐在桌前跟我聊天。

又是一阵轰响，最后一架飞机来到了机场上空，话筒里传来的是齐叔叔的声音，齐叔叔就住在我们家隔壁。但我根本看不见飞机，当然飞机上的齐叔叔也看不见跑道，因为机场已经完全被尘沙淹没了。

爸爸平静清晰的声音再一次响起，他给出了明确的方位和速度，齐叔叔按照爸爸的指令落了下来。落地后齐叔叔并没有停下，他操纵着飞机一直滑出了主跑道，直接将飞机滑进了另一侧的备用跑道上。

我知道，齐叔叔这么做，是最大程度上节约时间，因为再用牵引车将飞机从跑道上移开已经来不及了。爸爸的飞机必须马上降落。

警报声刺耳地响起来：

"沙尘暴2分钟后到达本场……"

天哪！

妈妈的脸瞬间变得雪白，她满眼是泪，紧紧盯着天空。但什么也看不见，狂风嘶吼着，天地间已是黄沙漫卷。赵叔叔大声说："201，我是03，本场即将关闭，请立即降落，立即降落！"

话筒里没有应答，只是回旋着怪异的风声。静了有三五秒，突然我听见了身边发出一声声嘶力竭的呼喊：

"茂泉，回来……"是妈妈！是妈妈在喊爸爸的名字。

我的泪水瞬间再次夺眶而出，我跟着大喊："爸爸……"

那一刻,我相信,我和妈妈使出了毕生的力气,我们要爸爸听见!我们在这里等他回家!

我们的喊声刚出喉咙,就被狂风吹散了。几乎同时,空中传来一阵轰响,响声越来越近,越来越大,一架飞机突然在视线里出现,没有做常规的拐弯减速,机头正对着跑道,低低地直接降落下来。速度那么快,飞机落地后直直地向前冲去,眼看就要冲到跑道尽头了,众人正要惊呼,只见飞机尾巴上啪地冒了个泡,弹出一只伞花,原来是爸爸放出了减速伞。飞机的速度马上减了下来,紧接着,爸爸应该是按下了急刹,只听一声响亮的刹车声,轮胎爆出了火花,飞机再次减速,终于在跑道尽头停住了。

几乎所有人都冲了出去。早已等候一旁的机务人员一拥而上,将飞机拖至安全的地方。吕政委跳上一辆吉普车,直接将车开到飞机肚腹下,将出舱的爸爸接上。车子马上就开动了,他们身后不远的天边,滚滚的黄沙黑压压的,铺天盖地追过来了。

当飞机在跑道尽头停下时,我觉得身边突然空了,转头一看,只见妈妈一下子坐在地上。她双手捂住脸,嗷嗷地大哭起来。

那天晚上,我爬上了飞机楼的平台,站在上面看了很久。我看着高远的天空,看着远处一望无际起伏的戈壁滩,心里明白,雨和雪藏在天上,而沙尘暴,是藏在戈壁里的。

沙尘暴过去了,这个晚上好像格外平静。更奇特的是,窗外的天空格外明亮,一轮白白的大月亮挂在大杨树的树梢,把家里照得很亮,也把窗前爸爸和妈妈的脸照得很亮。

不知什么时候,妈妈把头靠在了爸爸肩上。他们一起站着,静静地看着窗外,看窗外的月亮,看飞机楼人家的灯光。

几十年了,这幅剪影依旧深深地留在我的脑海中。

(张子影,军旅作家。已出版长篇文学作品《试飞英雄》、《洪学智》(上中下)及《跨过鸭绿江》《飞机楼》《烽火狼娃》《我的兄弟我的马》《女兵一号》《一朵云响亮地飘动》《大上海沦陷》《守望光明》《飞越驼峰》《三日长过百年》等多部。)

出门在外念肥东

黄永健

从肥东到肥西,买回一只老母鸡……

我们出门在外,提到故乡肥东,外乡人脱口而出的这句口头禅,似乎成了肥东、肥西的标志。"老母鸡"(老么滋)三个字以普通话端正发音,也暗示着乡土、乡下、乡村的一方水土以及小农、田园、居家的一份温馨、安宁。试想,农闲时节,母亲从集上买回一只老母鸡,那对于一户农家来说意味着什么?锅盖还未揭起,一屋子的清香早已飘扬至村头地尾。丘陵上的弯弯乡道青绿四溢,稻花飞香,大舅或姨父头顶草帽,姗姗前来做客了。屋前的槐树在骄阳下喘息,土坯茅草猪圈里的猪妈猪仔哼哼叽叽着岁月的平和。老母鸡汤端上桌了,一家人围坐着,谈笑着,这是我童年时代故乡生活最真实的画面。

在记忆中的20世纪六七十年代,老母鸡下蛋换钱,为农家添置日用品,从洗脸毛巾、肥皂、酱油、糖醋、牙膏牙刷,以至化肥、农药、胶鞋、雨伞……老母鸡成为一般农家的摇钱树、聚宝盆、菜篮子,咯蛋!咯蛋!咯——咯——蛋!人到中年,出门在外,如今回忆童年时代老母鸡下蛋之后那欢快的吟唱,觉得天下最美的音乐无过于此。理查德·克莱德曼的钢琴演奏出神入化,在我听来,它没有肥东的老母鸡下蛋之后那欢快的吟唱体贴、亲切,带着故土的叮咛,每一个肥东人孩子似的走出家门,走出皖界,在他们依依不舍的回眸和谛听中,岂能缺少老母鸡般亲情的抚慰和勉励?

从肥东到肥西,买回一只老母鸡……外乡人可能觉得皖中肥东、肥西这两个地方特产老母鸡,土得可以,俗得可以,落后、传统、闭塞。对农家乐、农家菜忽然青睐起来的都市人,可能又误以为肥东、肥西有田园风光,山水绮丽,乃桃花源兮!归去来兮!总之,就我个人的阅历而言,绝大多数的外乡人、外邦人从老母鸡出发想象吾土与吾民,他们无法将包公、李鸿章、刘铭传、杨振宁等与肥东、肥西联系起来。就说包公吧，包大人在外做官，陈州放粮、坚斩驸马、端砚沉江一系列清官作为，营造出一个象征的包公、符号的包公，包公成了传统中国清流一派的符号标识，但是他好像不是其故里肥东县的品牌。肥东太小了些，肥东在包公话语中恐怕好比合肥包河上的那一小块土墩——香花墩，香花墩这块小土墩托起包公的大名，香花墩好比是包拯的原乡。台湾著名乡土文学家钟理和有一句著名的话，他说："原乡人的血，必须流返原乡，才会停止沸腾！"包公赫赫名声在外，但是肥东是他的出生地，包公的遗骨埋葬在故里合肥大兴集，包公的血流返了原乡，滋养着故土，但是他的大名早已越出肥东、合肥、安徽，以至中国。犹如香花墩静静地隐匿在包河公园的深处一样，肥东奉献出包公，却隐退于历史的幕后。肥东因为地处皖中丘陵地带，经济发展不及沿江、沿海风生水起，大家说到它，自然想起了温暖、实用的老母鸡，在老母鸡激情洋溢的咯咯声中，走出了像包公这样的历史伟人。

我出生在江淮分水岭上四县交界的广兴集大塘庄村，此地在新中国成立前属于滁州府地界，所以我有时也自称是滁州人，实则小学、中学、青年时代的教书生涯都在肥东度过。我在古城农中、母校广兴农中、刘桥农中教过书，在县城二中教过英语，成家后又走出肥东，奔赴理想。像天下所有的游子一样，出门在外时有欢笑、有哀叹，而人在情感激烈的时候，不能不想到故土家园、亲人乡邻，在人生处于低谷、情绪较为沮丧的时候，常常会以童年时代的乡土回忆来抚平创痛。我不知道别的老乡是不是也会这样，有时候在外乡一头扎进乡土的记忆中而会暂时忘记生活中的苦恼和郁闷，反正我出门在外将近20年，走南闯北，在北京、香港和深圳等地的生活经历中，总有数十次沉浸在乡土回忆中不能自拔，并从中获得了重新出发的理由和原动力。家乡虽然不及所在地自由、富足、风光，但家乡泥风土俗自小传递给我们的一些精神元素和道德元素，却能让我们这群肥东的游子沾溉深沉，获益良多。

前几天，我和淮北的一位朋友相聚深圳南山，谈及徽文化之道，他特别指出皖南、皖中、皖北地理气候不同，文化有别，皖南出文人，皖中出将臣，皖北出英雄，此言颇有深意。文人代表智慧灵气，英雄代表豪爽正直，皖中连带江淮，民风厚重，人民慧中直外，兼具灵秀聪颖和豪放朴直两种特质，所以多出治臣良将。如果说整个安徽因地跨南北，人民兼具南北优点的话，那么，居住在江淮要冲的肥东人民因地跨江淮而兼具安徽南北优点。

安徽文化厚重，肥东人杰地灵，前几天因为特殊机缘，我曾作诗一首，比较客观地描述了安徽人文盛况，诗曰：

我皖古来多英豪，
天柱擎天天南端。
大禹治水遗神迹，
陈胜吴广举义军。
魏武挥鞭碣石处，
一代伟人再着鞭。
徽州文才争苏浙，
徽商富甲扬州城。
江淮腹地古战场，
张辽成名逍遥津。
包公解冠开封市，
千古感佩包大人。
地跨南北沉佳气，
人秉性情聚天真。
黄梅东山迎六祖，
黄梅大戏回安庆。
天柱九华佛国土，
黄山披霞惊仙人。
淮水奔腾呼唤起，
淮河儿女勤耕织。
包产到户领风气，
安徽农民最先行。
勤恳诚信赋理想，
道义责任心镜明
……

包公是安徽的象征，包公出自肥东，当然也是肥东的象征。外地人提起安徽省会合肥,也必然会提到肥东,肥东乃合肥东大门,淝水之东,滨湖之乡,农业大县和教育强县,是安徽东向发展、延伸的"桥头堡"。肥东在市场经济环境下不甘落后,奋勇争先,近年肥东荣膺"中国最具区域带动力中小城市百强""中部百强县20强"等称号,由此可见"吴楚要冲,包公故里"的肥东在历史上所处的位置,在当代江淮大地发展格局中所处的位置。

  肥东在前进,不说别的,水泥马路已经可以直通我家乡的岱山湖旅游度假村了。肥东在走向城市化,不说别的,近年我们回家祭祖,车辆可以直接开进整个肥东最为偏僻的大塘庄村了。肥东也在呼唤与国际接轨,肥东现任领导外出招商,谦虚低调,谨慎三思,表现出忧患意识,令我们这群出门在外的肥东人深受感动。肥东在建构自己的文化形象,包公塑像竖立在县城一中门口,无言地感化着肥东的后代子孙,以及所有经过此地的人们。听说渡江战役指挥部已经成为肥东以至安徽的重要红色旅游品牌,当地人民用心呵护,县领导的政策导向,可见一斑。出门在外的肥东游子希望、渴望家乡温暖的记忆与现实的发展融为一体,肥东游子们的心和家乡联系在一起。

(黄永健,安徽肥东人,艺术学博士,深圳大学教授,中国作家协会会员。当代松竹体十三行汉诗创始人,国家社科基金艺术学项目"艺术在中华文化复兴中的建构作用研究"课题组负责人。长期从事艺术学理论、诗学理论、文化创意产业及美学研究。)

后院那棵老槐树

秦从严

后院的那棵老槐树已经有些年头了。

在我有记忆的时候,老槐树已经长得老高。家乡人把这种树叫作"面槐",其实它的学名叫"国槐"。那种带刺的也是槐树,学名叫"刺槐",又名"洋槐"。很多人把这两种槐树混为一谈,稍微观察一下就会发现,它们有明显的区别:花期不一样,国槐是夏末,刺槐是暮春。花的颜色不一样,结的种子也不一样。国槐的种子是碧绿色,椭圆形,一串又一串。洋槐的种子是褐黑色,扁平的,一片又一片。我家的国槐树,非常特殊,是个双胞胎的连体树,每年开花的时候,香气飘逸,很远都可以闻到,也许,这就是被誉为"千里香"的缘故吧。

槐树一年比一年高,树冠也一年比一年大,成了我们家后院夏季里一道亮丽的风景,也成为我们小时候遮阴、娱乐的好处所。我们可以在树下跳格子房、打扑克牌、踢毽子、跳橡皮筋等。因为树大,知了多,东头四哥常常带一群小伙伴到我家槐树上扣知了。他先到生产队牛屋里,拽上几根黄牛尾毛,绑在竿稍,听到知了的鸣叫声,便轻轻地、慢慢地伸起竹竿。"牛尾扣"靠近知了的头,大家都屏住呼吸,瞅着知了用爪子挪动"牛尾扣",四哥抓住时机,竹竿往怀里一沉,只听吱的一声长鸣,知了已经落入我们的囊中。这远比用袋子罩、树油脂粘,技术含量要高,刺激而好玩许多。

但是,高大的槐树也惹来不少烦恼。面槐的槐花和槐树种子可以入药,有清凉收敛、止血降压作用,采摘下来晒干卖,很值钱。于是,在家里没有人的时候,常常被很多"专业户"用竹竿绑着镰刀割断了枝干,搞得满院子狼藉。父亲咆哮道:"砍了,砍了。"母亲知道父亲的犟脾气,还知道父亲不忍看槐树遍体鳞伤。她和蔼地说:"院子我来扫,砍了槐树,家里的后院就没有树荫,也就吃不到槐花炒鸡蛋了。"在物资匮乏的年代,母亲把槐花焯水后,炒的鸡蛋很香很嫩,是家里难得的美味佳肴。她嘱咐我,假期别乱跑,在家看树。

相拥的两根树干渐渐长大成材。村里的队长说,可以盖屋做行条了。父亲说,准备叫木匠来,放掉一棵,打四条长板凳。树梢,细的部分锯开,出两根槐树扁担。队长诧异道,怎么不一起放掉?父亲说,一起放掉,院子就空荡荡的。等我长大以后才知道,父亲和槐树是有情感的,舍不得一起放掉。

到了深秋,放倒了槐树,父亲叫来木匠。木匠是本村的,姓曹,他的手艺很高,在周边很出名,既可以做条木,又可以做圆木,已经带几个徒弟出师了。因为和我们家是亲戚,所以,没几天就来做活。

曹木匠带来的小徒弟只有十六七岁,比我大不了多少。母亲背后对我说,不好好念书,将来也和他一样去学木匠。我那时候觉得无所谓,学木匠,可以到人家吃香的喝辣的,很快活。但这个念头始终不敢在母亲跟前表露。

家里有了匠人,菜多了好几样,平日不见的猪肉也上了餐桌。小徒弟学着师傅的样子,洗洗手,抹了把脸,正襟危坐。父亲频频给老木匠斟酒,劝说多饮几盅,也叫小徒弟别闲着,多吃菜。老木匠总是笑意盎然,浅浅地抿一口,小徒弟倒是不客气,连攮几筷。就在父亲转身去拿水瓶添茶水时,师傅对徒弟说:"吃菜不能鲁(莽),主人家是客气,让你多吃菜。其实,桌上的菜,晚上还要热热,应付匠人的晚餐。"我搞不到上桌机会,听着老木匠的这番教导,觉得学木匠也不是一件快事。累,常常被师傅教训着,连吃个菜,也被师傅管教着。

由于和木匠沾亲带故,父亲也帮着打杂,三四天时间,物件已经成型。

东头的"二歪"不知从哪家喝酒回来,路过我家门口的时候,一股酒气。看到木匠做活,也凑热闹,说我们家出的扁担好,亮汪汪的、直迅迅的。他见有两根,就拿起一根,爱不释手地瞅着,走过来对我父亲说,要买一根。父亲知道"二歪"不是个好货色,懒得和他啰唆,便说:"家里的毛竹扁担裂开了,用扁担箍打了几回,还是不管用。"还要说下去。"二歪"知道我父亲的脾气,抢着说:"又不是不给钱。"父亲说:"两根扁担才用得开,好打传肩。"

父亲的态度有些僵硬,搞得"二歪"下不来台。刚好,母亲走过来,笑着说:"二哥,今天又喝酒啦,要买我们家扁担?不要急,过一阵,我们家那边槐树放掉,我送你一根,要什么钱啊。坐下喝喝茶。""二歪"知道是哄他的,也不再强人所难,甩了一句"骑驴看唱本——走着瞧",一肚子气,悻悻地离开。

曹木匠提醒我父亲,"二歪"不是个好东西,专门在村里偷鸡摸狗做坏事。前次,你在生产队大茅厕评猪屎粪,你给他评的级数很低,他就想找茬,这回又吃了闷头亏,他不会善罢甘休,你要防着点。

正如曹木匠所料,没过几天,我们家的槐树遭殃了。晚上,树皮被泼了硫酸。那时候我们村里很多家都在做磷肥,弄点硫酸很简单。父亲要撑到"二歪"家,母亲不同意,因为没有抓到证据,她说:"与这种人犯不着计较,真的得罪他,甚至会往你家猪圈投毒。宁可得罪君子,千万别得罪小人。家里还有一包'飞马'好香烟,你也不抽,放在家里时间长会发霉的,不如哪天看到,我送给他,大事化小,小事化了。"

我听后非常生气:"妈,别怕他,让二舅带几个人教训他一顿,看他还敢不敢欺负我们。"母亲嗔怒道:"小孩子家,不要乱说话,小痞子把他打伤了,你出钱赔。况且,硫酸泼得不多,树也没有死掉,只是周围的草死了,土变色了。以后,大人的事情,小孩子不许插嘴乱说,更不许想坏主意。"

第二年春天,父亲用泥巴盖住的树桩外边,又长出十来根小的枝条,父亲没有管它。待到秋天,挑选一根健壮的、笔直的树苗留了下来,这造型仿佛是"扶老携幼"。父亲还是不放心,在小树的边上立了一根树棍,用布条固定,防止嫩苗受到大风伤害。接着,他围着槐树转了两圈,似乎在和剩下的那棵大树说什么。最终,父亲还是做了一个选择,在槐树的一圈围上带刺的栅栏。

我终于忍不住了,问起父亲那根没有放的槐树,将来长大做什么。父亲对我们管教很严,不许孩子们在大人讲话时插嘴,更不许孩子们查东问西的,我是实在忍不住才问的。父亲这回很和气,说道:"等这棵树长大了,就打一张床,把你的土炕搬了。"于是,我一直期待,甚至做梦都在想未来新床的模样。最终,我如愿以偿。

改革开放以后,我们家攒了一些钱,按照生产队的规划到新的地点盖房。父亲没有丢下这棵老槐树。他要带着它一起迁徙。放学后,给槐树掏树根便成了我和弟弟的"家庭作业"。

有一天,我用铁锹斩小树根,被架空的根条弹起来,铁锹落到小脚趾上。刹那,鲜血直流。我赶紧翻口袋衣(棉绒),按住伤口。弟弟找到母亲,母亲背着我去找村医。为此,母亲还和父亲大吵一架,说道:"要这棵树根有啥用,再栽一棵不就得了。"父亲说:

179

"根大吸收土壤养分多,发出来的树苗壮实。"母亲还是不依不饶地吵:"你就知道壮实,看这脚指头断了怎么办?"父亲脾气虽大,但是经不起母亲的唠叨,默不作声。没过几天,树根可以摇晃了,父亲把树拔出来,用板车运到新房子的后院,打了个大坑,捞很多泥淖,栽了下去。还是只留两根树干,用树棍撑着,再围上栅刺,让其安逸成长。

每次回到老屋,我望着绿绿飘扬的树叶,总是学着父亲的样子,抬头望望槐树和槐树上的天空,再转上两圈,看着槐树安好,才满意地道别。

前些天,父亲打电话给我,让我从家里带点小白菜、莴笋、苋菜和黄瓜,我说:"星期天刚买了。"被父亲狠狠地喷了一句:"钱,都多得很,家里现成的不来搞。"还是母亲温和点,说买了就买了,让我回家搞点酱豆角。

自从我住到县城,每次回家,母亲都找点东西让我带走。带点香油,或给些鸡蛋。秋季到来的时候,就给一袋芋头,给几斤花生。真的找不到合适的,就到厨房的腌菜坛里掏几把雪里蕻小菜,生怕让我空手。所以,听到让我回家取点酱豆角,我隐约感到母亲年龄大了,对孩子们的思念之情更甚了。

跨进大门,我就从敞开的后门嗅到一股浓郁的清香,接着看到一串串粉绿的槐树种子在风中频频摇曳。父亲走过来,递了一杯水,搞得我就像客人一样,有点莫名的别扭。

父亲说:"前几天听说就要拆迁了,哪知道来得这么快,村里和上面来的人将房屋都挨家挨户丈量了,看样子,这棵树也保不住了。"我想:很多人家都想着丈量的房屋和土地面积能否增加点,父亲却在担心这个。我敷衍地"嗯"了一下。

坐在靠椅上,看着茶杯升腾的热气,回想父亲的担忧,我发起呆来。突然,我想起一个主意,能否把这棵槐树也带到未来安置房的小区。免费,还可以做小区的景观。本想说出来,让父亲高兴一下,谁知他却乐不起来。原因是树根太大,还不如移栽一颗小树苗,再说,不知小区的管理者是否愿意要。

中午的饭非常丰盛,我却觉得索然无味,对于槐树的未来,就像给儿子找工作那样,心烦意乱,六神无主。

晚上接到退休教师老叶的邀请,让我双休日到他的养殖场参观。我说,现在不能喝了,哪里都不想跑。最终,还是被鼓动着去了。

我突然萌动了一个念头。

来到山上,老叶告诉我,因为近期经常有外地人来这里偷挖松树,一夜之间,会有三四十个坑凼。有经济头脑的人挖去,简单修剪一下,小的、有造型的,就扭曲成艺术盆景;大的,通过修剪就成为风景树。据说,一棵可以卖到几百元、几千元,甚至上万元。利益总是膨胀人们的欲望,偷盗山林,越演越烈,所以,村里成立了小分队。不过,搞一段时间,这个说要出去打工,那个说要去县城带孙子,护林就找不到人了,更不要提夜里值班或下雨下雪天了。他经不起村委干部的劝说,就来做这个专职的护林员。

  老叶告诉我,开始的时候,老伴和孩子们极力反对。退休了,要么在家享享福,嫌寂寞了,就去带孙子,教教孙子读书认字。一生都没有发财,临老还想靠这几个护林费发财啊?他说,本想暂时搞一程。谁知,一干就五六年了。

  闲着慌的老叶,看着山林下涧沟绿草如茵,就想着,何不养一些羊,既能消除寂寞,又能搞点补贴?于是,他就和朋友老宋开始养羊,同时,两人开启了全天候义务护林模式。

  老叶得意地安排我巡视养殖场,告知我羊已经从 20 只,发展到现在的 300 多只。那些无偿奉献给周边群众的小羊还不算。他还让我参观他的盆景和风景树,嘚瑟地对我说,将来住别墅,可以免费赠送一棵"迎客松"给我。

  我开玩笑地说:"你这里都是松树,太单调了,我来赠送一棵大槐树给你,包你满意。"

  老叶说:"你哪里来的槐树?"

  我就把事情的原委一一告知,是想了却父亲和我的一桩心事。

  老叶说:"过两天我带挖机去吧,把老槐树移来,和我的风景松做个伴。"

  边走边聊中,我还和老叶谈了一件事:不仅我家后院的老槐树舍不得遗弃,听说西胡村那家的石榴树主人,也在为石榴树着落犯愁。我想,很多拆迁户都会遇到这个难题,你能否搞一个"伊甸园",专门收留和保护着这些"珍贵"树木,留存一代代人的记忆与灵魂。

  老叶笑着说:"再收留一些花草,我这里就成了万国花园了。"

  和老叶告别,也许。因为愿望得到满足,回家的路,走得急切而又漫长……

(秦从严,高级教师。创作并发表小说、诗歌、散文100多篇(首),散见于《安徽日报》《新安晚报》《教师报》等。)

花 间 辞

丁腾渊

一花一世界，一木一浮生。

在一朵花里感悟世界，从一棵树中参悟人生。这是一种情趣，也是一种境界。

我在合肥某小区的住宅，小高层，六楼，复式。从六层登红木楼梯而上，便到复式房的会客厅。会客厅置有一小方桌、四把椅子，客人来了，可围桌品茗赏花，消闲聊天。客厅东侧设一卧室、一书房。南侧是大阳光房，以镂花玻璃门隔开，梁柱上方以透明玻璃封顶，可遮挡雨水，下方装有天蓝色的电控遮阳布，炎炎夏日里，可降温消暑。北侧设卫生间，卫生间西隔壁是小阳光房。小阳光房露天，可承阳光雨露，接清风明月。

虽为陋室，但有斜阳流蜜，雨打屋瓦，有绿苔印壁，烟火气息，日子过得清逸而快乐。我自小在乡下长大，对于绿蔬、草木和花朵有别样的情感。时光流逝，两鬓霜华，怀旧的情结愈加深厚，而阳光房恰是种菜养花的好地方，可解我思乡之愁。

心动不如行动。我要把阳光房开辟成都市菜园。我开始网购菜盆、小铲锹、小钉耙等种菜工具，并从乡下运来疏松肥沃的田园土，备足底肥，拌匀填进盆里。万事俱备，按照各种蔬菜的种植时令，我播下菜种，栽上幼苗。大蒜、小香葱、生菜、空心菜、木耳菜、青菜、芫荽、茼蒿、小香芹……菜园里一年四季绿意盎然，居室中春夏秋冬清香氤氲。它们一茬接一茬，一个个长得水灵灵嫩汪汪，鲜绿活泼，惹人怜爱。

我还用竹竿和树枝在菜盆上方搭起架子，栽植黄瓜、西红柿、辣椒和番茄。按照它们的生长特点和规律，浇水施肥松土。看着它们不负岁月不负我，一天天地长大，直至开花结果，成为餐桌上的佳肴，我的心头禁不住涌起一阵阵欣喜。这些茄果类蔬菜可当成水果生吃，也可凉拌着食用。如果口渴了，摘一根青玉色的黄瓜，洗净放入口中，嘎嘣嘎嘣嚼着,那种脆响一下子沁入心脾,让你顿觉清凉。

这些蔬菜,不打农药,无污染,即需即取即烹即食,鲜嫩可口,营养丰富。而超市里的蔬菜,往往从远途辗转数日运来,失去水分和营养不说,口味也逊色得多。

在都市菜园种菜,还可以满足不时之需。比如雨雪天,不用出门就能在厨房里端出香喷喷的下饭菜和汤羹。让我感悟最深的是 2020 年的春季,一场突如其来的新冠疫情在武汉爆发,迅疾蔓延全国各地,城市和乡村按下暂停键,家家户户闭门禁足,生活物资供应紧张。疫情之下,都市菜园里的时令蔬菜可谓是雪中送炭,成为一日三餐的奢侈品,或多或少给焦虑苦闷的日子带来一份清心的依托。我还掐了些送给邻居。困难之时,一个小小的善举、一脉微弱的温情,往往能让人铭记一辈子。困难之时,被高楼大厦一扇扇冰冷铁门所阻隔的睦邻友好真情,往往不再默然,而是被点燃,并升华为共同战胜困难的合力。

我吃着都市商超里的精细大米、菜园中自己种的菜,心却在起起伏伏的江淮分水岭。在乡村面目日渐模糊消失的当下,都市菜园唤回我对乡土的美好记忆。它让我想起自己生长的根,想起母亲在世时辛勤耕耘的菜畦。我总是觉得母亲没有走远,她的身影还在菜畦中穿梭,她的灵魂还在菜畦上空流连。在钢筋混凝土丛林包围的都市里,都市菜园难道不是返归田园、亲近自然、释放压力的一种难觅的皈依吗?都市菜园,无疑是生活小区里的一道风景!

当然,种菜是一件劳神费力的事情。但从辛苦中酿出甜,领悟生存、生活与生命的本真,未尝不是一场修行悟道。人世喧嚣,你若能为埋在心底的光芒找到一方土壤,青菜萝卜也能青绿你烟火袅袅的时光。

我要把阳光房打造成空中花园。大小阳光房里,摆满各种质地的花盆。花盆有方形、圆形、三角形、椭圆形的,还有不规则形状的,异彩纷呈。什么盆适合栽什么花,有讲究。什么季节适宜栽什么花,什么花适宜什么土壤、肥料、光照、水分、气候,也都有讲究。譬如牡丹,喜阳光,耐半阴,耐寒,耐干旱,耐弱碱,忌积水,怕热,怕烈日直射,它适宜在疏松、深厚、肥沃、地势高燥、排水良好的中性沙壤土中生长,在酸性或黏性重的土壤中生长不良。另外,牡丹栽种的最佳时机一般在一年中的 9 月份,春天栽种的牡丹不易成活,即使活了,也无花可开。而杜鹃花则不然,它喜凉爽,忌酷暑;喜湿润,忌干燥;喜酸土,忌碱壤。"深处种菱浅种稻,不深不浅种荷花。"一花一世界,一人一天地。育人如养花,养花似树人。

草木得常理,共生唱和谐。现在,阳光房栽有花卉品种 50 多个,绿叶扶疏,争奇斗艳,满室盈香,成为一座真正的空中花园。

当冬日的第一场雪纷扬而下,小阳光房里的磬口蜡梅,凌寒独自开。五瓣金黄,有帝王的尊贵;香浓心紫,有檀香的气质。花朵半含,仿佛有悦耳的磬声伴着飞雪隐隐传来。梅树俨然一位得道的高僧,带着道骨仙风的气息,兀自挺立在寒雪之中。钱谦益有诗赞曰:"绿衣约略是前身,幻出宫妆不染尘。磬口半含仍索笑,檀心通体自生春。"暮色向晚,若是有老友来,我们围在小火炉旁,看着曼舞的雪花,就着一缕缕梅香,饮下刚温热的陈酿,畅谈久别重逢的喜悦,那该有多好。梅是花中四君子之一,尘世间,每个人若能有一两个像梅一样不畏强势、铮铮铁骨的挚友,那真是不枉来人间一趟。

最后一朵梅花凋败,春风又绿江淮。几场雨过后,几株寿桃花开得如火如荼,阳光房里烟霞缭绕。寿桃,又称碧桃。花瓣层层叠叠,甚为繁复,色有红、粉、白等数种。而此处则为红色,姹紫嫣红,红得让人心颤,任凭春事如何烂漫到难收难管,它自吵吵嚷嚷地热闹。吾辈俗人,心中所系不过柴米油盐,生活琐事,并无多少闲情去为桃花赋诗吟咏,但立足观赏,已然饱含深意。风吹过,落红纷纷。我忽地想起陶渊明的桃花源,曾引得多少人心驰神往。然而,那只不过是一场虚幻梦境,是文人雅士失意落魄时,试图寻找安放心灵的海市蜃楼。而眼前的桃花灼灼,真切地装点着简朴的日子。

有花不逊桃之艳,一年花事到海棠。海棠有四品:贴梗、木瓜、西府、垂丝。而我养的是贴梗海棠:枝梗较短,花朵紧贴枝上,并无娇态,胜在花色火红,灿然可喜。农历二月下旬,树上好像升起云霞一般,绚烂艳丽,恰似一树春色欲滴。它们尽显风流,寂静美好。即便是匆匆一瞥,你的心中也会铺满暖意。阳光房里,鸟鸣如翠,海棠静静开着,春意涌动,便胜过人间无数。海棠花作为中国古老的观赏花木,静美、秀雅,引得古代无数文人以诗词吟哦。晏殊《诉衷情》词云:"海棠珠缀一重重。清晓近帘栊。胭脂谁与匀淡,偏向脸边浓。"海棠涂胭日,燕子归来时。时光悠悠,道尽人间多少事,海棠花仍在诗词中摇曳,清丽委婉,令人低回。一代伟人周恩来尤喜海棠,他生前居住的西花厅长有数株海棠。电视剧《海棠依旧》里的海棠花纷纷扬扬,年复一年,象征着人民的好总理一生为国为民无私奉献的高尚情操和大爱情怀。斯人已逝,海棠依旧,纷纷扬扬,那是人民对好总理的无尽思念和崇敬。

牡丹是守信的君子。清明后,谷雨前,其花最盛。"谷雨三朝看牡丹。"牡丹,又名木芍药,它从《诗经》里走出来,从遥远的菏泽走进我的阳光房。菏泽牡丹种植面积堪称世界之最,其品系众多,花色纷呈:雪塔,景玉;彤云,捧盛紫;乌金耀辉,冠群芳;玉面桃花,蓝花魁;绿绣球,豆绿;金阁,金晃。这些都是它们雍容华贵的芳名。此时,桃李杏的花已凋谢,贵妃们尽显芳华。群芳荟萃,黄蜂停在它们的复瓣花上。暮色渐晚,风吹过枝头,客厅里袭来的花香多么醉人!李商隐有诗云:"我是梦中传彩笔,欲书花叶寄朝云。"今夜,若是皓月当空,我当邀义山来小居赏花,让他摘一朵牡丹赠予巫山神女。牡丹娇艳,然花期短,一晃不多日,则凋落,让人黯然。流年似水,花儿已不是去年的花儿。

六月入梅,淫雨霏霏,茉莉花开。茉莉欣欣,青翠叠叠,碧绿中探出的雅洁小朵,含苞初开,瓣子上染了夜露的清气,越发清灵,而香气幽微,沁人肺腑。此刻,仿若有悠扬的歌声传来:好一朵美丽的茉莉花,芬芳美丽满枝丫,又香又白人人夸……茉莉开花繁盛,只是不长久。花开一二日即零落。若是月夜,在花下置一小盆清水,一梦醒来,盆中悠悠荡着几朵茉莉,捧回置于客厅,清香盈室,这恐怕是人间难得的清凉事吧?摘茉莉花苞,以清水洗净,晾晒数日,沸水冲泡,可当茶饮,清虚火,平肝解郁,唇齿留香。

时值深秋,桂花约好了一起开。桂花,亦名木樨。"木樨"二字,念起来诗意勃勃。桂花开时,香气盛大甜软,氤氲十里,令人叫绝。桂花开在兴头时,就着浓浓秋光,静静沏上一杯茶,听蟋蟀鸣琴,看紫蝶劲舞,迷醉如梦境。如果有雨,甚好。梁檐挂着雨,一寸一寸,雨打枝头,金粟纷纷落,无边的适意。桂花在世,不过半月余。开也轰轰烈烈,落也惊心动魄。几日不赏,你再去,已是满地铺金秋去也。

阳光房还植有玉树、九里香、龙须、三角梅、忍冬、小盼菩提、月季、丁香、绣球、碗莲……草木无心,自成花海。人生苦短,多少是非荣辱随花落。何不风来听风,雨来听雨,花开看花,叶落看叶?我幽居于空中花园,坐拥绿意清风,尽享花木幽趣,翻几页闲书,得失看淡,宠辱不惊,当也是一种修道与福分吧。

(丁腾渊,安徽肥东人,基层财政工作者。在《安徽文学》《作家天地》《新安晚报》等发表多篇散文。)

心之向往即吾乡

吴长颖

城市蛙鸣

仲夏夜,我打开窗子透空气,在车水马龙声渐隐的时候,听见了几声哇鸣,这让我异常惊喜。

不住乡村已多年,也没有住在临湖靠岸地带,就住在城市的闹市区域,楼高11至14层,可乘电梯上下,多幢多层,纯钢筋水泥打造,哪来蛙鸣?小区里花木扶疏,我知道白天里有鸟儿飞来,栖息在树木枝头,会发出美妙的叫声。可青蛙需要水塘,它们会在哪里?咕呱咕呱,单声、复音,此起彼伏,夜晚跳动起别样的音符。我细细地听着,想辨别些什么。静寂中,心不由得游走到了山野和村落。

月光的夜晚,野蔷薇在小池塘边盛放,粉的、白的,散发出郁郁香气。爱玩水的大白鹅被小主人宝贝似的往家里赶,嘎嘎两声,诉着不情愿,也压住了一池塘的蛙鸣。

蛙声再起时,老牛已带着小牛在小池塘边的一棵大树旁躺下,缰绳拴在树上,小牛依偎着老牛。辛勤的老牛、小牛打鼾时,一片蛙声相随相伴。

在乡村,春夏季节,蛙在夜晚的舞台上唱着主角。荷叶田田间,稻花香影里,小池塘、大坝里……无所不在,无处不有。每到夜晚,辛勤了一天的大人们和无忧无虑的小孩们,枕着蛙鸣睡得格外安稳香甜。蛙鸣是夜的催眠曲,也是夜的眼睛、夜的翅膀。

后来,这眼睛和翅膀送别了我,我住进了城市的楼房小区。离它们远了,有段时间,倒是挺有些怀念。

直至蛙声又在霓虹深处响起,我才明白,城市里也有它们的家园。那公园的一片池塘里,灯光如月,清香的荷叶下唱得正欢畅的不就是蛙吗?

现在,我不用怀念,打开窗户,如迎接久别的小伙伴一样迎接蛙鸣。抑扬顿挫,吐出的声波温柔地抚过我的耳际。哦,我的窗外有一处喷泉景致,逢至节假日,清清水花优美喷洒,这可爱的蛙鸣就发自这样的角落哩。

呱呱,一只,呱呱,呱呱,两只,有四五只,像是一家子,在城市的夜晚快乐不眠。著名的诗句"春来我不先开口,哪个虫儿敢作声",确实写出了一种霸气,就是这霸气的蛙给夜晚的城市伴奏出大自然的和谐音律,让喧闹的城市更加质朴,更加柔软。深夜的蛙鸣,掸去心中的浮躁,开阔了心地,我准备枕着这声音愉悦地入眠。

熄了灯的房间,晚风徐徐从窗户进来,几声蛙鸣也随风潜入,若隐若现……

抵达森林

"森林",外形好看且好记,团结又有力量的一个词语。说起时,我眼前会显现出郁郁葱葱的林木杂而繁盛,野草野花遍地……还有飞翔的小鸟、狂奔的野兔在林间自由穿行,心情会立刻轻松愉悦起来。我年少时喜欢阅读,美好的景象刻印在脑海,行走不便,却偏偏渴望做大自然的孩子,对高山、大海、草原、森林情有独钟,一份向往始终在心头萦绕。直至这壬寅年的早春二月,一个星期天的午后,我终于把年少时就已长好翅膀的梦想放飞,与向往已久的森林亲近了。

这是肥东县桥头集镇龙泉山"欢乐森林公园",网红打卡旅游风景地,我的家乡肥东的又一处精心规划、崭新发展的地区。

由于是周日,人格外地多。私家车一辆接一辆,在园内园外的空旷地带停住,明媚的阳光下,闪烁着耀眼的光。前来休闲的人们拉着小孩、搀着老人或互相牵手,纷纷下车走入园区,欢快喜悦地游玩起来。

喜悦挂上眉梢,笑声在风中荡漾。下了车,我架着"小车头"带动轮椅前行,进入园区。大门北边有一处晶莹高大的玻璃房,是"未来智慧农业科普教育基地"。沿主干道缓缓向前行驶,可见到南方有石块砌成的一方方田地,估计是花海,花儿正在这大面积的土壤下生根发芽吧?往前还可见到儿童游乐园、萌宠动物园、欢乐森林观光小火车、户外草坪……

我最想见的当然是梦想已久的森林。

过了萌宠动物园,前方有一道路闸,一位值勤人员启动路闸让我通过。路的南边就是大片树林,我停下,兴奋地抬头仰望。为我开路闸的大爷见我注目仰望,走上前很自豪地告诉我说:这是松树,生长有五六年了,现在还可以利用它们来造景。我隐约看见树与树之间比人高的位置拴有薄薄的网,是让驯养听话的鸟儿们,不管飞多么远,夜晚都会回到这个有吃有喝的天然家园来吧?猜测完,我看见了很多杉树,一棵一棵高大挺直,没有旁枝斜杈,树的顶端直指天空,仿佛站成队列的英勇卫士,保护着森林公园和我们快乐的笑声。我告诉大爷,我想看森林。大爷顿时提高嗓音,兴奋地用手一一指给我:喏,你沿着这条路一直向前就是鸡鸣山,山上全是林木,偶有人造小屋或其他美景都藏在树林中;这条路向北是森林,这条路向南也是森林……随着大爷手指的方向,我看到不远的前方满山青绿,也看到南、北方各有一条道路,路的深处是葱茏茂林。

正观看间,一列小火车环绕而过。虽然我以前坐过火车,但见到这经典雅致的小火车,还是惊喜万分。它正载着游客们游览这座森林大公园呢。我由于不太方便,决定免乘了。

调转"小车头",我朝北方的平坦道路行驶,人越来越少,周围越来越静,树木越来越多、越来越密。我已置身于大森林了!一棵棵树木仿佛为我拢起一片绿色的天幕,天幕下,我有一种安全感,仿佛有了风雨可被遮挡住。阳光从枝叶的缝隙间洒下,不温不烈地让我沐浴,我低下头来,做一次深深地呼吸,一次认真地聆听。我呼吸到了大地亲切的气息,泥土的芳香和清新;我听到了大地的声音,生长的声音,花开的声音,万物萌动的声音。这是在森林里才可以呼吸到的气息,才可以聆听到的声音。

三三两两的小帐篷如野生的大蘑菇从地面长出,远道而来的人们自带帐篷来做短暂的休憩。他们和我一样,喜爱亲近大自然,喜欢绿色森林里的天然氧气吧。

欢声与喁喁私语落在发芽的土地上,草木与鸟儿们听到也不多言,只是默默分享。若不是多有不便,我也会如他们卧躺在草地上,投入森林质朴的怀抱,在深深的陶醉中不愿醒来。

忽然,从一个小帐篷的门前传来葫芦丝的声音,一个红衣短发的女孩在吹奏一首曲子,仔细一听,是《我和我的祖国》。她吹两句停顿一下,再吹,可能是正在学习或练习阶段。森林里有鸟儿、兔子,据说,花草树木也爱听音乐,听了会比不听的长得茂盛。难怪我原先窗前的一棵树长得比远处的都要高大。

我身边的森林绿意盎然,像绿色的海洋。我居住的小区、行驶的道路、休闲的公园、广阔的田野、高高的山坡、村庄的空地……叫不出名字的树木都在长大、长高、长美,彰显出生命的绿色。而我,其实早已抵达森林。

（吴长颖,安徽省散文随笔学会会员,有诗歌、散文诗、散文刊于《合肥晚报》《湖州晚报》《新安晚报》《江淮晨报》等报刊。）

远行的渔鼓曲

张守福

俺居住的小村庄,地处皖西北鸡鸣三县的旮旯里,北边是河南省郸城县,西边是界首市,南边和东边,都是俺太和县的地盘。界首和太和,新中国成立之后曾两度合二为一,当时叫"首太县"。从人口数量上说,太和人口多于界首一倍之多,为啥"首"在前、"太"在后?就这个疑问,俺曾问过当过"首太县"县民的老辈人,他们也答不出所以然。但于界首市来说,与其说是两个县,不如说是"一家人"。

在俺小时候的记忆里,现在的非遗"界首渔鼓",那时候是俺家乡的民间曲艺形式,说白了,是要饭人的一种道具而已。俺不清楚现在为何称呼"界首渔鼓",而不称呼"太和渔鼓"?或干脆叫"首太渔鼓"?但不管怎么说,这种民间的曲艺形式,在发展大势瞬息万变的当今,总算是原汁原味地保留下来了,这还是令人倍感欣慰的。

渔鼓又称"道筒子"或"坠子嗡",也称"嗡坠子""瞎哼哼",是发自民间的一种古老的剧种。所谓的渔鼓,也就是将一个三尺长短的竹节,从里面打通,制作成竹筒子,两端用猪皮或驴皮包裹住,也有用牛羊皮的,用手掌击打,发出嗡嗡嗡的声音。演唱时,则是把渔鼓背在身上,一手击打渔鼓,一手操作夹板,夹板以枣木质的居多,声音脆响,配以类似大鼓书声调的说唱,吸引村民的围观,借此收点大豆、玉米、红薯干或一碗稀粥的报酬,用来养家糊口,有时也能够吃顿饱饭。

渔鼓的操作者,一般身上穿着戏服,从头到脚,或一身黑衣,或一袭纯白,或黑白相间,梳成道士的发髻,有道士之风,给人以飘飘欲仙之感,亦有亦神亦鬼之惑。渔鼓艺人上门要饭时,一人一台戏,操作渔鼓时手击口吟,咚咚作响,声高声低,咿咿呀呀,凄凄艾艾,不给点东西就不停地唱,给点东西就转身到下一家。也有一男一女两人表演的,一人击打渔鼓,一人打起夹板,一说一唱,一唱一和,给人以琴瑟和鸣的美的享受。而如果在舞台上表演渔鼓,有一人的,也有多人的,一人者居多,二人者有之,多人者较少,则是边舞边吟,有打情骂俏的幽默,也有传统戏曲的经典对白,听众陶醉其间,不自觉地进入了戏境之中。渔鼓艺人往往表演到高潮时戛然而止,开始收钱,听众你一分他两分地往艺人的身边投钱。民间艺人不容易,也收不到多少钱。当然,听众里如果碰到有钱的主儿,也有投一毛两毛的。听众们投的钱越多,艺人的表演就越卖力,下面往往是叫好声不断。

据老辈人说,俺那里唱渔鼓的历史可悠久了,上可追溯到明朝初年,好几百年了。那个时候,农民起义军风起云涌,中原大地处处厮杀,你争我夺,民不聊生。一些底层的民众,为了躲避战争,也为了生存下去,于是就装疯扮傻,穿着"疯服",敲着渔鼓,放声歌唱,翩翩起舞。外人都以为这个人是疯子,既然疯了,就没有人关注他了。久而久之,就形成了这样一种民间底层的曲艺形式了。

前几年,安徽大学举办全省非遗展演,在组织"界首渔鼓"展示时,俺专门去现场感受了一番。只见一名老年渔鼓艺人,据说是"界首渔鼓"唯一的传承人,在舞台上边敲边舞,口中咿咿呀呀、哼哼唧唧,看上去真的像现实版的街头疯子一样了。那打扮,那唱腔,那动作,那个整体舞台效果,虽然博得观众的阵阵掌声,但是,俺总是觉得,哪儿还是有点不对劲,与俺的记忆里的渔鼓演唱,有点儿变腔变调了。

为啥?因为这个渔鼓艺人,不知是应主办方的要求,还是为了让听众能够听得懂,演唱时故意"咬字",皖北话里夹杂了一些普通话,我听了就像吃夹生饭一样,觉得有点别扭,越听越感觉不伦不类了。地方曲艺之所以有地方特色,就在于那个原有的"味道",如果变了那个"味",就确实没有啥味道了。

在俺的记忆里,渔鼓以演唱为主,夹白为辅,唱腔高亢嘹亮,嗓音略带沙哑,委婉动听,不仅悦耳养神,且极具观赏性,还养眼养性。正规演出所表演的内容,还是多为传统书目,比如《说包公》《说罗成》等,虽是民间小戏,也是能够入大流的。

俺村庄有位唱渔鼓的老者,唱了一辈子渔鼓,上了年岁的村人都喊他"老渔鼓"。这些年来,村里人大都外出打工去了,只剩下老的小的了。老年人听了他一辈子渔鼓戏,都听腻歪了,谁也不愿意听了。小孩子们又听不懂,都喊他"疯爷爷"。这样一来,老艺人就失去了存在感,天天窝在家里就不出门了。然而,村民们时不时地,仍然能够听到咚咚咚的渔鼓声,以及那沙哑的咿咿呀呀的说唱声……

村民们都说,"老渔鼓"这下子真的是疯了。

终于有一天,大伙儿听不到老艺人的渔鼓声了,也看不到"老渔鼓"的身影了。这时,村民们才感到不对劲,急忙赶到"老渔鼓"家一看,老艺人身抱渔鼓,早已驾鹤西行了……

(张守福,曾出版散文集《情落淮河湾》《秋到九里山》《并不久远的记忆》,长篇小说《圈里圈外》等。)

一副对联写春秋

王业芬

小时候，我喜欢看祖父写对联，乐颠颠地磨墨、叠纸、拉纸。祖父将红纸精裁细剪成不同的规格，然后挥毫泼墨，行云流水，一气呵成。每年的第一副对联总是：有守有为常居顺境，修道修德即可兴家。我一个字一个字地拱，好不容易拱通了，却不能完全理解其意思。祖父也不过多解释，笑着对我们说，咱王家做人的根本就在这副对联里，可不能忘了。

记事以来，这副对联一直端坐我家堂屋正大门上。祖父说这是祖上传下来的，他爷爷的名字叫"守道"，就是取这副对联的第二个字。老祖王守道做人行事以此对联为准则，创建起富甲一方的家业，除了田地，另有油坊、槽坊和粉坊等产业。老祖把这副对联挂在堂屋正厅，时时自省，日日教育子孙遵循此风，要求他们克勤克俭，尊道重德。

爷爷说他的奶奶——老祖的夫人梁氏是个贤内助，对子女们管教严厉。凡有外出者，必须报告，没经过允许不得在外面夜宿，不得出入赌博、娱乐场所。违者，家法严惩。每天晚上梁老太都带上棍棒，到各房去巡查，发现贪玩晚归者，拉到厅堂，面对着那副对联罚跪，自然也少不了一顿棍棒。挨打之前还有一项必须完成的功课，梁老太用棍棒指着厅堂上的那副对联要求受罚者通读三遍。棍棒之下不出败家子，当时王家五个儿子皆无吸烟喝酒嗜好，也无赌博陋习。他们个个勤劳肯干，五个媳妇人人勤俭持家，全家人和雇工们同吃一锅饭，同饮一壶水，不分彼此，如同一家人。

积德行善是祖上为人处世的宗旨。祖上做生意童叟无欺，免费为远道来的商贩提供食宿，就连乞讨的人，也总能从王家得到热腾腾的茶水饭食。当时，方圆百里与王家都有商贸往来，归根结底就是冲着"仁义"二字。

俗话说:富人过年,穷人过关。年关年关,穷人过年被催租逼债,就像在过关。可是再穷,这个关也得过。每年腊月便有穷人上门借贷,赊欠油、酒、粮食。为了不让来者吃闭门羹,年三十王家店铺很晚才打烊,因此,一家人团聚的年夜饭常常一再推迟。在当地,家家户户年夜饭的鞭炮炸响过后,王家店铺的门板上才贴上红彤彤的对联。

祖父从小读着这副对联,做人做事便不自觉地对照此联。身为一名光荣的人民教师,他工作勤勉尽责,一生育人无数。听祖母说,祖父经常把工资拿出来给学生作学费、生活费。学生中因为家庭贫困得到祖父扶助才得以完成学业的不在少数。至今他们提起祖父,依然充满敬意和感激。祖父不嗜烟酒,喜欢读书,爱好音乐,笛子、口琴等乐器样样精通,对于钱财,则冷眼观之,清白处之。有一年,祖父到银行去领半年的退休工资,柜台工作人员一时疏忽,多给了他1300元。祖父回到家后把工资交给祖母,才知道钱多了,赶紧跑回银行把钱退还了。柜台里的小姑娘哭着鼻子连声致谢。她说自己正在实习期,这钱如果祖父不退还,她可能会受到严厉处分,甚至失去工作。这话倒不假,那会儿银行没有更多制约措施,离柜为算,祖父不主动退还,银行也没辙。

祖父教我们读书认字时,常说"人"字站起来方为人。3岁的小弟蹒跚着走过来说:"爷爷爷爷,我站起来了,我是人。"爷爷摸着小弟的头,笑着说:"是人,我的孙子当然是堂堂正正的人!"他指指大门上的对联,又对我们说:"人站起来得靠筋骨,记住,这道和德就是咱们的筋骨。"

乡下孩子野惯了,乡风一吹就疯长,长辈们总有办法将我们管着束着,不让我们长偏长歪。他们总希望我们一个个周周正正的。上学后,祖父教育我们要勤奋学习,踏实做事。哥哥学生时代曾迷上康乐球,一度逃学打球,被爷爷罚跪,用荆条抽打,还把我和弟弟唤来立在一旁"陪审"。无奈小孩儿就是贪玩,杀鸡儆猴这一招收效甚微,我和弟弟依然各玩各的。那会儿村里流行打毛线,和我一般大的女孩子差不多都会织裤带、手套一类的小物件,有的还织成漂亮的假领子。我动了心,偷偷学打毛线,为了织成一条绿色的毛线裤带,竟忘乎所以地挑灯夜战。父亲一声怒喝:期末考不好,就是想脱皮了!毛线针应声落地,我的毛线编织手艺就这样被扼杀在摇篮里。弟弟更"惨",和小伙伴们疯玩,把作业抛到九霄云外,被发现时满嘴跑火车遮掩。他那点小伎俩哪蒙得住母亲的火眼金睛,当即被捉住,罚跪在门槛上,噼噼啪啪一顿棒槌上身。母亲边打边指着大门上的对联说:看你还敢不敢,老祖宗的话难道你忘了不成?弟弟捂住屁股哇哇大哭,吸溜着鼻涕说:不敢了,再也不敢了!

参加工作那年,祖父送给我一句话:静坐常思己过,闲谈莫论人非。他希望我能虚心学习别人的优点和长处,多多改掉自己的缺点和短处,成为一个有修为的人。当我走上财务岗位时,祖父用毛笔抄录陈毅元帅的《七古·手莫伸》送给我,并语重心长地说:"无论什么时候都要记住:我们老王家做人清清白白,做事堂堂正正。"

我入党那天,父亲激动地抓住我的手,颤抖着嘴唇说:"丫头,从今往后你是党员了,说话做事可要对得起戴在身上的党徽啊。"我能理解父亲的强烈反应,他年少时由于历史原因多次申请入团被拒绝,更别说入党了,如今亲眼看到女儿入党,他是多么高兴啊!

长辈的教诲如一缕春风吹进我的心田,渗透我的血脉,滋养着我,护佑着我。小时候,奶奶总喜欢对我们说:从小摸针,长大偷金,不是你的东西不要拿。妈妈也告诉我们她的奶奶留给她的一句话:黄金不爱,鬼见愁。她对我们说,她年轻时路过一处店面想买一块头巾,店里空无一人,而花花绿绿的头巾就散放在柜台上,触手可及,随手拿一块揣进兜里,根本没人知道。但母亲记着她奶奶留给她的话,始终没有这么做,一直等了将近20分钟,店主人回来,付过钱后才走开。

我不由得想起小时候在农村偷瓜摸果的事来。我们那里有摸秋的习俗,摘个瓜摸个枣,算不得什么事儿。特别是小孩子,在田岗放牛放鹅,挖一把花生,摘两个菜瓜,刨几颗山芋,满足一下口舌之欲,实在是稀松平常。而我始终不敢,原因是奶奶一再交代我:长在别人家地里的东西,再好也是别人家的,不能装进我们肚子里。小伙伴们喊我一起动手,我不干,让我放风,我不睬。没办法,他们自己动手,摘得一堆战利品要带我一起分享,我坚决不要。说实在的,口水在喉咙里上下滑动,才吞下去又冒上来,我是真的好想吃啊!可奶奶的话就在耳畔萦绕,刚刚冒起的念头又被强行摁了回去。伙伴们都嘲笑我傻,说我简直是个"三呆子"。

张奶奶家孙子三宝完全不同,他每次从外面摸东西回来,家人都夸赞孩子聪明能干,摸到的东西越贵重,越觉得孩子有本事。有一次他把人家晒霉的棉衣棉鞋"摸"回家,三宝妈妈高兴得眉开眼笑,说他们家往后衣服鞋子都不用做了。后来三宝在上海收破烂,把东家的金表和玉镯子一并"收"了,也把自己"收"进了班房。

想想不由得心生感慨,还是做个"三呆子"好啊!

"有守有为常居顺境,修道修德即可兴家。"一副对联写尽春秋风华。在我心里,它的分量不亚于历史上著名的颜氏家训、包氏家训,同样迸发出灿烂光辉。

这副对联是祖上留下的最宝贵财富,从老祖传给祖父母,从祖父母传给父母,从父母又传给吾辈,根深蒂固。兄、姐、我和弟皆牢记谨承,时时提醒自己守本分,有作为,遵道义,修德行。对于子辈,我们更是从严管教,希望他们都能成为"有守有为,修道修德"之人。

(王业芬,在《清明》《安徽文学》《延河》《时代文学》《铁路文艺》《莽原》《当代人》等报刊发表文学作品若干。散文集《我周围的世界》获"东丽杯"孙犁散文评选优秀作品奖。)